Ce recueil existe aussi en version reliée, avec une couverture exclusive inédite, illustrée par Axel Davis

Brûlez vifs
Recueil de 15 nouvelles bouillantes

Version classique

Collection Anthologie
https://www.2passions1dream.com/

Dépôt légal août 2023
ISBN : 978-2-494552-17-3
Impression à la demande

Photo de couverture :
Modèle © C. Garcia
Maquillage et coiffe © Kika Chan Art
Photographe © Peggy Verlet
Effets © Laura Ournac

Illustrations et images d'intérieur : Laura Ournac et Axel Davis

Ce recueil est une œuvre de pure fiction. Par conséquent, toute ressemblance avec des situations réelles ou avec des personnes existantes ou ayant existé ne saurait être que fortuite.

Collectif d'auteurs

Brûlez vifs

Recueil de 15 nouvelles bouillantes

Version classique

Cordes de lune Éditions

Préface

Pour célébrer et redorer le genre si mal aimé de la nouvelle, Cordes de lune Éditions s'est lancée dans les concours !

Écrire ce genre de texte bref, concis à la chute saisissante s'avère plus difficile qu'on ne le croit. Le lecteur doit se sentir immergé dès les premières lignes, dès les premiers mots. Un pari d'autant plus risqué quand les seuls récits autorisés par ces concours doivent arpenter les sphères de l'imaginaire, ces autres univers où tout peut changer, où rien n'est identique à la Terre et où, pourtant, tout nous rappelle notre monde.

Félicitations aux dix gagnants du concours et aux quatre autres sélectionnés, qui y étaient presque !

Pour les accompagner, un membre du jury s'est également prêté au jeu.

Quinze nouvelles pour quinze ambiances ardentes : laissez-vous consumer par les feux dévastateurs des astres…

Les dix textes gagnants

Biographie de Jean-François Foll

Que Jean-François Foll naisse cinquante ans jour pour jour après Antoine de Saint-Exupéry et dans la même ville que l'auteur de bandes dessinées Reiser étaient des faits annonciateurs d'une passion immodérée pour les lettres et de deux d'entre elles en particulier : « B.D. »... Sans doute sont-ce son amour du vin et ses immémoriales héliophilie et hélixophilie qui lui ont fait prendre la direction d'une terre de soleil, de vignes et de chênes lièges : le Roussillon. Là, sous le soleil catalan, s'affiche en lettres démesurées sa philosophie de vie, en façade de son cadran solaire : « Obliviscere malarum, profer Optima* ».

*En parlant des heures qui passent : « Oublie les mauvaises, prolonge les meilleures ».

Bibliographie :

— Poème « Salut Georges » en hommage à G. Duhamel, dans le recueil *Jardin secret*, paru aux éditions Au fil des mots.
— Nouvelle « Exercices de style » à la manière de R. Queneau, dans la revue *Nouvelles Magazine*.
— Nouvelle « Le mystère de Lachaise percé », dans le recueil *Nouvelles du Père Lachaise*, parue aux Éditions du Désir.
— Nouvelle « Mouvement de la paix », dans le recueil du Prix « Paix et Fraternité » de la ville de Damelevières.
— « Nouvelles & Récits », histoires courtes et exercices de style au Père Lachaise.
— Lauréat du concours de nouvelles « Un cadavre dans les dunes » du Prix Gérard de Nerval de la ville du Touquet, avec la nouvelle « Oisiveté funeste », parue aux éditions Arthémuse, Paris.
— Rédaction en cours : « Idées Foll(es) », une libre interprétation des « Exercices de Style » de Raymond Queneau. Plus de cent épisodes agrémentés de divers textes et illustrations.
— Correspondant de presse de son village pour le quotidien régional « l'Indépendant » de 2017 à 2023.

Retrouvez-le sur ses réseaux :

— **Facebook** : www.facebook.com/jeanfrancois.foll
— **Instagram** : www.instagram.com/idee_folle_/

Clin d'œil :

L'épellation du patronyme : « F.O.L.L » s'entend : « F aux deux ailes », d'où les envisageables armoiries familiales ci-dessus. La « connexité impériale » ne peut pas vous échapper !

1 ~ Comment l'aigle se mua en colombe

De Jean-François Foll

La ville se trouvait maintenant à plusieurs lieues derrière nous.

Les averses incessantes de cet après-midi de printemps avaient rendu boueux les chemins de la campagne bruxelloise et entravaient notablement la progression de notre imposant coche. Déjà quelques heures auparavant, ces intempéries nous avaient contraints, Céleste et moi, d'écourter notre flânerie dans les rues de la ville. Les pavés étaient glissants ; les rues étrangement désertes. Ces ondées ininterrompues me rappelaient mon enfance malouine lorsque je jouais, souvent sous le crachin, dans le quartier de la rue des Juifs.

Mon épouse, les yeux baissés vers le sol afin d'éviter les larges flaques, serrait fermement mon bras. Ce 15 juin 1815 constituait le dernier jour de notre séjour.

Nous retournions à regret à Paris.

Suite au message de notre fidèle amie Marie Catherine d'Heusy, nous étions convenus de faire halte en sa charmante demeure de Charleroi, sise Ville Basse. J'avais pu, déjà plusieurs années plus tôt, goûter au charme du château Puissant. Il ne ressemblait pas à l'un de ces manoirs moyenâgeux, comme il en existait tant en pays carolorégien ; point de créneaux, de mâchicoulis, ni d'oubliettes, mais une élégante bâtisse rectangulaire à un étage.

Le voyage nous parut interminable. Entrant dans Charleroi par la porte de la rue de la Marcinelle, le carrosse ralentit, et ce changement d'allure nous fit abandonner l'objet de nos attentions ; Céleste, la broderie en découpure « à dents de loup » d'un magnifique porpant, et moi, la lecture des *Commentaires de César.*

Par la fenêtre, nous aperçûmes plusieurs grognards… Au fur et à mesure de la progression de notre voiture, nous nous étonnâmes de la présence graduelle des soldats de la garde impériale… Plusieurs fois avant de parvenir chez notre hôte, des grenadiers nous intimèrent l'ordre de nous arrêter et de décliner nos identités.

Dès que nous pénétrâmes dans la cour du château, je compris, après avoir remarqué la personne du général comte de Grouchy, la raison de la conséquente effervescence de la ville et de la forte présence militaire : l'Empereur était là !

La rumeur persistante qui s'amplifiait au fil des jours, faisant état d'importants déploiements de troupes, n'était donc pas infondée…

Grouchy vint à ma rencontre, la mine renfrognée, et me gratifia d'un cynique :

– Le bonjour, Monsieur de Chateaubriand.

Avec malice, il insista sur le « de » et dédaigna présenter ses hommages à mon épouse. Notre dernière entrevue avait été autant houleuse que vaine.

L'arrivée de la douairière évita que nous n'engagions un dialogue aux termes qui s'avéreraient, par avance, désobligeants.

Marie Catherine donna des ordres aux cochers pour que l'on portât nos bagages dans nos appartements et que l'on fît à Céleste les honneurs de la demeure. Puis elle m'entraîna dans sa bibliothèque. Visiblement embarrassée, elle se confondit en excuses, m'expliquant que la présence de Napoléon Bonaparte en ces lieux était parfaitement imprévue et rendue inopportune au regard des graves conflits qui persistaient entre l'Empereur et moi. Forts de notre immémoriale amitié, nous agréâmes l'idée que cette réunion fortuite, censément fâcheuse, laissait entrevoir la perspective d'un dîner ardent.

Le château, entièrement occupé par la garde rapprochée impériale, obligea Madame d'Heusy à nous installer dans la demeure jouxtant sa propriété.

Sitôt nos ablutions terminées, un valet vint nous chercher afin de nous escorter jusqu'à la somptueuse salle à manger. L'Empereur tenait conciliabule avec le comte de Grouchy et Ferdinand, le fils de Madame d'Heusy. Après nous avoir aperçus, il nous rejoignit avec une célérité inconvenante à l'égard de ses allocutaires.

Céleste tendit délicatement la main que l'Empereur effleura à peine de sa bouche. Se relevant, il planta son regard glacial dans le mien et proféra à mon encontre un hostile :

– Alors, Monsieur de Chateaubriand, ce voyage à Gand fut-il agréable ?

Quelque peu décontenancé par ces propos liminaires, destinés à m'informer qu'il était avisé du fait que j'avais suivi dans son exil, quelques semaines auparavant, Sa Majesté Louis XVIII, je ne pus répondre que par l'affirmative.

Marie Catherine, en hôtesse prévenante et attentive, annihila cette première escarmouche impériale en s'approchant de nous pour signifier les places qu'elle avait octroyées à chacun des convives.

Sans doute par espièglerie, elle me plaça face à Napoléon Bonaparte.

À peine attablés, la pinte de lambic qui nous avait été servie fut avalée par Grouchy en un tournemain.

Pratiquement affalé sur la table, il souriait béatement aux paroles, empreintes d'une spécieuse civilité, que l'Empereur daignait adresser à mon épouse.

Les innombrables sujets de discorde entre Napoléon et moi dataient, pour ma part, du tragique événement de l'assassinat du Duc d'Enghien sur les ordres de celui qui, à l'époque, n'était encore « que » Premier Consul.

Alors que l'on nous servait déjà une fumante soupe de chicons au lait, je déclenchai le premier débat, à mes yeux parmi les moins polémiques : le congrès de Vienne.

Le ton monta rapidement. Nos points de vue divergeaient fondamentalement ; pour lui, cette conférence ne représentait qu'une coalition de la quadruple alliance qui, sous couvert de l'établissement d'un nouvel ordre pacifique, portait atteinte à la puissance de la France, et surtout à celle de son Empereur ; pour moi, une progression sociale considérable initiant l'idée de la possibilité pour les peuples de disposer d'eux-mêmes et aboutissant à de grandioses avancées libérales, telles que la libre circulation navale, et aussi l'abolition de la traite des Noirs.

Ayant terminé de déguster leur entrée, les autres commensaux nous observaient dans un silence pesant et n'osaient prendre part à cette joute verbale. L'Empereur dédaigna ce premier plat, en fit de même pour le second ; pourtant, une admirable réussite du maître coq du château : une tarte al'djote au goût suave de bètchéye. Mais, par contre, certainement préoccupé par notre discussion et plus encore par l'élaboration de ses projets de conquête, il vidait son verre sans discontinuer.

Cette attitude très surprenante ne correspondait nullement à sa notoire réputation d'ascète…

La discussion vira presque à l'altercation, lorsqu'aux reproches qui me furent faits quant à la récente publication de mon pamphlet *de Bonaparte et des Bourbons*, je répliquai vertement, insinuant que lui, pour sa part, n'était sans doute pas étranger à la mort de mon cher cousin, Armand de Chateaubriand du Plessis, fusillé dans la plaine de Grenelle, malgré mes suppliques répétées.

Le repas durant, maints sujets brûlants furent abordés et débattus, ad irato : charte et acte additionnel, liberté de la presse, guerres dispendieuses, censure de mon discours de réception à l'Académie française…

Chaque chapitre apportait son lot d'accusations, d'invectives, d'apostrophes ; chaque plaidoyer se terminait immanquablement par une ou plusieurs lampées de vin. Le « petit caporal » continuait de faire grand honneur aux délicieuses bouteilles offertes à nos palais ; lui qui s'était tant évertué à imposer « l'étiquette » !

Cependant je m'amusai, au cours de cette mémorable soirée, l'espace d'un instant, lorsque, contraints de sortir soulager nos vessies mises à mal par tant de boissons, je réprimai difficilement un fou rire à la vue de l'Empereur dans la posture qui me rappela diablement le Manneken-Pis, que nous avions pu contempler la veille, Céleste et moi.

De retour à table, le duel idéologique reprit de plus belle. La tension ambiante ne m'empêchait toutefois pas d'observer le comportement du comte de Grouchy qui, après le waterzooï de poulet, poussa la goinfrerie à son paroxysme pour la salade de fraises au poivre, servie en dessert, en engloutissant d'hallucinantes quantités.

La soirée s'éternisa. Les invités avaient tous quitté la table. Certains d'entre eux avaient entamé une partie de trictrac, d'autres fumaient au boudoir, d'autres encore étaient partis se coucher.

Au fil de la soirée, l'alcool aidant, les débats devinrent notablement moins tendus, les sujets abordés quasiment consensuels.

L'Empereur daigna parler de mes œuvres et convint que si *Atala* l'avait laissé indifférent, il n'en allait pas de même avec *Le Génie du Christianisme*, survenu en conformité heureuse avec ses desseins politiques de Premier Consul. En retour, je lui rappelai combien j'avais été fier d'être nommé, par ses soins, secrétaire à Rome, et le complimentai de son implication dans l'aboutissement de l'arrêté Chaptal, m'ayant permis, plusieurs jours plus tôt, d'en admirer l'héritage culturel : les merveilleuses statues et peintures du musée de Bruxelles.

Aux premières lueurs du jour, fatigué, ivre, l'Empereur mit fin à nos débats et ordonna qu'on l'aidât à regagner sa chambre ; j'en fis de même avec grande difficulté, maudissant parquets et plafonds devenus soudain aussi ballotants qu'un frêle esquif livré aux vagues d'un océan déchaîné.

Le jour se levait lorsque Céleste vint me réveiller. Sans ménagement, elle m'annonça que Napoléon, pris de violents vomissements, accompagnés de longs malaises, venait d'être prestement rapatrié vers Paris, escorté par un détachement de la garde impériale.

La terrible nouvelle nous parvint en fin d'après-midi : l'état de santé de l'Empereur s'était gravement détérioré. La mort le faucha au cours du voyage, ironie de l'histoire, dans le petit village lorrain de Varennes-en-Argonne.

Dès qu'il en fut informé, le maréchal Ney décida de faire rebrousser chemin aux troupes qu'il avait massées au lieu-dit les Quatre Bras ; Wellington, étonné par ce coup de théâtre, prit, après s'être concerté avec ses alliés, la même décision.

Point de bataille.

Ce 18 juin 1815, pourtant très pluvieux, se révéla un bien beau jour… de paix.

S'ensuivit une kyrielle d'événements imprévisibles :

- Une paix pérenne en Europe pour les *générations* à venir, avec la création du G5 entre la quadruple alliance et la France.

- Hudson Lowe, nommé gouverneur de Sainte-Hélène, s'ennuya tant sur son île qu'il sombra dans un profond alcoolisme.

- Grouchy, ayant tant apprécié le dessert servi la veille, mobilisa une poignée d'hommes pour trouver, coûte que coûte, l'outil adapté au déplantage des fraisiers du pays.

Ce cocasse épisode aurait très bien pu faire l'objet d'un pamphlet intitulé de manière prémonitoire « *La pelle du 18 juin* ».

En addendum à mes *Mémoires d'Outre-Tombe,* devrait paraître un feuillet additionnel sous la forme d'un acte de contrition vis-à-vis du peuple suédois, auprès duquel je fis pourtant un agréable séjour en qualité d'ambassadeur…

En effet, cette journée, restée banale, priva le groupe Abba d'une carrière prodigieuse qui aurait pu être amorcée par un tube au retentissement planétaire : « Waterloo ».

Nous sûmes, quelque temps plus tard, qu'en prenant connaissance de cet épisode, nombre d'habitants du village de Pratzen, témoins pour la plupart de la « Bataille des trois Empereurs » se rassemblèrent tôt le matin, dans l'exultation, afin de célébrer le soleil d'Austerlitz.

Auteur partenaire : Sandra Pradeilhe

Voyant son royaume envahi par une armée de démons, la princesse et magicienne Billy n'a d'autre choix que de riposter, dévoilant ainsi aux yeux de son peuple ses pouvoirs destructeurs. Mais son véritable ennemi sera bien plus proche qu'elle ne l'imagine.
Le vaincre ferait d'elle un monstre. Perdre, serait condamner le monde des vivants.
On ne peut pas sauver tout le monde.

Biographie de Marie Lanotte

Passionnée de lecture, j'ai commencé à écrire pour démêler les histoires qui s'accumulent dans ma tête lors de promenades avec ma chienne. Par un heureux hasard, la première nouvelle que j'ai envoyée pour un concours a été retenue, ce qui m'a encouragée à poursuivre dans l'écriture.

À ma grand-mère, qui même si la fantasy n'était pas du tout son genre, me lisait consciencieusement tout en me prévenant que devenir écrivain, cela ne rapporterait pas beaucoup !

2 ~ La Flamme Sacrée

De Marie Lanotte

Erin regardait partout, avec des yeux grands comme des soucoupes. Je la laissai faire. Si je ne me trompais pas, ce jour marquait son premier passage dans une ville aussi grande. Bien que modeste selon mes standards, elle n'en restait pas moins impressionnante.

D'autant plus que si la population de Kilgu ne dépassait pas les cinq mille habitants, elle avait explosé pour la Fête de la Flamme Sacrée. Moi-même peinais à me concentrer au milieu de ce foisonnement de couleurs, d'odeurs et de bruits. Surtout les odeurs. Après deux semaines à voyager dans les bois et les campagnes, le parfum de milliers de corps vivant les uns sur les autres avait de quoi agresser mes narines.

Je regrettais déjà d'avoir laissé Shadow derrière, hors des murs de la ville, mais cet endroit ne convenait pas à un loup. Sa présence m'aurait tout de même rasséréné. De plus, les gens montraient une tendance marquée à s'écarter avec empressement sur son passage.

Je secouai la tête. Pour faire simple, je n'aimais pas les villes. Encore moins un jour de fête. Ou la veille, dans notre cas. Quoique… le pire restait peut-être les lendemains des festivités, quand je ne pouvais faire dix pas sans être attaquée par les senteurs de vomis et de bière rance. Ou quand je devais enjamber des corps étendus sur les pavés. Très peu pour moi.

Un coup d'œil à mes côtés et je me retournai brusquement. Où était passée Erin ? La panique me prit pendant une seconde ; j'imaginais déjà le sermon que me réserverait le Grand Maître si j'égarais ma jeune Apprentie. Heureusement pour moi, sa chevelure blonde ressortait dans la masse des têtes brunes et noires. Je la repérai immédiatement, figée devant l'un des étals proposant un assortiment de… j'y jetai un regard en la rejoignant. Des rubans, des tissus et un bric-à-brac que je ne tentai même pas de déterminer.

— Erin, l'appelai-je.

L'intéressée sursauta, n'ayant apparemment pas réalisé qu'elle s'était laissée distancer. Je regrettai un instant d'avoir rejeté la proposition du Grand Maître de prendre Karvil avec nous. Il avait consciencieusement veillé à ce qu'Erin ne s'égare pas alors qu'elle intégrait nos rangs durant sa dernière année d'apprentissage. Cependant, après cinq ans à mes côtés, il avait plus que mérité le titre de Maître et je n'avais pas eu à cœur de l'éloigner de sa première mission en solo. Il allait falloir que je m'habitue à garder un œil sur cette jeune fille.

Je lui fis signe de me suivre et elle m'emboîta le pas, jetant un dernier regard d'envie à la collection colorée.

— Après la mission, assenai-je.

Puis, me rappelant qu'elle ne me connaissait pas encore comme Karvil, qui parvenait à traduire mes ordres brefs en des phrases complètes, je m'expliquai.

— Nous devons rencontrer le bourgmestre. Tu auras tout le loisir d'explorer Kilgu une fois que nous aurons déposé nos affaires à l'auberge.

Ou n'importe quel endroit que le magistrat avait retenu pour nous. Toutes les hôtelleries devaient être bondées, avec la foule qui arrivait pour la Fête de la Flamme Sacrée.

Elle hocha la tête, ce qui ne l'empêcha pas de s'arrêter devant un étal un peu plus loin, qui exposait une collection impressionnante de dagues et d'épées (pour tout dire, je m'y serais également attardée). Réprimant un soupir, je l'attrapai par le bras, fendant la foule avec détermination.

La mission en premier, l'exploration et l'ébahissement plus tard.

***

— Maître Salia ?

Lâchant mon paquetage sur le lit, je lui fis signe de continuer. Le bourgmestre nous avait réservé une chambre dans une auberge, bien que j'hésite à appeler ce cagibi une chambre. Au moins, me consolais-je, nous profiterions d'un véritable matelas après avoir dormi sous les étoiles.

— Je ne suis pas sûre d'avoir tout compris…

M'asseyant sur le lit, je lui offris toute mon attention. Étant donné que j'avais moi-même eu du mal à suivre les explications du bourgmestre et de son conseiller, j'aurais dû lui reformuler le tout.

— Dis-moi ce que tu as compris.

Si chacun de mes Apprentis était différent et que j'adaptais mes enseignements en fonction de leurs forces et de leurs faiblesses, une chose ne changeait jamais. Je les voulais capables de réfléchir par eux-mêmes, d'analyser une situation sans que je doive leur en expliquer les détails.

Erin fronça les sourcils, pensive.

— Eh bien… Le bourgmestre nous a fait venir pour la Fête de la Flamme Sacrée qui aura lieu demain. Il veut qu'on protège la Flamme, car il craint que quelqu'un n'essaye de la voler ?

Le ton sur le dernier mot monta comme pour une interrogation. Je décidai de prendre la parole.

— L'éteindre est un plus grand risque.

Elle baissa le menton, notant la précision.

— Et nous devons nous assurer que cela n'arrive pas, reprit-elle.

J'acquiesçai. Un bon résumé, mais trop peu pour rendre quiconque efficace. Nous n'allions pas profiter des merveilles de Kilgu tout de suite…

***

Erin sautait littéralement sur place, trop excitée par l'explosion de couleurs, les saltimbanques et les centaines d'autres animations qu'elle distinguait dans la foule. Je m'amusais à la voir tourner la tête dans tous les sens, reprendre le contrôle d'elle-même et se redresser dignement (comme il seyait à un Maître), avant qu'un bruit ne happe son attention et qu'elle recommence à sautiller.

Moi, je me contentais de la garder à l'œil. Mon objectif, pour le moment, se résumait à éviter que nous soyons séparées. Bien qu'elle ne risque pas grand-chose à cette heure, je ne tenais pas à tenter les Dieux.

Comme je le lui avais déjà répété une dizaine de fois, notre mission commencerait réellement peu avant que le soleil n'atteigne son zénith. À cet instant seulement, les Prêtres sortiraient du Temple et se dirigeraient vers la grande place pour capturer le rayon de soleil le plus puissant de l'année.

Comment faisaient-ils ? Je n'en avais pas la moindre idée. Ce qui m'intéressait davantage se trouvait dans l'inquiétude du bourgmestre, qui m'avait confié sa crainte que des Marcheurs d'Ombre aient investi la ville. Ce groupe ne s'arrêterait à rien pour éteindre la Flamme Sacrée.

Jusqu'à la tombée de la nuit, Erin et moi protégerions donc la Flamme afin de lui éviter toute infortune.

D'ici là, mon Apprentie avait tout le loisir d'explorer à sa guise. Avec moi sur ses talons, cependant. Et si, par le plus grand des hasards, nous nous retrouvâmes devant le stand aperçu le premier jour, je niais toute coïncidence avec mon incapacité à résister à une nouvelle lame.

***

Malgré mon envie de laisser mon Apprentie déambuler dans Kilgu toute la journée, je finis par la rappeler pour nous diriger vers la grande place. Du coin de l'œil, je l'observais passer sa main, encore et encore, sur le pommeau de sa nouvelle dague. Pensait-elle vraiment que le peu de matériel fourni par les Maîtres suffirait pour ses cinq années d'apprentissage sous ma tutelle ? De plus, de mon point de vue, une lame bien aiguisée n'était jamais perdue.

Je nous arrêtai près d'un énième marchand (de chapeaux, celui-ci).

— Et maintenant ?

— On attend.

Je contemplai le soleil qui approchait de son zénith.

— Les Prêtres ne tarderont plus.

— Ne devrait-on pas les accompagner depuis le Temple ?

— Non.

Je lui souris pour adoucir ma réponse. Dans d'autres situations, j'aurais agi ainsi, interceptant la procession à la sortie du Temple.

— Ce ne sont pas les Prêtres l'objectif des Marcheurs, mais la Flamme. Il nous faut la garder en vie jusqu'à ce que le soleil se couche et que les Prêtres allument le bûcher.

Je pointai du doigt un énorme amas de bois. Je ne pensais pas que les Marcheurs aient tenté de le compromettre. Non, ils agiraient une fois le Rayon capturé, mais avant le brasier allumé.

— Il y a quelque chose que je ne comprends pas, commença Erin. La Flamme Sacrée naît du rayon du Solstice d'Été, pour réchauffer le cœur de l'Hiver…

Je hochai la tête, l'encourageant à poursuivre.

— Je me demandais… Est-ce qu'ils vont *vraiment* garder la Flamme jusqu'en Hiver ?

Je ris devant sa confusion, ébouriffant ses cheveux blonds.

— Chacun a ses croyances, Erin, ne l'oublie jamais. Pour répondre à ta question… Ça dépend. La Flamme Sacrée va allumer le bûcher, là-bas.

Elle suivit mon doigt tendu.

— Ensuite, chaque personne viendra récolter une flammèche. Ils rentreront chez eux. Pour certains, leur flamme mourra dès cette nuit, si ce n'est pas sur leur chemin. Quelques-uns reviendront chercher leur flammèche, d'autres en riront et partiront boire. Pour d'autres, elle tiendra un jour, une semaine, ou plus. Seuls les fortunés s'offriront le luxe de brûler des bougies, uniquement pour garder leur flamme allumée jusqu'à l'Hiver. Quand les jours de froid s'annonceront, ceux qui en ont la possibilité retourneront chercher une flammèche dans le Temple, où la Flamme aura été maintenue en vie.

Je me penchai vers elle avec un regard conspirateur.

— La plupart des paysans ou même des habitants de cette ville n'en prendront pas la peine. Ils utiliseront un silex pour démarrer leur feu.

Elle resta un long moment pensive. J'en profitai pour examiner la foule. À nouveau, je regrettai l'absence de Shadow. Trois paires d'yeux en valaient toujours mieux que deux. Et dans cette liesse, son instinct nous aurait bien servi.

Je commençais à me demander si Erin avait eu raison : les Prêtres avaient peut-être été attaqués en chemin. Je m'apaisai quand des vivats annoncèrent finalement la procession.

— Profite du spectacle, enjoignis-je à mon Apprentie.

Avec une parfaite coordination (je soupçonnais les Prêtres de passer des mois à répéter), ils montèrent des cadres de bois et installèrent d'énormes lentilles de verre. Le silence s'installa peu à peu quand le Père Supérieur, un vieil homme au crâne rasé et dont l'embonpoint tirait sur les coutures de sa bure, s'avança, tenant respectueusement un long cylindre taillé dans l'écorce et le cristal.

Je scrutai la foule pour déterminer si l'un des spectateurs dissimulait d'autres intentions que celle de faire la fête jusqu'à l'aube. Personne ne retint mon attention, alors je reportai mon regard sur les Prêtres. Juste à temps pour apercevoir le Père Supérieur glisser le cylindre à sa place dans le mécanisme.

Je n'avais pas la moindre idée de ce qu'il contenait, mais quand les Prêtres parlaient de capturer le rayon du soleil, ils ne mentaient pas. Alors que l'astre se rapprochait du sommet de sa trajectoire, un faisceau se forma dans l'étrange assemblage et rebondit de surface en surface. Il s'épaissit, de plus en plus brillant, et devint nettement visible, jusqu'à l'autre bout de la place.

Puis, l'un des Prêtres fit pivoter un panneau et le rayon se précipita dans le cylindre, l'embrasant.

Un grand éclat monta de la foule rassemblée. Le Rayon avait été capturé ! Immédiatement, la bière se mit à couler à flots.

Attrapant Erin par le bras, je la tirai vers les Prêtres. Ils devaient assurer la sécurité du Rayon jusqu'à ce qu'il soit libéré vers le bûcher. S'ils prenaient leur tâche au sérieux les premières heures, la Fête de la Flamme Sacrée constituait le seul jour de l'année où les Prêtres se permettaient de boire, souvent plus que de raison.

À la place des Marcheurs, j'attendrais quelques heures avant d'agir, que leur vigilance se soit relâchée.

***

Comme prévu, peu avant le coucher du soleil, plus aucun Prêtre ne se trouvait près du Rayon capturé. J'avais fait reculer Erin jusqu'à un meilleur point de vue et si je pouvais rester des jours à l'affût, la patience ne semblait pas encore une compétence acquise chez ma petite Apprentie. Je l'avais envoyée plusieurs fois en reconnaissance autour de la place pour qu'elle se familiarise avec les environs, mais elle devait à présent combattre un ennemi bien plus sournois, la fatigue. Je la comprenais. Après deux semaines sur la route, suivie d'une nuit interrompue par des cris de joie et la cacophonie d'une ville sur le point de célébrer sa plus grande fête de l'année, je n'aurais pas été contre une petite sieste.

Comme aimait à le répéter ma mère quand je me plaignais, si j'avais désiré un travail tranquille, je n'aurais pas dû rejoindre les Maîtres.

– Pourquoi est-ce qu'ils n'allument pas leur feu maintenant ? demanda Erin en étouffant un bâillement.

Je souris.

– Et faire ainsi concurrence au soleil le plus puissant de l'année ? Cette fête est là pour le célébrer et non lui faire de l'ombre. Le bûcher sera allumé au coucher du soleil, pour faire perdurer sa clarté et sa chaleur.

***

Le soir tombait et la foule n'allait pas tarder à se rassembler à nouveau. Les Marcheurs se cachaient-ils réellement parmi nous ? Si oui, qu'attendaient-ils ? Peut-être souhaitaient-ils agir devant le plus de spectateurs possible ? Je fronçai les sourcils, cette idée ne me plaisait pas. Car elle signifiait qu'ils étaient sûrs de leur coup. Si le Rayon s'éteignait devant une poignée de personnes, les convaincre d'un rêve ou d'une hallucination alcoolisée s'avérerait aisé. Devant des centaines ? Ce serait la panique assurée et les Marcheurs pourraient s'évanouir sans peine dans la nature.

— Maître Salia ?

— Je les vois.

Erin possédait de bons yeux si elle parvenait à distinguer les formes furtives qui convergeaient vers le Rayon et le bûcher. Je les comptai rapidement. Trois. Trois, cela était dans mes cordes. Par précaution, j'envoyai un message à Shadow pour qu'il nous rejoigne. Si les Marcheurs avaient un peu de bon sens, d'autres devaient patienter, dissimulés dans les ombres, prêts à agir.

Le lien m'unissant à Shadow vibra, puis je le sentis se mettre en route.

— Erin, sur mon signal, tu cours jusqu'au Rayon et tu le brises dans le bûcher. Assure-toi qu'il prenne.

J'avais déjà pu évaluer ses compétences avec des armes et elles s'avéraient bonnes. Seulement, contre des Marcheurs, il fallait se montrer plus que simplement bon. Et je n'allais pas mettre mon Apprentie en danger alors que je pouvais la garder en sécurité.

Elle allumerait le bûcher selon les règles, à partir du Rayon, et se mettrait à l'abri. Et une fois ce dernier allumé, les Marcheurs seraient impuissants. Un bûcher ne s'étouffait pas comme un Rayon.

Me laissant glisser à terre, je parcourus rapidement la distance qui me séparait des Marcheurs. *Une occasion de tester ma nouvelle dague,* me dis-je dans un sourire carnassier.

Je n'aimais pas la violence gratuite. Cependant, entre frapper quelqu'un déjà à terre et se battre contre une personne décidée à faire du mal (même s'il ne s'agissait que de défendre un symbole), il subsistait de grandes différences.

Un cri d'alarme retentit devant moi et je pestai intérieurement en voyant mes ennemis se mettre à courir. Pour la discrétion, je repasserai. Je jaillis sur le chemin de l'un d'entre eux et un couteau quitta ma main pour en percuter un second.

— Erin ! Maintenant !

Concentrée sur mon (mes, car un autre se rapprochait) adversaire, je ne pouvais vérifier si elle m'avait obéi. Elle avait déjà fait ses preuves, avec Karvil. Pourtant, cette fois-ci, aucun Apprenti confirmé ne la soutiendrait si elle rencontrait une difficulté.

Quant à moi, j'étais bien trop préoccupée à éviter les lames de mes adversaires. Un vieux Maître d'armes avait une fois comparé ces échanges de coups à une danse. Si j'avais trouvé de la beauté dans ses mots, mon combat actuel ne ressemblait en rien à cela. En fait, et malgré mes efforts, je ne cessais de céder du terrain pour ne pas me faire embrocher.

Je grondai et pestai contre ce serment, celui qui m'empêchait de recourir à mon atout secret devant des innocents. Sans lui, j'aurais déchiqueté ces Marcheurs de mes crocs en un rien de temps !

Sans que je sache comment, Erin apparut soudain à mes côtés, les yeux brûlants de détermination et sa dague luisant dans la lumière du brasier qui prenait derrière nous.

— Le feu est parti, m'indiqua-t-elle avant que je ne puisse la rabrouer.

Ne lui avais-je pas ordonné de rester à l'écart une fois sa tâche terminée ?

— Repli, décidai-je immédiatement.

Tant pis si les Marcheurs s'échappaient ! Erin n'aurait pu tenir plus de quelques secondes face à ces hommes, et je me connaissais assez pour savoir que je ne pouvais à la fois les attaquer et la défendre.

J'aurais dû me rappeler l'énergie et l'adrénaline qu'avaient engendrées mes premières batailles. Alors que je feintais pour éloigner mon adversaire et nous permettre de reculer, mon Apprentie bondit en avant.

– Erin ! Non !

Je n'eus pas le temps de la retenir. Mon adversaire me bouscula et nous roulâmes à terre, loin d'Erin et de son propre combattant. Je me relevai, grondant sourdement. *Bon sang !* Je cherchai ma protégée des yeux et en oubliai un instant mon opposant.

Malheureusement pour lui, quand il tenta de m'attaquer par-derrière, je me retournai vivement, le tailladant de l'épaule à la hanche. Il hurla de douleur et recula de quelques pas. Il croisa alors mon regard. Je ne sus ce qu'il y perçut, peut-être la bête en moi. Cela ne m'était pas arrivé depuis des années : la louve ne demandait qu'à se libérer. Je sentais que mon corps désirait se transformer, mais je me contrôlai de mon mieux, bandant ma volonté. Cet échange silencieux ne dura qu'une fraction de seconde. Je filai vers mon Apprentie, laissant mon adversaire assommé dans la poussière, blanc comme un linge.

Erin s'était laissée emporter à l'extrémité de la place. Pourtant, au lieu de me précipiter à son secours, je vérifiai d'abord le brasier. Il avait pris, et si l'attention de la foule restait fixée sur Erin et moi, certains courageux s'approchaient déjà pour récolter leur flamme. Le brasier ne risquait plus rien.

Soulagée, je bondis vers ma protégée, regrettant une nouvelle fois mon incapacité à me transformer devant témoins. Même pour sauver une vie. Quoique… Je l'aurais probablement fait si je me trouvais seule. Mon esprit sauvage prenait parfois le dessus lorsque je devenais louve… Je ne pouvais mettre en danger mon Apprentie.

Erin cria et j'accélérai. J'y étais presque… Je percutai son assaillant et nous tombâmes à terre, roulant sur le sol en échangeant des coups maladroits. Je sentis la brûlure de l'acier contre ma joue ; je ripostai sans attendre vers ce que j'espérais la gorge de mon opposant. Il grogna de douleur, mais mon répit ne dura pas. Une main implacable m'agrippa le cou. Je me débattis de plus belle, sans succès. Soudain, une énorme masse noire s'abattit sur nous en grondant, m'arrachant mon adversaire dans un flot de sang. Je m'assis et respirai avec difficulté. Le grand loup gris charbon releva le crâne et ses yeux dorés croisèrent mon regard mi-loup mi-humain.

Il détourna le museau et je me reconnectai à la réalité. Des cris apeurés montaient de la foule ; je les ignorai. J'étais obnubilée par le dernier Marcheur…

– Shadow ! croassai-je en repérant la forme sombre qui s'échappait vers une ruelle.

Il me frôla avant de se lancer à la poursuite du fuyard.

Finalement, je me redressai, grimaçant de douleur. Je savais que, dès le lendemain, de sacrés bleus parsèmeraient ma peau. Un coup d'œil aux alentours me permit de constater qu'Erin se trouvait assise à même le sol, saine et sauve. Presque. Elle tenait précautionneusement son bras duquel jaillissait un liquide sombre. Des gardes de la ville tentaient de se frayer un passage parmi la foule, bien que peu d'entre eux marchent droit.

J'attrapai le regard du garde le plus alerte, avant de pointer la direction prise par le Marcheur et Shadow.

– Mon loup poursuit un autre Marcheur. Vous devriez aller le récupérer.

— Récupérer le loup ?

Je parlais du Marcheur, évidemment, pas de Shadow. M'étais-je mal exprimée ? J'avais peut-être pris un coup sur la tête dans toute cette histoire. Je l'observai durement de mes iris dépareillés et il frissonna. Fébrile, il se détourna pour donner des ordres.

Entièrement confiante en Shadow, qui savait se débrouiller contre un seul homme apeuré (lors de mon apprentissage, il avait fallu à mon Maître des trésors de patience pour m'expliquer que non, tout le monde ne percevait pas un gros nounours dans ce loup gris foncé qui me suivait à la trace), je clopinai jusqu'à mon Apprentie tout en essuyant distraitement le sang qui maculait ma joue.

— Erin.

Elle me fixa un instant sans me reconnaître, sous le choc. Je la comprenais. Entre entendre les comptes-rendus de Maîtres revenant de missions et se retrouver dans une réelle escarmouche, avec des blessés en prime, il y avait une grosse différence.

Je m'abaissai dans un rictus et utilisai ma dague pour couper la manche de sa tunique. Peu m'importait de l'abîmer, elle était déjà fichue. Ma protégée cligna des yeux.

— Maître Salia ?

— Chut, l'apaisai-je en examinant sa blessure. C'est fini.

Il lui faut un guérisseur, décidai-je. La lame avait pénétré profondément sa chair, de l'épaule au coude.

Je fus interrompue par l'arrivée du bourgmestre, qui haletait d'avoir couru jusqu'à nous.

— Maître.

Je n'appréciais pas son ton pressant. Ne voyait-il pas que nous venions de mettre ses ennemis en déroute ? Que nous aurions apprécié un instant de répit afin de reprendre notre souffle ?

— Puis-je savoir ce qu'il s'est passé, exactement ?

« Exactement ? » Je le fixai de mes yeux vairons. Il soutint mon regard une poignée de secondes avant d'abdiquer. Il se tourna vers le cadavre de l'homme, abattu par Shadow, et mon premier assaillant, à présent encadré de plusieurs gardes (dans leur état d'ébriété, leur penchant pour la prudence du nombre ne me parut pas superflu).

— Mon Apprentie est blessée, déclarai-je posément. Je vous dirai tout ce que je sais une fois qu'un guérisseur se sera occupé d'elle. J'imagine que vous pouvez commencer par interroger cet homme et celui que mon loup a intercepté.

— Un loup ?

Je confirmai, tout en mettant Erin sur pied.

— Et je vous serai reconnaissante de vous assurer qu'aucun mal ne lui arrive.

Poussant mon Apprentie devant moi, je me dirigeai d'un pas ferme vers notre auberge.

***

— Honnêtement, si vous vouliez bien me prêter votre loup pour quelques mois…

Je lançai un regard assassin au capitaine venu me faire son rapport. Il abandonna immédiatement l'idée.

— C'est très pratique pour faire parler les gens, l'entendis-je marmonner.

Je ne réagis pas, n'étant pas supposée avoir entendu. De toute façon, Shadow avait déjà quitté la ville. Il la surveillait de loin, au cas où j'aurais de nouveau besoin de lui. Non que cela soit nécessaire : je doutais qu'il se passe autre chose de palpitant durant le reste de notre séjour.

Le bourgmestre avait râlé, bien entendu, et les Prêtres avec, nous accusant d'avoir allumé le bûcher trop tôt, sans aucune considération pour le Rayon Sacré. Quand je leur avais (vertement) répondu qu'il n'aurait tenu qu'à eux de se tenir auprès du Rayon pour le protéger, ils s'étaient calmés. Cela ne les avait pas empêchés de marmonner contre mon manque de respect envers leurs coutumes. Après une longue discussion, le bourgmestre avait fini par se ranger à mon avis. Erin allumant le bûcher constituait un moindre mal comparé à ce qui aurait pu se produire si le Rayon avait été éteint ou volé.

Voyant que je n'ajouterai rien de plus à mon propre compte-rendu, le capitaine se leva et me salua brièvement.

— Maître, ce fut un honneur.

J'acquiesçai silencieusement et il repartit.

Je restai un moment sur ma chaise, réfléchissant à ce qu'il m'avait appris. Le Marcheur qu'avait coincé Shadow avait à peine attendu l'arrivée des gardes pour se mettre à parler, déblatérant ce qu'il savait de sa mission, des Marcheurs d'Ombre et de tout ce qui lui passait par l'esprit. Si j'avais bien compris, le plus dur avait été de faire le tri entre les propos cohérents et la masse d'informations sans intérêt.

Je soupirai et me levai, dissimulant une grimace. Je guérissais rapidement, mais allais souffrir pendant quelques jours. Erin, elle, n'était pas en état de reprendre la route, ce qui nous confinait à Kilgu pour l'instant.

Je retournai dans notre chambre. Le trouble que j'avais caché lors de la visite du capitaine revint. Mon Apprentie m'inquiétait.

Elle n'avait pas desserré les lèvres depuis l'attaque de la veille au soir, sauf pour répondre aux questions du guérisseur.

— Erin.

Elle leva le visage à son nom, puis détourna le regard. Je soupirai. Les jeunes... elle n'était pas la première à se croire invincible avant de tomber de haut face à la dure réalité de la vie.

Je m'assis sur son lit. Elle ne réagit pas ; je lui attrapai le menton pour la forcer à me fixer dans les yeux. Les siens, d'un bleu saisissant, brillaient de larmes.

— Erin...

— Je suis désolée ! s'écria-t-elle soudain, en pleurs.

Je haussai les épaules.

— Nous faisons tous des erreurs. L'important est d'apprendre d'elles.

Elle secoua vivement la tête. Son regard dévia sur ma joue et je ne pus m'empêcher de sourire.

— Je n'aurai même pas une cicatrice, lui assurai-je. Toi, en revanche...

— Je suis désolée... J'aurais dû...

Je lâchai un soupir.

— Erin, ce n'est ni la première ni la dernière blessure que je recevrais durant ma carrière.

Je marquai une pause pour changer brusquement de sujet.

— Qu'as-tu appris ?

Elle m'observa comme si je venais de perdre la tête (elle n'était pas la première à qui je faisais cette impression).

— Je...

Elle s'interrompit, fouillant la chambre à la recherche d'un indice.

— Quand vous donnez un ordre, je dois m'y tenir.

J'éclatai franchement de rire.

— Si tu parviens à obéir à tous mes ordres jusqu'à ta nomination en Maître, tu serais bien la première Apprentie, tous Maîtres confondus, à le faire. Si tu savais combien de fois j'ai désobéi à mon Maître…

Un léger rictus effleura ses lèvres et son front se plissa de concentration.

— Je vous ai mise en danger.

Je hochai la tête, redevenue sérieuse.

— Nous sommes une équipe, Erin.

Ses iris clairs plongèrent dans les miens.

— Ce n'est pas seulement ma vie qui est en jeu, fit-elle lentement, énonçant les vérités qu'elle découvrait. Quand j'agis comme je l'ai fait, je vous mets en danger, et Shadow également. Je dois apprendre à visualiser l'ensemble, et non me concentrer sur ce qui se trouve juste sous mon nez.

Je souris, emplie de fierté. Elle avait tout compris.

Auteur partenaire : Kevin Delavy

Je n'étais personne, sauf peut-être un fou, jusqu'à ce que j'apprenne que je dois tous vous sauver. Qui suis-je réellement ? Que se passe-t-il, là dehors, qui est encore caché aux gens ? Ma différence fera ma force, mais j'espère être à la hauteur, car avant de combattre mes ennemis, je vais devoir réussir à vaincre mes propres démons...

Depuis toujours, William Heller est un individu peu ordinaire. À cause de cela, il a subi humiliations, solitude, affliction, colère et difficultés d'insertions sociales, se perdant alors dans des questions existentielles. Après avoir traversé des moments très difficiles dans sa jeunesse, il devra brutalement faire face à un univers dissimulé au commun des mortels où il s'avérera être un élément clé. Même s'il a les cheveux blancs depuis sa venue au monde, une santé à toute épreuve et des dons étranges, il est avant tout un homme avec un cœur qui a ses joies et ses peines, ainsi que ses doutes. Pour sauver son frère, puis le monde, il ne laissera personne l'arrêter ! Cependant... saura-t-il se contrôler lui-même ?

Biographie de Amphitrite

Prof dans un collège remuant, grande voyageuse, j'aime le Brésil, les poètes maudits, les sardines grillées, le chocolat noir à 90% de cacao et mes trois merveilleux enfants, pas nécessairement dans cet ordre.

3 ~ Quand le soleil cruel

De Amphitrite

L'odeur dans mes narines m'obsède. Terre grasse, herbe et un autre ingrédient que je ne parviens pas à identifier. L'alcool ? Un remugle de taverne mal aérée. La pluie s'y est engouffrée. Des hallebardes qui nous mitraillent et métamorphosent en boue collante la terre dans laquelle nos bottes creusent leur sillon.

Quel jour sommes-nous ? Depuis combien de temps marchons-nous dans cette jungle ignorée de Dieu ?

Une éternité s'est écoulée depuis que notre navire a accosté à Tumbes.

Bip, bip…

Sangre de Dios.

Parfois, j'en oublie mon propre nom. Non, pas Juan de Loyola, le nom par lequel le reste de l'équipage m'appelle. Le vrai, mon nom de baptême, enfoui très profondément au fond de ma mémoire.

Devant moi, Antonio Gonzalez avance mécaniquement. Son dos n'est qu'une plaie sanguinolente martyrisée par le fouet du quartier-maître. Le rhum est réservé aux officiers, il l'a appris à ses dépens !

Et devant le supplicié, telles les mules éreintées du moulin de mon père, Antonio et Pedro De Jesus traînent mélancoliquement leur carcasse épuisée par les bordels insalubres de Tumbes.

Soudain, la pluie s'arrête, aussi brutalement qu'elle a commencé. Le Soleil revient.

Rodrigo Amaral, notre jeune et fringant lieutenant, s'arrête et consulte sa boussole.

Les Incas qui nous accompagnent semblent inquiets. Ils confèrent à voix basse.

Le Soleil… il n'est pas chaud comme à Séville. Non. Un autre Soleil transperce ici les épaisses frondaisons, les chapeaux de feutre usés et la peau. Sa brûlure est notre pire supplice. Les Incas le craignent et le révèrent. Il possède la couleur de l'or que nous sommes venus chercher dans cette antichambre de l'enfer. Loin, très loin, aux avant-postes de notre armée, il darde ses rais sur les armures dorées de Francisco Pizarro et ses frères, et les fait scintiller.

Un hurlement inhumain et strident troue l'air et me pétrifie. *Virgen del pilar !* Cela provient de l'avant ! D'un geste impérieux de la main, le lieutenant nous fait signe de nous arrêter et part aux nouvelles. J'en profite pour sortir d'un pan de tissu enduit de cire mes dernières provisions, un morceau de lard rance et dur comme la roche.

J'ai à peine le temps de croquer une bouchée que Rodrigo Amaral est de retour, le visage fermé, un pli dur au coin des lèvres.

La colonne s'ébranle à nouveau. Appuyé contre un arbre, Ignazio, l'un des mousses du Santa Lucia, agonise dans d'atroces convulsions. Sa bouche écume. Les autres le dépassent avec une indifférence réelle ou feinte. Depuis notre entrée dans cette jungle païenne, il est le troisième d'entre nous qui est piqué par un serpent.

Mes yeux se gonflent de larmes brûlantes que je tente en vain de réfréner. Nous nous sommes engagés ensemble, Ignazio était mon ami, le seul à bord qui me connaissait vraiment.

Un jeune inca, qui s'est joint à notre expédition à Cajamarca, s'approche doucement de moi. Il fait partie des hommes d'Atahualpa.

Il pointe son index vers mes cheveux blonds comme les blés des plaines de mon Espagne natale. Un Andalou blond, une rareté… De sa voix rauque, il profère :

– *Inti !*

Nous ne nous comprenons pas, mais je jurerais qu'il m'apprécie. Il me tend des baies qu'il vient de cueillir sur un buisson. J'hésite, puis en croque une timidement.

La saveur ne ressemble à rien de ce que j'ai connu dans ma courte vie. Mon palais s'en trouve rafraîchi. Après l'eau saumâtre de nos gourdes, la fraîcheur du fruit inconnu m'enchante.

Le garçon, qui doit avoir mon âge, gesticule et répète ce mot étrange, « Inti », tout en me considérant avec curiosité.

Je pointe le doigt vers ma poitrine :

– Juan de Loyola… C'est mon nom. Et toi ? Comment t'appelle-t-on ?

– Apu…

Par quatre doigts d'une main levés et d'un vaste geste circulaire, il désigne ce qui nous entoure :

– *Tawantin Suyu…*

Mes premiers mots de Quechua. *Le monde des Incas.*

Bip… bip…

Mes oreilles sifflent étrangement et un voile blanc passe brièvement devant mes iris. Suis-je mordu à mon tour par l'un de ces serpents argentés, plus vifs que le vif-argent ou une monstrueuse araignée, velue comme celles tombées d'un arbre dans le cou d'Ernesto le maître-coq de notre navire ? Il en a perdu la raison. Ses cris me glacent encore les sangs. L'opacité s'estompe, le Soleil réapparaît et tournoie comme un carrousel devant mes yeux. Un Soleil, puis deux, puis trois. Jaunes, orangés, vermillons, noirs…

Quand je retrouve mes sens, nous sommes arrivés à Cuzco. M'a-t-on porté ? J'ai oublié la fin du voyage. La troupe campe dans le palais de l'Inca.

À quelques mètres, Pizarro, le capitaine de l'expédition, fait les cent pas dans l'immense salle de réception. Autour de nous, les marmites en or qu'il a extorquées à Atahualpa s'entassent en piles monstrueuses. Il y en a partout, elles brillent de mille feux et m'éblouissent. Je clos mes paupières lasses.

Quelqu'un passe un linge frais et mouillé sur mon front. Je rouvre les yeux. Apu me sourit. Un sourire étrange. A-t-il percé mon secret ?

Je lui rends timidement son sourire, tout en resserrant fermement les pans de ma chemise qu'un bon samaritain a ouverte pour me permettre de respirer.

Bip… biiiip… biiiip…

Mais quel est ce bruit qui me vrille les tympans par-dessus le brouhaha des soudards de Pizarro, enivrés par l'or et l'alcool de manioc dont ils s'enfilent de larges rasades ?

Apu m'apporte un bol de ce breuvage et me le tend, un rictus engageant aux lèvres :

– *Chicha !*

Soudain, Rodrigo, le lieutenant, s'interpose :

– Ne bois pas cette mixture, Juan, c'est l'œuvre des sorciers !

Trop tard, j'ai déjà trempé mes lèvres dans la boisson dont les relents m'écœurent un peu.

Apu trinque avec moi, nos *mukawas,* ces tasses rustiques, s'entrechoquent.

Dios mios, comme ce breuvage est puissant ! Quelques gorgées et je décolle littéralement. Mon esprit se sépare de mon corps, tel un prisonnier avide de quitter une geôle abhorrée. Je plane, passe au-dessus des Espagnols avinés et de leurs compagnons quechuas qui les observent avec ironie.

Pizarro et Atahualpa sont plongés dans de sombres transactions. Le conquistador aux traits veules et cupides fixe l'empereur inca avec intensité.

Mon esprit léger passe la porte et s'envole très haut dans le ciel.

Le Dieu Soleil fait vibrer les silhouettes des hommes et des bâtiments. Il me murmure son nom… *Inti.* Je m'élève lentement au-dessus de la ville de Cuzco. De minuscules fourmis s'agitent, puis à mesure que je me hisse encore, disparaissent. Je distingue la Corichanca et le Temple du Soleil. La magnificence des lieux pénètre mon âme et me plonge dans une euphorie incomparable.

Et soudain, l'esprit d'Apu me rejoint ! Nous volons côte à côte sous le puissant Soleil, tels deux jeunes condors qui viennent de quitter le nid maternel. Apu me parle et je comprends enfin sa langue.

– *Chalcha !*

Chalcha signifie jeune fille… Comment a-t-il percé mon secret ? J'ai toujours rêvé de nouveaux mondes, mais impossible pour une fille d'embarquer sur un navire… L'esprit d'Apu est comme une brise légère qui caresse mes cheveux dorés. Je repense à son visage aux traits fins et à son corps musclé.

Nous folâtrons dans le ciel scintillant. J'aimerais que cet instant dure éternellement. L'odeur étrange, un peu métallique que j'ai sentie dans la jungle, est à nouveau présente dans l'air. Il me semble que quelqu'un me secoue…

Bip… bip… biip…

Nous planons doucement dans l'air chaud. Et puis sans doute, l'effet de la *chicha,* la bière des sorciers, se dissipe-t-il. Car nous sommes de retour au palais, nous réintégrons nos corps.

J'ouvre les yeux et un spectacle désolant s'offre à moi. Je vois un carnage, le château d'Atahualpa est transformé en charnier.

Aiguillonnés par la bière hallucinogène, les soldats du conquistador ont voulu en découdre. Ils s'en sont pris à la garde prétorienne d'Atahualpa. Les corps des Espagnols et des Incas gisent entrelacés dans une mortelle étreinte. Nous pataugeons dans une mare de sang. L'odeur est insoutenable et les marmites d'or chatoyant sont tristement ternies.

Combien de temps avons-nous passé dans l'éther ? Certains corps sont déjà en décomposition.

Un coup d'œil autour de nous. Les corps de Francisco Pizarro et ses quatre frères, ainsi que celui d'Atahualpa ne se trouvent pas ici. Apparemment, ils ont réussi à échapper à la boucherie générale !

Apu, qui a réintégré son enveloppe charnelle comme moi, m'adresse un clin d'œil rassurant. Il me protégera désormais. Puis, comme plus tôt dans la jungle, il se désigne du doigt :

– Apu est le Dieu des montagnes…

Que veut-il dire ?

Nous quittons avec soulagement le palais vicié. Dehors, c'est un four ! Inti, le Dieu Soleil, nous inflige à nouveau sa lancinante brûlure. Ma cervelle est en ébullition, je n'arrive pas à penser clairement, le tournis s'empare de moi. Preste, Apu me rattrape avant que je ne chute.

Et toujours ce bruit lancinant qui me donne la chair de poule.

Bip… bip… bip…

Est-ce dans ma tête ?

Mon ami me paraît plus grand à présent. Deux jeunes gens s'approchent respectueusement de lui et le revêtent d'une longue tunique cramoisie de laine de vigogne, d'une pourpre si profonde qu'elle ne déparerait pas la pelisse d'un cardinal.

Je comprends enfin qui est Apu. Le jeune frère d'Atahualpa et le grand prêtre de l'Empire.

D'un claquement de doigts, il fait signe à ses serviteurs d'apporter aussi un manteau pour moi. Un manteau de vigogne digne d'une princesse. D'un jaune doré qui chatoie dans la lumière crue, on l'a patiemment orné de mille petits miroirs qui reflètent le Soleil.

Il me semble que j'oublie un détail très important. Mais quoi ?

Dehors, devant le palais, des milliers de personnes sont rassemblées et nous font une haie d'honneur. Des femmes, des enfants au premier rang qui crient mon nouveau nom, *Quila*, la déesse de la Lune, et tendent leur main vers ma chevelure dorée.

J'ai envie de crier que je ne suis qu'un simple chevalier, qu'ils se trompent de personne, mais Apu me tient fermement par le bras et nous avançons dans la lueur aveuglante.

C'en est trop... les effluves frelatés des alcools qui empestent, la morsure d'Inti et les vociférations de la foule... Cette fois-ci, Apu n'est pas assez rapide pour me rattraper. Je bascule, tête en avant. La fraîcheur de la nuit nous enveloppe enfin.

Je ressens une violente douleur aux joues. On me gifle ? Pas très respectueux !

— Lorenzo... Mais bon sang réveille-toi Lorenzo ! Tu es resté trop longtemps. On a besoin de toi en bas. Il y a une pluie de mét...

Biiip...

J'émerge. De vagues souvenirs. Quel est ce nom ? Je n'y comprends plus rien. Suis-je Juan ou Quila ? Et qui est Lorenzo ?

Apu a l'air triste. J'embrasse du regard le paysage étrange qui nous entoure. Nous ne sommes plus en ville, mais à flanc de montagne dans un endroit qui me donne une impression de malaise. J'esquisse un signe de croix maladroit.

Le jeune homme s'empare de ma main et me parle avec une soudaine gravité. Je comprends tout ce qu'il me dit maintenant. D'ailleurs, curieusement, l'espagnol n'est qu'un lointain souvenir dans ma tête. Est-ce l'effet de la bière ?

Un vol de condors se déploie gracieusement et je me souviens vaguement de nos deux esprits transplanant au-dessus de Cuzco ; la nostalgie s'empare de moi.

— *Quila*, nous sommes sur le mont Wanakaw. C'est ici que mon ancêtre Manco Cápac, le premier empereur, a surgi des eaux et jeté son bâton en or, pour fonder Cuzco.

Apu a changé. Depuis notre rencontre dans la jungle, l'adolescent s'est métamorphosé en homme. Ses épaules se sont élargies, il mesure près de deux mètres. Le temps passerait-il plus vite pour les Incas que pour les Espagnols ?

Je perds la tête !

Il me domine très largement et se tient droit devant un gigantesque disque doré.

Il enchaîne :

— Sais-tu quel jour nous sommes ?

D'un geste négatif de la tête, je lui indique que ma notion du temps est très vague.

— Un jour sacré pour notre peuple… *Inti Raimi*, c'est le solstice d'hiver.

Hiver ! D'après mes calculs, nous avons quitté Tumbes fin mai, nous devrions pourtant être en juin. Et tout à coup, je me souviens que nous sommes aux confins du monde connu. Nous avons changé d'hémisphère. Ici, c'est l'hiver austral.

Le disque d'or géant devant lequel se tient mon ami est si poli et brillant que lorsqu'il se décale légèrement, je peux y apercevoir mon reflet. Étrange… Mes cheveux blonds ont poussé et atteignent à présent mes épaules. Les bandelettes qui serraient ma poitrine sous mon pourpoint se sont desserrées. Je ne ressemble plus du tout à un garçon.

Apu me parle doucement.

— Tu es des nôtres à présent, une *accla-cuna*, une élue…

Délicatement, avec une pointe de révérence mêlée de tendresse, il dépose sur ma chevelure une couronne incrustée de pierres précieuses. Et de nouveau dans ses yeux, une incompréhensible lueur de désespoir passe, si fugitive que je crois l'avoir rêvée.

Autour de nous, des femmes et des hommes vaquent à leurs occupations. Dans un enclos, une douzaine de lamas d'un blanc immaculé broutent placidement.

— Où sommes-nous, Apu ?

— Tu es au cœur du temple le plus sacré de notre peuple, l'endroit béni par nos Dieux où nous offrons des sacrifices à Inti.

À ces mots, le bruit de sifflement dans ma tête s'intensifie. Il faut pourtant que je me souvienne ! Dans la jungle, mes camarades évoquaient en chuchotant le goût des Incas pour le sang. Les lamas paisibles vont-ils connaître le couteau des prêtres ? Ou pire encore, si la rumeur est vraie… des enfants seront-ils égorgés en hommage au Dieu cruel ?

J'ai envie de faire demi-tour et de m'éloigner d'Apu, mais mes jambes sont deux colonnes de plomb plantées dans le sol dur.

Un sourire triste aux lèvres, Apu fait signe à deux jeunes filles vêtues de blanc immaculé de m'emmener. Je refuse, lui dis que je veux rester avec lui, mais son visage devient inflexible.

— Les récoltes ont été mauvaises Quila, Inti doit être apaisé par une offrande qui sort de l'ordinaire. Va te préparer.

Mes yeux brûlent. Sont-ce mes larmes amères ou le Soleil incandescent qui me consument ? Je voudrais crier, mais ma gorge est plus parcheminée qu'une outre vide. Une des jeunes filles me tend un *mukawa* de *chicha*, la bière hallucinatoire. Je lape la boisson comme un petit animal sauvage et oublie tout.

Bip… bip…

— Lorenzo ! Sale addict ! Bon sang ! *Mudak*[1] ! Reviens parmi les vivants !

Cette fois, je n'ai pas rêvé, on m'a bien giflé ! Je tâte mon crâne et mes doigts rencontrent la couronne qu'Apu a posée dessus.

— Enlève ça, imbécile ! Ça fait des heures que tu es en stase, c'est dangereux et on a besoin de toi en bas.

— Rez…

— Bravo, adjudant-chef Lorenzo, matricule Ω 257.988, tu as retenu mon nom. Reznikov. Et si ça ne te gêne pas, ce sera Commandant Reznikov pour toi.

D'un geste vif, le commandant arrache mon casque/couronne et les sifflements cessent comme par magie. Elle me pousse brutalement hors de la couche de réalité virtuelle.

— C'était quoi cette fois-ci, Lorenzo ? Des hommes de Neandertal ? Des créatures hybrides d'Alpha du Centaure ?

— Désolé chef. J'avais besoin de décompresser. Les conquistadors et les Incas… Mais ça avait l'air tellement… réel…

— Tu es vraiment la personne la plus inutile de ce vaisseau. Un adjudant drogué à la RV. Écoute-moi bien, à la prochaine incartade, je te mets dans la chaloupe avec trente jours terrestres de rations OLV et tu

[1] Juron russe qui signifie *idiot* ou *porc castré*.

iras tenter ta chance dans la Ceinture du Petit chien. Maintenant, reprends tes esprits *bistra*[2] !

Le commandant me balance sans douceur un fer à souder qui fait presque ma taille et un masque de protection, puis enchaîne :

— Pendant que tu… *décompressais,* notre navette a été heurtée par une pluie de météorites. Heureusement pas très grosses. Mais il y a de multiples brèches dans la coque. Denver et Kagawa sont au travail depuis au moins douze heures en temps universel pour réparer les dégâts. Ils ont besoin d'être relevés, ramène-toi fissa.

Douze heures ! Je suis donc parti si longtemps ? D'habitude, mes « voyages » durent deux ou trois heures maximum. Pas étonnant que je sois dans le gaz.

Reznikov m'observe d'un air sévère. Elle aime bien se la jouer martiale, Reznikov. Et moi je n'ai pas envie de finir comme cette pauvre Voronine qu'elle a larguée sur une exolune paumée pour une obscure histoire de rivalité amoureuse. Mon cerveau meurtri tente vainement de trier toutes les infos qu'elle vient de me balancer en vrac. Bouger, souder… J'obtempère mollement pour ne pas la contrarier.

— Pourquoi fait-il si froid ?

Je claque des dents malgré ma combinaison chauffante. Peut-être un effet de mon retour précipité du monde d'Atahualpa.

Reznikov s'adresse à moi en articulant exagérément, détachant chaque syllabe. Pense-t-elle que mon trip a endommagé mes neurones ?

— Lorenzo, l'une des météorites a endommagé la chaufferie. Si nous n'arrivons pas à consolider la brèche, c'est tout le système de survie qui va s'effondrer et nous mourrons congelés dans quelques heures…

Mon regard se tourne vers le minuscule hublot. Un Soleil sans joie éclaire la cabine d'une lueur blafarde. Une supernova agonisante.

---

[2] Vite (En russe)

— Eh oui, il ne faut pas compter sur lui pour nous réchauffer Lorenzo. Dès que les réparations seront terminées, j'activerai le moteur à antimatière et nous dégagerons. Il n'y a plus rien pour nous ici sauf la mort, je préviendrai la base de Proxima Centauri dès que les systèmes de communication seront opérationnels.

Bizarrement, mes iris sont toujours rivés à ce Soleil hostile et blême, dehors, qui ne nous réchauffe pas. Aucune récolte ne poussera ici, pas un épi de blé doré…

Et soudain, sous mes yeux incrédules, il se teinte de rouge et est remplacé par Inti, l'astre triomphant des Incas.

Véra Reznikov hurle dans mes oreilles :

— Lorenzo, je t'ai donné un ordre, reviens immédiatement !

Je brûle, je me consume. Mes yeux sont tournés vers Inti. Une jeune fille s'accroupit et tend vers mes lèvres craquelées la tasse de bière hallucinogène. J'en avale difficilement une gorgée. Seule ma tête dépasse du sol, le reste de mon corps est enterré. Enterrée vivante ! Voilà mon sort.

Autour de moi, les *accla-cunas* dansent une sarabande rituelle, tandis qu'Apu, la mine défaite, chantonne des paroles incompréhensibles, suivi d'une cohorte de prêtres à la mine chafouine. Je voudrais crier, je voudrais revenir dans la cabine si blanche de notre vaisseau perdu au bout de l'univers, entendre à nouveau Reznikov m'insulter, fixer mon regard sur une étoile mourante.

D'ailleurs, j'entends Reznikov !

— Kagawa, aide-moi ! Et Denver, rapplique aussi !

À côté de moi, le commandant et le mécanicien en chef grattent frénétiquement la terre pour me dégager. Mais les prêtres ont pris le soin de bien la tasser, ma poitrine est comprimée et j'étouffe déjà. La ronde infernale des servants du Dieu diminue graduellement. J'entends encore un bruit de bagarre, des cris de douleur. Puis la lumière du Soleil s'éteint aussi. Une citation ancienne me revient à l'esprit : « Le Soleil ni la mort ne se peuvent regarder en face ». De qui était-ce donc ?

— Loren… *Davaï*[3] !

Trop tard.

Mes yeux aveugles contemplent un ciel vide.

[3] Viens ! (En russe)

Auteur partenaire : C. Garcia

Tapis volants, fées, Petit Peuple breton, créatures légendaires, vaisseaux vivants, vampires, dragons ou sorcières… La magie est partout et en toutes choses. Embarquez pour quinze histoires courtes, toutes emplies de magie et de mystères.

Biographie de Jérôme Ricaux

En éternel paumé, seule une vision poétique du monde tisse le fil conducteur de ses jours, où s'entremêlent les grâces de la nature, la chaleur humaine et l'effort créateur. Le reste est trivial, alors passons !

4 ~ Radiance

De Jérôme Ricaux

1./ Mon frère aîné et moi vivions dans ce cher appartement tordu, situé dans les combles aménagés d'un vieil immeuble. Ce jour, je l'observais dans l'entrebâillement de la porte de sa chambre. Assis sur son lit, presque nu, Sam trônait devant sa fenêtre qui le baignait de lumière. La poussière en suspension scintillait autour de lui en éclats irisés et son corps massif s'auréolait d'une aura d'ambre en contre-jour. Seule l'odeur âcre de transpiration qui exhalait de la pièce venait ternir la poésie de cette inquiétante peinture qui se répétait depuis des jours, prenant chaque fois une dimension plus troublante.

D'ici, on aurait pu croire qu'il ne faisait que contempler les vieux toits cuivre et ardoise des maisons, les collines boisées à l'horizon ou alors qu'il observait ces mêmes histoires qui se jouaient et se rejouaient inlassablement dans la rue piétonne en contrebas ; mais ce n'était pas le cas. Sans les voir, je savais que ses yeux ne regardaient rien du dehors, qu'ils demeuraient fermés. Il resterait là encore une demi-heure au moins, sans bouger ou seuls ses doigts s'animeraient de dérangeantes oscillations. Il ne s'agissait là que de méditation, prétendait-il faussement.

Tout avait commencé peu après mon emménagement chez lui. Sa proposition de me loger était tombée comme une évidence autant qu'une joie. Enfant, j'avais cherché tous les prétextes possibles pour partager le quotidien de mon grand frère, découvrir sa vie, le connaître toujours mieux et me rapprocher de cette grande masse taciturne. Et voilà que des années plus tard, il m'avait proposé de m'héberger le temps de mes études. Mon cœur de gosse avait frissonné à cette idée, tandis que mon moi adulte lui avait été reconnaissant de ce énième coup de main.

Peu après mon arrivée, je fus témoin de son premier déraillement. Alors que je rentrais de cours, je l'avais trouvé planté devant la porte-fenêtre du salon. Il sortait de la douche, à en croire l'eau qui mouillait le sol jusqu'à lui et qui étincelait en gouttelettes précieuses sur sa peau nue. Il fixait l'extérieur sans bouger, arbre de peu, au tronc massif, ponctué de rosée brillante. J'étais resté ahuri devant la scène avant de l'appeler. J'avais dû m'y prendre à plusieurs reprises pour qu'il réagisse enfin. Puis il s'était retourné doucement, remuant ses cheveux châtains d'alpaga. Son relâchement m'avait frappé, dans ses traits, sa posture et même sa respiration ample, comme si la pesanteur ne l'affectait plus. Il m'avait dévisagé, un instant suspendu, et s'était réactivé, feignant de s'être simplement perdu dans ses pensées. Il s'était ensuite rappelé à sa pudeur par quelques gestes et regards gauches, avant de se remettre en route en automate dégingandé, comme perturbé de retrouver son propre poids. J'avais été incapable de comprendre ce que je venais de voir.

À mon grand dam, loin d'être une étrangeté isolée, ce comportement se répéta ; il se ritualisa même, devant la fenêtre de sa chambre et toujours en pleine lumière. Et les quelques minutes d'absences devinrent dizaines de minutes, jusqu'à le faire régulièrement partir en retard au travail. Le reste du temps, il dissimulait un trouble qui multipliait ses étourderies et débordait de ses yeux fuyants, l'attention sans cesse aspirée ailleurs. Néanmoins, il niait en bloc lorsque je l'interrogeai sur son comportement. Il était fatigué, il méditait, point. Mon inquiétude ne cessa alors d'enfler, jusqu'à trouver un jour, soigneusement rangées dans sa commode, quelques lectures déconcertantes. Ouvrages mystiques, ésotériques, voire New Age, tous tournaient autour du Soleil et de transcendances physiques et spirituelles diverses. De nombreuses pages avaient été écornées et des passages surlignés de traits crispés et débordants. Je crus même déceler par endroits quelques gouttes séchées et incolores. Des larmes ? J'étais sidéré. Pouvait-il prendre ce genre de choses au sérieux ? Sam ?

Ce jour où je l'observais derrière sa porte, un grincement de parquet révéla ma présence. Tous deux surpris, nos regards s'entrechoquèrent. Une gaieté radieuse épanouissait sa figure, il n'avait pourtant pas l'air tout à fait revenu, encore en chemin, avec les yeux vides au-dessus de son sourire sans âme. On aurait dit un masque sans personne derrière. Quand il réémergea enfin, une gêne perceptible anima ses traits. Un silence s'installa, que je décidai de rompre.

— Je venais juste te dire que j'allais partir en cours. Alors, à ce soir.

La masse sombre et lumineuse se redressa. Il semblait paumé, comme s'il découvrait sa propre chambre.

— À ce soir, Alex, bafouilla-t-il en se replongeant par-delà la fenêtre.

— Et toi, tu commences plus tard ? insistai-je avant de sortir.

Il me questionna d'un froncement de sourcils, l'air renfrogné.

— Vu qu'il est plus de huit heures, je ne sais pas, ajoutai-je.

Il me dévisagea comme si je lui avais parlé chinois, puis une lueur vint éclairer ses yeux, directement suivie d'un hoquet de surprise. De sa grosse pogne, il agrippa son téléphone sur la table de nuit, s'informa de l'heure et se réactiva.

— Non, non, j'allais me préparer.

Je ne cachai pas mon désarroi quand il recroisa ma figure, sans oser lui en dire davantage. Il le remarqua et répondit d'une tape sur l'épaule et d'un sourire avant de sortir.

À nouveau seul, je m'assis à sa place. C'était un inconnu qui se préparait dans la salle de bain. Sam, je ne le reconnaissais pas. Le matelas, renfoncé et chaud sous moi, témoignait de la longueur de son absence. Le poids de sa grosse main sur mon épaule persistait.

2./ Rien en Sam ne m'avait jamais paru laid, ne serait-ce même qu'une pensée. Je ne pouvais m'empêcher de percevoir en lui une forme de pureté impossible, qui émanait sans doute de sa profonde simplicité. Il trônait dans ma vie en édifice massif, radieux et silencieux depuis les origines. Cette image qu'il renvoyait m'inspirait, plus qu'il ne pouvait l'imaginer. Malgré cela, je l'avais presque toujours côtoyé, une tristesse balafrée dans l'âme et l'air hébété, comme celui des nourrissons arrachés depuis peu au néant et simplement confus de vivre.

Très tôt dans son existence, quelque chose avait rompu dans ses fondations ; Sam s'était à moitié affaissé. Il n'avait jamais souhaité en parler, même à moi de qui, j'avais l'audace de croire, il était le plus proche au monde. Cela ne m'empêchait pas de sentir, dans mes tripes de frère, celles que nous portions en commun, qu'une lueur sombre et humide s'était un jour tapie dans ses yeux verts. Je croyais que les entailles qui lacéraient ses cuisses le soulageaient, d'une certaine manière. L'espace d'un moment, il contemplait les manifestations tangibles et intentionnelles d'un mal trop profond et sournois, qu'il ne pouvait atteindre. Il reprenait un peu le contrôle, cathédrale sublime aux armatures fracassées. L'image me frappa tandis que je le découvris planté devant la porte-fenêtre du salon, les traces sur ses jambes apparentes, qu'il cachait d'habitude. Ces derniers temps, l'édifice me paraissait plus instable que jamais.

Le jour était presque terminé quand Sam se rendit sur le balcon. Il se tenait silencieux, après avoir passé la journée à siffler inlassablement un air étrange, errant dans l'appartement en brume opaque. Au fil des heures, je remarquai comme ces notes ne possédaient rien de musical, borborygmes désaccordés à l'image, probablement, de son flot de pensées. J'allai m'installer auprès de lui, accoudé à la rambarde bancale.

— J'ai vu que tu t'étais mis à la peinture.

Il eut l'air contrarié.

— Désolé, j'ai vu les toiles en passant devant ta chambre. Je n'ai pas pu m'empêcher de regarder. Elles représentent quoi ?

Le vent soulevait ses cheveux frisés tandis qu'il fixait, ému, son avant-bras découpé entre ombre et lumière couchante.

— Des paysages, c'est tout.

— Dans le genre abstrait, j'imagine ?

Il cherchait ses mots.

— Non, c'est juste mal fait, sourit-il.

— Donc, tu peins des paysages, maintenant ? tentai-je de le taquiner.

Le trouble en lui débordait à nouveau. Au point que je craignais les mots qui pouvaient sortir de sa bouche tendue.

— J'essaie seulement de représenter des endroits absurdes, et de les rendre crédibles. Tu t'es déjà demandé, reprit-il après un temps, s'il pouvait encore y avoir des choses surprenantes, ailleurs, au bout de notre regard ? Ou si tout était désespérément attendu et ordinaire ?

— Je ne sais pas ; je ne me suis jamais posé la question. Donc, j'imagine que je ne m'attends à rien de particulier, non.

Il acquiesça à répétition, comme si ma phrase l'avait touché. Je remarquai, mal à l'aise, ses yeux humides, n'osant pour autant le relever. Ses doigts crispés serraient la rambarde.

— Franchement, Sam, tu as l'air préoccupé en ce moment. Surtout depuis tes méditations, à vrai dire. J'aurais pensé que c'était plutôt de nature à séréniser, non ?

Les secondes s'égrainèrent.

— Tu divagues, cher ami, conclut-il sur un faux sourire, encore.

Et son attention se perdit dans les nuances rougeâtres du ciel.

La nuit précédente, il avait été si jovial. Comme dégoulinant d'euphorie, il était venu me partager, avec une fougue que je ne lui connaissais plus, ses derniers coups de cœur poétiques et musicaux, me rappelant avec nostalgie notre adolescence, quand il m'initiait à ces deux amours qui étaient restées notre lien le plus tenace. Nous avions discuté alors pendant des heures, affalés sur le canapé, écoutant les dernières fulgurances brutales et déchirantes jaillies du sein de la bête Black Metal, commentant nos couvertures préférées de vinyles Prog Rock, pour terminer par clamer nos vers favoris entre deux gorgées de bière amère. Cela n'avait été qu'une parenthèse.

« [...] C'est toi qui, découpant la sœur jumelle et sombre
Qui se couche et s'allonge au pied de ce qui luit,
De tout ce qui nous charme as su doubler le nombre,
À chaque objet donnant une ombre
Souvent plus charmante que lui ! [...] »

3./ Après une journée de conférences juridico-politiques à divaguer dans mes pensées, et le sac en bandoulière rempli de mots froids et déconnectés de mes préoccupations du moment, je rentrai, déjà inquiet de l'état dans lequel je le retrouverais. Les grincements chaleureux du vieux parquet m'accueillirent. Des vêtements froissés jonchaient le sol du salon. Larges, élégants, ils appartenaient à Sam. La porte-fenêtre grande ouverte laissait s'engouffrer le vent qui chahutait les rideaux blancs, tandis qu'un débardeur gris traînait sur la rambarde du balcon qui donnait sur la cour intérieure. J'éprouvai ce que je voyais, les sourcils lourds.

— Sam ?

Aucune réponse. Ses clefs pendaient encore sur l'accroche murale ; j'inspectai sa chambre et la salle de bain : vides. Il ne pouvait pas être sorti. Je l'appelai à nouveau ; ma voix se perdit dans un soupir d'angoisse. Inquiet, j'accélérai vers le balcon, une idée fugace mais glaciale me traversa l'intérieur ; je me cognai contre le fauteuil, poussai les rideaux et agrippai la rambarde avant de laisser tomber sec mon regard vers le bas. Le calme de la cour me provoqua un rire nerveux. Je soufflai en relâchant mes muscles, heureux de me sentir idiot, bien que cela n'explique pas son absence.

En face, un chat tigré furetait, lui qui venait régulièrement nous offrir la poésie de ses errances sur les toits entremêlés de la ville, qui ressemblaient à ceux de Paris. Il me toisait du coin de l'œil, de son air hautain habituel, ou peut-être observait-il légèrement au-dessus de moi. Je suivis son regard tout en me retournant. Sidéré, je hoquetai en découvrant Sam. Assis sur la toiture, ses jambes suspendues dans le vide, il tenait ses yeux fermés, le corps nu baigné de lumière. Je me tendis tout entier.

— Sam ? murmurai-je pour ne pas risquer de le faire sursauter.

Il ne répondit que par une horrible oscillation au-dessus du vide. J'étais stupéfait. Incapable d'attendre la venue de quelconques secours, j'examinai le chemin qu'il avait dû emprunter, puis sans réfléchir, pris appui sur la rambarde avec mon pied, agrippai le rebord bétonné au-dessus de moi et maugréai de toutes mes tripes en me hissant. Debout sur la balustrade branlante, les bras accrochés au rebord, je regrettais déjà mon audace, mais continuai, saisissant la gouttière d'une main pour me tirer jusqu'en haut. L'ascension de la courte distance qui me séparait du toit fut si brève que je me retrouvai assis au côté de Sam sans m'en rendre compte et sans encombre, les doigts seulement éraflés de s'être trop crispés à leurs prises.

Agrippé aux tuiles comme si ma vie en dépendait, le vertige me tétanisa sur place. L'horizon qui s'étendait tout autour de moi me donnait l'impression de me tenir sur une tête d'épingle, cerclée par le vide. Le vent paraissait pouvoir m'emporter d'un souffle ; je serrai encore davantage. À fleur de peau, la vue m'absorba. D'ici, la boule de feu tonitruante et éblouissante ne représentait qu'un âtre chaleureux au loin ; 99% de la masse du système solaire me caressait délicatement la peau. Je me demandai ce que cet astre pouvait lui inspirer depuis aussi longtemps et pendant de si longues heures...

Puis une pique d'adrénaline frappa mon cœur à coups de poing, et une contraction nerveuse me ramena à mon corps et à la raison de ma présence sur ce foutu sommet. Je mis plusieurs minutes à faire revenir Sam à lui, et quand cela se produisit, il me dévisagea tel un inconnu. Sinistre.

De retour dans le salon, mes pensées s'évaporèrent sans que je puisse en saisir aucune, tandis qu'il remettait ses vêtements, avec toujours cet air absent insupportable sur les traits.

— Qu'est-ce que tu faisais là-haut ? jaillit de ma bouche comme une balle.

Il avait l'air aussi stupéfait que moi. Ses gestes étaient fébriles. La grande masse perdit l'équilibre en enfilant son pantalon et lutta pour remettre son débardeur. Mon cœur se comprima et j'avançai pour l'aider. Mes inquiétudes s'étaient évanouies et le réel m'avait percuté.

— Sam, qu'est-ce que tu faisais là-haut ?

Il bafouilla, essayant d'excaver en lui-même, mais il ne semblait pas savoir. Il se redressa et me regarda, tentant de reprendre de son aplomb.

— Rien, balaya-t-il d'un geste de main.

Il allait partir quand j'attrapai son bras, avec l'envie de le provoquer.

— Je vais appeler docteur Wantz pour toi.

Il releva la tête, piqué.

— Je lui parlerai de ton comportement de ces derniers temps, de tes absences devant ta fenêtre, qui s'allongent jour après jour, de tes lectures et puis de ça... Je ne sais pas quoi faire d'autre !

Il m'affronta de ses iris flamboyants.

— Arrête, Alex, grogna-t-il en voulant retirer son bras de mon étreinte.

Mais je serrai, me sentant prêt à déferler.

— Avoue que tu ne te souviens pas être monté.

— Quoi ?

— J'ai vu l'état dans lequel tu te trouvais là-haut. Avoue que tu ne te souviens de rien avant d'être redescendu.

Il paraissait foudroyé. La brèche s'était ouverte, j'y plongeai.

— Tu sais, je me suis renseigné de mon côté. Ce qui t'arrive, ça pourrait être un délire mystique.

Il recula.

— Écoute ! Ça se manifeste par l'adhésion excessive à des théories mystiques, continuai-je, comme tes lectures ; une perte de connexion avec la réalité, et peut s'accompagner de troubles de la mémoire. De troubles de la mémoire, Sam.

Son regard tomba vers le parquet, comme s'il contemplait une chose brisée au sol. Son expression triste m'arrêta net.

— Je veux juste t'aider.

Il releva les yeux vers moi, sa figure trembla, se muant en face pathétique. Alors que je lâchai son bras, je m'attendais à récupérer ma main souillée de son sang, comme si je l'avais suriné. Les larmes me montèrent : mon grand frère m'inquiétait. Pourtant, lui, ne percevait en moi qu'un adversaire. Mille mots se carambolèrent derrière ses lèvres renfrognées.

— J'irai chez Wantz, assena-t-il froidement.

Il se traîna ensuite jusqu'à sa chambre et je me persuadai de le croire. Alors qu'il s'éloignait, quelques filaments blancs virevoltèrent sur son passage ; j'eus l'impression d'observer un oisillon ramper au sol, laissant s'échapper son duvet meurtri derrière lui, le corps si étrangement radieux.

4./ Les premières fois, je le suivis pour m'assurer qu'il allait bien consulter, comme promis. Pourtant, il s'enfonçait toujours plus, glauque et étranger, ses horaires devenant même incompréhensibles. Il partait plus tôt le matin et revenait plus tard le soir, ou inversement. Au bout de quelques jours seulement, je décidai d'appeler la psychiatre, espérant qu'elle ferait peu de cas du secret médical, mais mon frère ne lui avait jamais rendu visite. Il avait dû comprendre que je le suivais, et s'était contenté de pénétrer dans le bâtiment et d'attendre que je reparte, satisfait de ma grotesque filature. Tout étant désormais possible, j'en profitai pour appeler l'un de ses collègues et connaissance commune pour qu'il m'explique l'irrégularité de ses nouveaux horaires. Même chose, ou presque. Sam avait envoyé valser le bureau du directeur avec un grand sourire avant de partir, pour ne plus y retourner. Cela faisait bientôt une semaine. Louis pensait que j'étais au courant. Non...

Je m'affalai à la table de la cuisine, le téléphone serré dans mes mains moites. Mon frère se trouvait dans sa chambre. La porte fermée tel un précipice. Derrière, tout paraissait flou, saturé d'une brume épaisse, noire et délétère. Je la défiai, la respiration lourde et les doigts crispés. Puis je me levai pour y plonger.

Merde, Sam, il va falloir que tu m'écoutes !

Mes pas sonnèrent le glas jusqu'à sa chambre. Il dormait encore, plongé dans une obscurité relative, gisant comme un pantin désarticulé dans ses draps blancs. En gladiateur posant son premier pas dans l'arène, je m'apprêtai à le réveiller, quand mon regard se cogna à un détail. Je plissai les yeux et avançai, incrédule. Au bout des quelques rayons dorés qui perçaient à travers les interstices du volet roulant, son bras illuminé bougeait ; il oscillait doucement. Son visage affichait pourtant le relâchement du sommeil, la bouche entrouverte et le souffle bruyant. Mais son bras progressait ; sa main s'étirait péniblement vers la fenêtre et sa lumière ; ses doigts, comme doués d'intention, paraissaient vouloir saisir les rayons révélés par la poussière comme des cordes tendues. Puis ce sifflement, qui n'émanait ni de sa bouche ni de son nez ; qu'était-il en train de se passer ? Je ravalai la salive qui submergeait ma bouche et tentai de commander ma langue engourdie.

— Sam ? bafouillai-je.

Je scrutai chacun de ses traits à la recherche d'une réaction. Rien.

Il sursauta quand je frappai le pied du lit et ses yeux confus balayèrent la chambre à la recherche d'une accroche, jusqu'à moi. Devant mon hébétement, il joignit les sourcils et suivit mon regard. Il hoqueta en découvrant l'animation de son propre membre séditieux. La transluminescence ocre de sa main baignée de lumière irradiait dans l'obscurité, révélant ses veines en canaux sombres à travers la peau. Sam chercha dans mes yeux quelque écho à son enthousiasme débordant pour n'y trouver que l'ébahissement. Il rabaissa son bras, mais cette fraction de seconde durant laquelle il s'efforça d'en reprendre d'abord le contrôle me glaça au plus profond. J'étais tendu au point d'avoir mal.

— Qu'est-ce que tu faisais ? criai-je malgré moi.

— Je ne sais pas, souffla-t-il, un rictus tordant ses traits.

D'un pas, je comblai la distance entre nous et saisis son épaule.

— Arrête de mentir !

Il se redressa pour me repousser, faisant valser le drap qui le couvrait, et un nuage de filaments blancs en jaillit. Je lâchai Sam dans un froissement de peau tandis que les brins retombaient doucement sur le vieux plancher, scintillants. De près, son corps en était émaillé, duvet épars et transparent où s'engouffrait la faible lumière du jour pour le faire radier. Sam jubilait en contemplant son propre corps, empreint d'une surprise réelle. Il se leva et ma vision se brouilla. Il brillait. Je vacillai et tombai, ma tête cogna le mur.

5./ Les jours suivants, nous éprouvâmes et découvrîmes ce qui lui arrivait. Sur les observations qu'il me proposa de réaliser, chaque fois que j'entrouvrais ses volets à des heures irrégulières, une fois le Soleil levé, ses membres illuminés réagissaient toujours de cette même horrible manière, se mouvant comme des entités autonomes alors qu'il dormait. Il n'avait pu simuler cela. Même dans ses inconsciences, la lumière le réclamait ; les courts filaments qui le couvraient en absorbaient gloutonnement chaque rayon. Et ce sifflement qui émanait de ses entrailles... Je me débattais, tempête humaine, jusqu'à m'essouffler en soupir devant ce qui s'imposa avec brutalité.

— Tout a réellement commencé par des méditations, me raconta-t-il quand je fus enfin capable de l'écouter. Mais après quelque temps, j'ai remarqué qu'au contact du Soleil, le bout de mes doigts était comme pris de fourmillements. Puis, des pertes de contrôle commencèrent à les animer. Ç'aurait dû m'effrayer, mais j'avais l'impression qu'ils flottaient, légers comme jamais, dans une douce extase. J'ai d'abord été curieux, je suis resté exposé de plus en plus longtemps, jusqu'à ce que tout bascule.

J'éprouvais ses paroles, le front pesant une tonne sur mes yeux écarquillés.

— Un jour, où je suis resté particulièrement longtemps devant ma fenêtre, les doigts oscillant malgré moi, et dans un total abandon de moi-même, j'ai eu le sentiment de m'arracher à mon corps ; non pas de flotter hors de lui, mais de prendre conscience, hors d'ici, ailleurs. J'ai essayé de t'en parler, mais comment ? Tu t'inquiétais déjà tellement. Moi-même, j'avais le sentiment de devenir fou. Et j'ignore toujours ce que tout ça signifie.

J'étais sidéré, bien qu'il ne me dise pas tout. Au fond, je ne souhaitais pas en entendre davantage. Je repensais à ses tableaux. Était-ce cela son « ailleurs » ?

Quand le doute me prit, voulant réfuter ses mots, son corps muté et les découvertes des derniers jours me saisirent dans un vertige. La réalité glaçante s'imposa. De son côté, Sam prenait cela avec panache, entraîné par l'inertie de sa propre curiosité. La seule chose qui retenait son enthousiasme se lisait sur mon visage horrifié. Il me ménageait.

Je continuais de me rendre à la fac ; sans doute pour fuir l'appartement et me reconnecter à des éléments acceptables. Pourtant, tout y avait perdu consistance. Le droit, ce qui m'avait paru le plus concret, me paraissait vaporeux et irréel. Quant à la réalité, une brume la remplaçait, que ma volonté malaxait pour lui donner forme, en vain. Et quand je retournais chez nous, j'assistais à l'embrasement de mon frère, celui avec qui je jouais enfant dans notre chambre, à la tapisserie où volaient des dizaines d'avions bariolés.

Puis après la peur et l'inquiétude, finit par naître une forme de fascination. Je ne pouvais m'en empêcher, même si elle me rendait coupable. Ce sentiment trouva son pinacle quand il décida de me raconter, entre deux transes de ses membres incontrôlables — quelle horreur—, ce qu'il vivait lorsqu'il fermait les yeux face au Soleil. Ce qu'il me partagea dépassa ce que sa verve naturelle aurait pu me faire croire ; il ressassa ces images avec l'ardeur de la chose vécue et éprouvée dans sa chair. Il faisait nuit, j'étais épuisé par le choc. Ses mots m'achevèrent.

— J'ai mis des semaines à accepter ce qui m'arrivait, commença-t-il, cette impression de m'endormir ici, pour me réveiller ailleurs. Je brûlais de t'en parler autant que de m'empêcher de le faire ! J'ai cru devenir fou, Alex ! Et tu étais d'accord avec ça... Mais j'ai fini par essorer le doute jusqu'à la dernière goutte, jusqu'à ce que ça s'impose à moi.

Il plongea en lui-même, ressassant ses souvenirs. Un magnifique sourire s'épanouit sur son visage.

— D'une manière ou d'une autre, je me suis lié à une chose lointaine. Une forme d'intrication quantique, peut-être !

Il rit nerveusement.

— Aussi fou que ça puisse paraître, une autre enveloppe m'accueille quand je quitte celle-ci et j'en prends le contrôle.

Ses mots lui pesaient. Il avait du mal à les sortir. Il fixait le duvet scintillant sur ses bras, comme pour se convaincre, lui aussi, que tout cela pouvait être vrai.

— Je ne médite plus depuis longtemps, petit frère ; je voyage.

Ma respiration se figea.

— Là-bas, le ciel est vert pâle. L'horizon est découpé par un sublime anneau d'astéroïdes lumineux. Je survole un sol rocailleux et blanc, d'où jaillissent des éclairs du sol comme des tours éphémères qui s'élèvent en grondant avant de disparaître et de recommencer inlassablement. C'est ça que j'ai essayé de peindre, sans succès. Autour de moi flottent des sphères dorées, qui s'entrechoquent et fusionnent. Des rivières et des lacs brillent en liquide dense comme du métal en fusion, mais qui ne fait pourtant que me caresser et couler le long de mon corps.

Il s'arrêta, éprouvé par ce qu'il s'apprêtait à dire.

— Puis parmi la myriade de sons tumultueux qui me proviennent, quelques mélodies murmurent au loin. Je les sens comme des mots, des consciences, seulement constituées de musiques somptueuses. Et je comprends qu'elles viennent des sphères, ces énergies concentrées ou chairs instables, et que je suis l'une d'elles.

Ses yeux se mouillèrent.

— J'apprends à utiliser cette nouvelle enveloppe. Nous sommes au-dessus d'un lac noir bouillant et elles viennent se cogner à moi, mais pas seulement.

Et il me raconta comment ils se mélangèrent, pliant à leur volonté leur propre matière pour s'entremêler, danser comme de l'étain en fusion plongé dans de l'eau et ne durcissant jamais. Plus d'endroit ni d'envers, même de dimension, ils atteignaient parfois la taille de montagnes et d'autres fois, la petitesse d'acariens. Enfin, ce fut sa sensation. Il riait nerveusement (ou gaiement ?) tout en me racontant cela, et je me laissais emporter.

Il évoqua sa conscience mêlée à la leur et dont les limites s'étaient effondrées. Il me raconta comment les couleurs, les sons, les sensations et les présences autour s'étaient clarifiés. Même le temps lui était apparu différent. Ces entités étaient anciennes, millénaires ; elles lui avaient fait traverser ce qui semblait des années. Il me confia avoir souvent pensé à moi et au reste des humains, perdus au loin derrière le ciel pâle ; lui qui se sentait de moins en moins en faire partie.

Il ne s'en souvint en être qu'en retrouvant son reflet dans la vitre de sa chambre et ma vision derrière l'entrebâillement de la porte. Mille cloisons s'étaient alors redressées dans son esprit, et son corps était redevenu une brique. Un humain parmi d'autres.

— Mais qu'est-ce qui t'arrive ? me lamentai-je, désespéré.

Il me répondit par un haussement d'épaules et un sourire béat. Je ressortais de ces évocations, bouleversé et perdu. Ses mots auraient été grotesques s'ils n'avaient pas été portés par des lèvres si tremblantes d'émotions, des yeux si pleins d'espérance. Ses veines tiraient de plus en plus vers l'ocre, sous sa peau fine comme du papier à cigarettes, et il dégageait une odeur de soufre. Il se calcinait peut-être devant moi ! Le Soleil radieux qu'il était devenu se muait déjà en un trou noir qui m'attirait autant qu'il me terrifiait ; son contenu inconnu et capable de m'écraser.

Il ébranlait ma charpente et je menaçais de craquer, jusqu'au jour où je le découvris, évanoui sur le sol, météorite écrasée encore brûlante et radiante sous le Soleil. Malgré ma peur, je m'approchai.

Quand il se réveilla, plusieurs minutes plus tard, je me trouvais à ses côtés, téléphone à l'oreille.

– D'accord. Maintenant, décrivez-moi calmement son état.

J'entendis à peine ces mots tant le regard de Sam me pénétra. Son iris couleur d'ambre, ses pupilles dilatées : deux crevasses dans lesquelles je tombai. Il me rabroua d'un hochement de tête horizontal et répété.

– Monsieur, vous m'entendez ?

Il me saisit le bras et le serra. Je bégayai devant son regard ému qui insistait.

– Monsieur ?

– Désolé, fausse alerte.

Fébrile, je raccrochai.

– Merci, petit frère.

Quelques larmes perlèrent sur mes joues ; je l'implorai de tout arrêter, même si je savais qu'il n'en était pas question. Il le confirma, telle une sentence, et une bourrasque d'angoisse balaya mes espoirs. Il me prit dans ses bras. Crispé, je ne répondis pas de suite à son étreinte. La première qu'on se fit.

6./ Le Soleil s'apprêtait à se coucher derrière les toits. La brume et le crachin trahissaient leurs contours, trompaient les distances et entremêlaient la matière aux ombres dans un tout déroutant. J'étais attablé au balcon, tremblant encore du séisme qui m'avait secoué l'intérieur. Sam me rejoignit en silence. Il avait passé ces derniers jours à essayer de m'apaiser. La fatigue m'avait enfin calmé et résigné à accepter l'impensable.

— Ça va ? me demanda-t-il en s'asseyant.

Je souris à l'ironie de ce retournement et acquiesçai. Je peinais encore à détacher mon attention de son duvet clairsemé et scintillant. Il détourna les yeux, feintant de ne pas avoir remarqué l'insistance de mon regard. Peu m'importait, car mon frère n'était plus vraiment là ; une part de lui-même s'était enfoncée je ne savais où, probablement vers cet ailleurs inouï, à l'image de son corps surnaturel qui s'était extrait du réel. Lui aussi livrait une bataille intérieure. Son émerveillement n'étouffait pas totalement sa peur. Je la sentais dans ses gestes tendus. Son incertitude le rendait beau, tissée d'humilité et d'espérances, mais lui donnait également cette troublante impression de fragilité.

Il avait apporté deux bières et des tranches de saucisson sur une assiette. D'un signe, il me rappela qu'il fallait nous nourrir. Alors nous mangeâmes, sans parler ; nous décapsulâmes une deuxième bouteille, puis progressivement les placards et le frigo se vidèrent de tout ce qu'ils contenaient en alcool, sucré et gras ; les fines herbes, le thym, l'origan embaumèrent l'air.

Le Soleil se couchait et Sam le fixait, l'air nostalgique. Mal à l'aise, je lui demandai :

— Que va-t-il se passer, maintenant ? Qu'en disent les livres que tu lis ?

Il me répondit qu'il n'en savait pas plus que moi.

La pénombre lui devenait douloureuse. Alors qu'il me remarqua l'observer, il prit une mine amusée et me confia s'imaginer remplacer, pour le lendemain, l'astre qui disparaissait derrière les toits.

— Peut-être deviens-je un Soleil, déclara-t-il avec emphase, une forge cosmique, un réceptacle créateur de formes nouvelles ! Je donnerai la vie et l'empêcherai, j'aurai la face en perpétuel changement, et surtout, je brûlerai. Je consumerai mon essence et deviendrai le théâtre d'explosions flamboyantes jusqu'à périr avec fracas. Là, à ma mort, je raserai tout, autant que j'enfanterai les particules d'un monde prochain. J'aurais été l'ombre et la lumière, tout pour certains et rien pour d'autres, le centre d'un monde en mouvement et rien qu'une tache orangée au loin, la liberté d'incarner deux contraires réunis.

Je n'étais pas d'humeur à badiner.

— Si ce qui t'arrivait était mauvais, Sam ? Regarde-toi...

Il posa la main sur mon dos. Je tremblais.

— L'incertitude est la seule chose qui puisse engendrer quoi que ce soit, Alex. Et puis, il y a des espérances qui ne peuvent être que les dernières.

Cette affirmation me glaça.

La nuit tombée, les propos de Sam se faisaient plus accessibles et son regard se montrait enfin présent. Il redevenait presque lui-même, malgré son duvet qui prenait une teinte argentée à la lumière de la Lune.

Avec les heures, nos panses se remplirent et nos cœurs se confièrent en discutant poésie et Black Metal, les seuls sujets qui parvenaient à nous faire oublier tout le reste. L'alcool avait lubrifié les mots qui coulaient tout seul. Puis à la manière de mes chers Grecs antiques qui — étendus sur leurs sièges aux côtés de gattiliers en fleur et imbibés de vin — firent les éloges de l'amour, de l'écriture et de l'âme humaine, nous nous défiâmes de faire de même avec cette bête musicale noire et tonitruante. Cela dura des heures.

Au-dessus, le ciel noir observait nos deux carcasses qui le toisaient, bière et tranches de saucisson à la main. Et il comprit que nous étions plus beaux que lui, car mortels, plus grands que lui, car pleins d'amour. Inconsciemment, nous imitions ces rituels du paléolithique où l'Homme guettait près du feu tout en surveillant les possibles yeux qui rôdaient dans la nuit. Mais ce qui nous réchauffa ce soir-là possédait plutôt les arômes amers et herbacés du houblon, et les iris qui brillaient se cachaient, tapis cette fois-ci dans la voûte céleste et noire.

7./ Le lendemain, nous fûmes pris au dépourvu. Agenouillé au pied de son lit et face à sa fenêtre éclatante, Sam semblait en proie à un bouleversement, une mue, une éclosion, peut-être une agonie. Et ce sifflement qui émanait de lui : une cocotte-minute prête à imploser ! Malheureux, je ne pouvais qu'observer son atroce extase déchirante qui l'avait coupé de moi et du monde. Silhouette sombre et radieuse à la fois, il restait inaccessible, au bord de la rupture. Quand il reprenait le contrôle, l'espace d'un instant, il me fixait de cet air avec lequel il contemplait son ailleurs, comme si son regard débordait du cadre. Il parvenait alors à arracher quelques mots à ses mâchoires serrées :

— Laisse faire.

Impuissant, inutile et lâche, je décidai de sortir, de le laisser là, loin de mes sens assaillis par ce que je ne comprenais pas. Une seule chose claire s'imposait en mon esprit : mon frère vibrait, craquait, possiblement en train de mourir. Je claquai la porte derrière moi et m'éloignai pour éprouver au calme ce qui se produisait.

Dans la ruelle en contrebas, des passants placides poursuivaient le cours de leur journée. Tous semblaient tels des angelots niais, insupportables. Face à mon frère, j'avais laissé brûler mes rétines ; des images de Sam agonisant y revenaient en taches calcinées. Je revis son corps qui se transformait, ses canaux ocre scintillants, son visage tordu que je ne reconnaissais plus.

La boule de feu au-dessus de moi déchirait le ciel dans un vertige insoutenable. Que lui infligeait-il ? Que le laissais-je lui infliger ? Je craquai, ou repris enfin mes esprits, et retournai auprès de lui.

Sam ne se débattait plus dans sa chambre ; il avait trouvé la force de se tenir debout face à la porte-fenêtre du salon. Je me précipitai vers lui, des mots lourds au bord des lèvres, mais il se retourna vers moi pour m'interrompre. Il pleurait, sa main fébrile tenait un couteau de cuisine. Le corps vibrant de lumière et de tremblements retenus, les yeux mouillés accrochés aux miens et dans un terrible effort pour s'extraire un instant de plus de l'autre côté de ses paupières, il me murmura :

– Tu pourrais me rejoindre ?

Je fus calciné sur place. Sam se traîna douloureusement vers moi.

– Je ne sais pas, Alex. C'est une chance, non ? Et si je t'abandonnais en ne te la partageant pas ?

Je bafouillai, bégayai, mais rien de compréhensible ne sortit. Incrédule, je contemplai son avant-bras, sillonné de canaux ocre brûlants qu'il tendait vers moi. Il porta le couteau à sa peau fine, prêt à la trancher, mais je sautai vers lui pour l'en empêcher. Il résista et prit rapidement le dessus en me saisissant par les poignets.

— Je sais que tu ne peux pas tout à fait me croire et comprendre sans l'avoir vécu. Mais tu pourrais voyager avec moi ; à deux sur cet ailleurs inouï, flotter béatement autant qu'imploser et fusionner en milliers de formes. On serait explorateurs et créateurs à un niveau que tu n'imagines pas, Alex. Tu perçois quel tournant sublime prendraient nos existences ?

— Tu as l'air d'être en train de mourir, Sam !

Alors qu'il maintenait mes bras, il leva l'un des siens, le mena jusqu'à sa bouche et le mordit de toutes ses forces. De la sève chaude éclaboussa nos deux visages. Il faillit tomber, mais se retint.

— Suis-moi, petit frère, souffla-t-il, un sourire saint sur le visage malgré ce qui torturait son corps.

Il me présenta son bras entaillé, m'empoignant de l'autre. Sa force me stupéfia. Des gouttes ocre tombèrent sur le sol. Je ne l'avais jamais côtoyé aussi animé, mon grand frère taciturne me surprenait.

Il rayonnait de ses iris éclatants et sa peau meurtrie lui conférait une beauté tragique. Je craignais pour lui, ou pour moi, de le perdre...

Et j'hésitais. Non, je m'approchai. Deux frères, ardents et voyageurs. Ses descriptions extraordinaires me promettaient un avenir grandiose...

— Je...

On tambourina à la porte. Sam se figea. Je me rappelai à moi.

— C'est les secours ! Vous êtes là ?

Mon frère me lança un regard terrible, une éruption solaire en plein visage, mais tout ce que je perçus se résumait en son corps ocre, son duvet et la douleur qui serrait ses mâchoires. J'avais craqué. Je les avais appelés.

— Non ! Pas maintenant, Alex ; je t'en supplie.

— Il y a quelqu'un ?

L'espace d'un instant, mon amour pour lui me fit l'impression d'un grand feu, autant que celui des barreaux froids d'une prison.

Je leur autorisai d'entrer. Ils débarquèrent en trombe par la porte ouverte. Sam lutta, reculant et reculant. Lorsqu'il bascula par la rambarde du balcon, mon hurlement impuissant se jeta à sa poursuite. Personne ne parvint à le rattraper.

***

Conservées dans une fiole, quelques gouttes d'ocre me tourmentaient chaque jour depuis. Pourquoi les avais-je gardées ? Peut-être pour essayer de répondre à une question insoluble lorsque je fixais ce poison contre lequel j'avais essayé de sauver mon frère, ou cette grâce à laquelle je l'avais arraché quand j'aurais pu la partager avec lui.

Biographie de Mickaël Andraud

Mickaël Andraud, âgé de trente-trois ans, est professeur de français en Allemagne. Après avoir édité des nouvelles et des poèmes, il se consacre à l'écriture de son premier roman. Plus spécifiquement, il a un attrait pour tout ce qui, d'une manière ou d'une autre, pousse et il est particulièrement fier (et ses proches soulagés) d'en avoir terminé avec sa passion subite à propos du blob unicellulaire.

5 ~ *L'artisanat des premières lueurs*

De Mickaël Andraud

L'attente fragile rythmait sa respiration. La grand-mère pouvait sentir le pouls de la petite dans le creux de sa main. Naturel, il lui semblait qu'il s'ennuyait. Le froid se faisait de plus en plus tenace, le gel permanent émiettait les bruits des sursauts de la petite fille qui trompait son ennui en jeux sonores. Seules ses mélodies résonnaient dans cette perdition ténébreuse. Les yeux ne servaient plus qu'à avoir froid.

D'un tremblement, la vieille secoua son corps. Elle sentit alors que la petite l'observait. Elle répondit à ce regard sur le ton d'une indicible affliction :

— Rentrons à la cabane. Il ne viendra pas aujourd'hui.

« Jour ». Elle pensa à ce mot avec amertume tout en saisissant la corde dans l'obscurité. La petite ne dit rien et la suivit, sans faire de bruit. Ce petit jeu l'amusait beaucoup, car il alarmait grandement la grand-mère. Quand celle-ci réalisait la disparition de la petite, au calme soudain pesant qui l'entourait, elle l'appelait dans le froid, une inquiétude aiguë dans la voix. Après un silence insoutenable, elle l'entendait pouffer de rire, juste derrière elle. Pourquoi la petite la harcelait-elle ainsi avec ce jeu sadique ? Bien que la grand-mère le trouve de mauvais goût, elle préférait que la gamine y joue, encore et encore. Cela signifiait qu'il subsistait en elle encore un *quelque chose*.

La porte se referma dans un claquement et le duo lâcha la corde d'un même mouvement. Ici, le néant s'éclaircissait. La mémoire avait figé la cabane dans une lumière qu'aucune ombre ne pouvait vaincre. La vieille femme alluma un feu dans le vieux poêle. Le froid glacial, qui avait enveloppé la Terre tout entière, rendait cette tâche de plus en plus délicate. Elle agita ses mains pour créer une étincelle de lumière.

Tout était devenu si vide, si vite. Elle sentit les larmes lui brouiller la vue quand une maigre flamme naquit enfin sous ses yeux. Fébrilement, cette dernière éclaira le visage rabougri de la grand-mère. Celle-ci lui sourit et souffla dessus avec tendresse afin qu'elle s'embrase et s'éternise. La petite fille s'agenouilla près du poêle, profita de sa lumière et observa les alentours. En secret, elle espérait apercevoir des nouveautés dans la pièce, engendrées à chaque feu. Des visages, des objets, des choses vivantes, mouvantes, attentives. Peu lui importait, pourvu qu'elles soient nouvelles.

Mais le maigre feu révélait toujours le même spectacle, silencieux et froid : le rocking-chair, le poêle, la tonne de couvertures et le matelas au sol. Plus le temps avançait, plus la lumière se raréfiait, dévoilant à chaque fois moins d'éléments que la fois précédente, comme si ces derniers perdaient du terrain face à l'obscurité. La grand-mère se réchauffa un instant sans rien dire, de peur qu'un mot ne vienne souffler le feu. La petite se contenta de contempler les flammes danser, un air bienheureux sur le visage. La vieille se demanda ce qui la rendait si joyeuse, elle-même ne captait que les couleurs du miracle, et non la chaleur dont elles avaient tant besoin. Pour l'enfant, dissocier la chaleur des couleurs était inconcevable. Elles faisaient partie d'un tout. Les séparer lui paraissait incongru, comme si l'on pouvait séparer le contenant du contenu, le spectateur du spectacle.

La grand-mère continua de l'observer avec attention. Ses petits cheveux en bataille, son nez rouge qui reniflait sans cesse, ses yeux grands ouverts miroitant les flammes, son innocence insondable. Son cœur se serra un instant. Comme si la petite l'avait senti, elle lui dit :

— Plus tard, le brouillard va se lever et nous aurons la lumière des étoiles pour nous guider.

La grand-mère hocha la tête. Peinée, elle songea que l'enfant s'était déjà trop habituée à ce nouveau monde, qu'elle s'en satisfaisait alors qu'elle n'aurait pas dû. Elle méritait mieux.

— Demain, le Soleil se lèvera, lui répondit-elle.

La petite n'y croyait plus, aucun signe d'espoir n'enflammait ses prunelles. Seule une question terrible franchit ses lèvres froides :

— Ça fait combien de fois que le Soleil ne s'est pas levé ?

La grand-mère baissa la tête. Que signifiait le temps sans le Soleil ? Rien. Il avait disparu, figé lui aussi dans la glace qui recouvrait désormais la Terre. La vieille ne s'y fiait plus depuis cet étrange jour où le monde ne s'était pas éveillé avec les premiers rayons du jour. Elle prit sur elle pour ne pas trahir son inquiétude et répéta :

– Demain, le Soleil se lèvera et tu verras.

La petite renifla et souleva la tête :

– Qu'est-ce que je verrais ?

La grand-mère se renfrogna à cette question. *Ça y est, elle se moque de moi,* songea-t-elle. Agacée, elle ne put se retenir :

– Tout, pardi !

Le silence se fit. *A-t-elle réellement oublié ? Est-ce seulement possible ?* s'interrogea la vieille. Après tout, les enfants nageaient dans une sorte de grand bain où tout se mélangeait : passé, futur et présent. Ils évoluaient dans un embrouillamini de gouaches dont on ne pouvait extirper, avec certitude, une unique couleur. Pour couper court à ses propres pensées, elle s'écria :

- Enfin, le Soleil ! Quand même !

Elle avait levé les bras en l'air et la petite avait suivi des yeux son geste, espérant qu'il désigne quelque chose. Son excitation retomba quand les mains de la grand-mère devinrent invisibles, sorties du rayon lumineux du feu. La vieille les laissa tomber contre ses hanches, dans un bruit sourd, décevant.

Oui, nous les vieux, nous n'avons que ça : des souvenirs. Mais les jeunes, qu'est-ce qu'ils ont alors ? pensa-t-elle. Elle se surprit à parler au pluriel. *Quel pluriel ?* se questionna-t-elle. La solitude restait sa seule compagne, en dehors de la petite. Elle se tut un moment, mais rien ne changea. La situation ne pouvait se résoudre d'elle-même. Elle comprit que son inaction nourrissait une temporalité écrasante, bien palpable malgré l'absence de lever de Soleil. Le poids du temps revenait soudainement, signe qu'il existait des choses qu'on ne pouvait laisser en état, signe qu'il y avait des actes à entreprendre, ou plus précisément à dire. Elle s'éclaircit alors la voix :

– Ça arrive comme un clin d'œil. C'est subtil et enfantin. On se croit au milieu des choses et puis on se rend compte qu'on est avec. Simplement avec. Le rayon, le premier rayon ne se voit pas. Il n'est pas là d'une manière indiscutable. Il se cache et se présente. On sent juste que quelque chose se passe. Une chose attendue, mais qui est différente à chaque fois. Caméléon domestiqué du possible, minéral sauvage du quotidien. C'est un lever de rideau qui révèle non pas une scène, mais des coulisses alambiquées. Un spectacle intimiste voué aux grandes masses. Pour tous. De toi à moi et tous ceux qui sont entre nous. Chacun le voit d'une manière différente. Chacun d'une manière semblable. Avec des reflets et des ricochets, de l'indifférence et de la jubilation. Que nos yeux peuvent comprendre cet instant ! Qu'ils sont sublimes à voir ! La lumière se propage d'abord lointaine et supérieure. Mais quand notre cerveau la décèle avec exactitude, il est déjà trop tard ou trop tôt. Tout est enveloppé dans un miel boursouflé de safran, ou parfois dans une clarté punaisée de reflets d'ivoire. Les végétaux, dans leur extrême sagesse, se sont déjà dressés, mais pour nous cela reste aussi imperceptible que de vouloir recueillir à pleine main le cœur d'un cumulonimbus. On est pour autant toujours très attentifs quand les rayons se font transperçants et qu'ils révèlent subitement les parcelles ombragées des nuits profondes, parfois malheureuses. Les humains debout, même ceux en marche forcée, prennent un temps de pause pour faire un tour sur eux-mêmes et contempler ce qui est, ce qui les constitue eux. Il y a, dans ce moment, les révélations et les péripéties, les honneurs et les renoncements. Toute couleur s'efforce à s'habiller, toute vie se presse, toute idée d'éternité se prend les pieds dans le tapis. C'est la preuve que les larmes ne sont pas inutiles. Qu'elles ne sont pas inutiles, non. Le premier rayon…

La grand-mère s'arrêta, le souffle court. Elle renifla fortement, essayant une fois de plus de cacher son émotion. Elle la jugeait honteuse. Elle pensait qu'elle se torturait, d'abord elle, puis la petite, à raconter des faits que de simples mots ne pouvaient décrire.

Elle reprit ses esprits ; dans le poêle, la pauvre flamme dansait toujours. *Enfin... Peu importe...* se lamenta-t-elle avant de baisser le menton vers la tête de la petite. Elle sursauta : l'enfant avait disparu ! Paniquée, la grand-mère se retourna vers la porte. Elle avait craint ce « jour », celui où la petite la quitterait. Elle le ferait, il ne pouvait en être autrement. Qui supporterait une vieille radoteuse comme elle ? La grand-mère s'avança dans les ténèbres, à tâtons. Elle connaissait sa demeure par cœur. Surprise, elle frissonna quand un vent puissant la frôla et alla souffler le feu. La pièce retourna au néant de la terre.

La vieille cria de désespoir :

— Petite ! T'es où ? Petite ?

Elle se tut et attendit un instant, persuadée d'avoir entendu un gloussement, mais seul le bruit du vent glacé lui répondit. Elle saisit la corde à deux mains et s'aventura au-dehors.

Son pas pressé fit crépiter le givre, accompagné de sa respiration haletante. Elle s'arrêtait et appelait régulièrement, serrant la corde avec force, comme si la Terre entière risquait de s'effondrer autour d'elle. Soudain, dans le noir abyssal, une voix lui parvint, joyeuse et lointaine :

— Continue ! Grand-mère ! Continue !

Cette dernière écarquilla les yeux et essaya de déceler la direction de la voix. Elle hurla :

— Petite ! T'es où ?

La voix devint plus nette et ordonna d'un ton pressé :

— Continue ! Raconte ! Ne t'arrête pas ! Continue !

La grand-mère, d'un geste, lâcha la corde et se dirigea vers la tonalité.

— Arrête tes bêtises et rentre à la cabane ! lui ordonna-t-elle.

— Mais continue, enfin ! rouspéta la petite de sa voix ferme. Tu ne vois pas ce que tu fais ? Continue de faire sortir les lumières de ta bouche !

La voix se trouvait tout près d'elle. Perdue, la grand-mère cherchait un sens à ce que lui disait la petite.

— Qu'est-ce que… quelles lumières ? balbutia-t-elle.

La gamine lui prit la main dans l'obscurité et s'adressa à elle avec excitation :

— Tu vas l'enfanter avec tes mots ! Tu vas le faire venir ! Tu ne vois pas qu'il se rassemble et qu'il gronde ! Le Soleil, grand-mère ! Il arrive !

Dans l'obscurité, la vieille chercha une preuve de ce qu'avançait la petite, mais elle ne trouva rien d'autre que le froid glacial qui gelait lentement ses cils. La petite serra plus fort la main de la grand-mère et supplia :

— Continue ! Continue !

Alors, la vieille pêcha dans sa mémoire ses souvenirs les plus lumineux et se concentra pour les ramener à la vie :

— Elles... les premières lueurs naissent pour et par la terre. C'est une infusion diaphane aux courants marins tièdes. Ils ondulent sur les peaux solitaires et les cajolent. Et c'est une discussion qui s'installe entre le spectateur et l'astre. Tout passe par les yeux, par les reflets et les jeux de miroirs. Tout se mue en danse invisible, en caresse, en ivresse naturelle. Les premières lueurs fanfaronnent sur les destins futurs, elles sont les avenirs, balbutiants et plus réels que le réel de toutes les réalités conjuguées. Elles sont ce qui nous fait nous attarder.

La petite jubila :

— Là ! Grand-mère ! Là ! Tu les vois ! Oh ! Il…

La vieille fixait le néant, sans rien discerner d'autre que la présence évanouie de ses réminiscences. Elle baissa la tête et contempla les yeux de la petite. Elle pouvait enfin les percevoir : des reflets de lumière miroitaient au plus profond des iris de l'enfant. Ils illuminaient fébrilement la terre, comme une dernière bouée de sauvetage au milieu d'un naufrage. La grand-mère sourit, émue.

— Oui, je les vois. C'est magnifique, n'est-ce pas ?

Auteur partenaire : Federico Saggio

Ses souvenirs lui ont été volés...
...mais son humanité peut-elle lui être ôtée ?

Il se réveille dans un univers cauchemardesque, au milieu d'humains revenus au stade animal.
L'Ancien Monde s'est consumé. De ses cendres a émergé une nouvelle société autoritaire : la Fédération de Lululand, au sein de laquelle la mémoire est désormais le moyen de contrôle premier.
Plongez dans l'univers steampunk de Lululand !

Biographie de Thomas Villani

D'abord comédien de théâtre, puis clown et enfin écrivain. C'est le plaisir de raconter des histoires, de surprendre et de régaler mon auditoire qui a nourri ma créativité et guidé ma trajectoire depuis le début. Conscient que même le silence est politique, je n'envisage pas l'écriture sans un minimum de regard critique face aux enjeux du monde qui est le nôtre. Biberonné aux récits d'aventures de Jules Verne, Alexandre Dumas ou encore Victor Hugo, j'écris pour expérimenter, grandir et vibrer plus fort.

Retrouvez-moi sur mes réseaux :

— **Instagram** : www.instagram.com/tontontito/
— **Facebook** : www.facebook.com/villani/
— **Mon podcast de conte et poésie** : linktr.ee/thomasvillani

6 ~ *Notre Soleille*

De Thomas Villani

« … Danser pour enfin commencer à vivre,
Pleine d'Énergie et d'Embar qui rend ivre,
Onduler en Soleille, trouver ses partenaires,
Pour incarner le lien entre Soleille et Terre… »

Jiffa vient d'avoir quatorze ans, elle est sur le point de devenir une femme. Selon la tradition, elle doit valider cette étape, même si elle ne se sent pas encore prête. La quinzième saison chaude de sa vie est arrivée et bientôt aura lieu la nuit de la grande Soleille. Chez le peuple de la forêt, cela constitue l'un des rites fondateurs majeurs, qui marque la création de son premier foyer, le début d'une nouvelle famille et d'une lignée, potentiellement même, d'un nouveau clan.

Les préparatifs vont bon train depuis déjà plusieurs jours au sein de chaque communauté. On décore les chemins, on érige de nouveaux temples éphémères, on chante l'épiphanie héliophone à tue-tête et on cuisine les plats de passage traditionnels. Tout le monde a hâte.

Pourtant, Jiffa a peur. Comme celles de sa génération, elle devra interpréter des mouvements de séduction lors de la cérémonie pour trouver des partenaires, mais elle ne comprend pas vraiment l'intérêt de tout cela, elle redoute de ne pas parvenir à onduler au rythme des coups de talou ; toute cette pression l'écrase. Elle a pourtant déjà assisté au spectacle de ses aînées, chaque année depuis sa naissance. Celles-ci paraissaient toujours à l'aise, joyeuses, à leur place ; Jiffa se sent différente.

Les autres lui ont expliqué comment les ondes de la terre ont traversé leurs corps, elles lui ont parlé des racines de leurs pieds qui entraient en communion avec celles des arbres, elles lui ont décrit la plénitude, la transe et les vibrations Sollaires. Jiffa les imagine, mais ne perçoit rien.

Soit elles mentent toutes, soit je ne suis qu'une fille de Lune... songe-t-elle avec tristesse.

Chaque année lors de la procession, Jiffa observe ses prédécesseuses se déhancher comme si elles avaient pratiqué les rites toute leur vie. Quand viendra son tour, elle craint de ne pas en être capable. Elle se trouve gauche et empotée, a peur d'avoir honte et appréhende de se retrouver pétrifiée par le malaise de la situation. Pour ne rien arranger, son corps a grandi et n'arrête pas de se métamorphoser, de nouveaux organes lui poussent sous la peau sans qu'elle y puisse rien.

Les autres vont rire de moi et me rejeter... Certains lui ont raconté que cela était arrivé, une fois, et que celle qui n'avait pas réussi à séduire avait été chassée vers les terres noires, comme une vulgaire meurtrière. Sa marraine la sermonne souvent et lui a interdit d'écouter les légendes apocryphes, mais Jiffa y croit quand même.

Malgré ses doutes, elle a décoré sa chambre, au cas où. Elle a aussi planté des graines de fleurs colorées qui sont déjà en train d'éclore et dont elle s'est servie pour confectionner un pagne de fête magnifique qu'elle pense ne pas mériter. Elle a ajouté des lianes fines et vertes, récupérées dans les grands résineux de la vallée sud. Ceux-ci lui ont permis de tresser un drapé solide, un peu plus long que la moyenne et donc plus expressif. Son choix floral aura également de quoi surprendre ses proches ; contrairement aux habitudes de ses compatriotes, elle n'a pas utilisé le bourgeon rouge des marais, d'ordinaire si prisé dans la composition des étoffes rituelles. Jiffa, poussée par un sens esthétique qui lui est propre, s'est bornée à organiser des rangées de fleurs, dites « Effacées » pour leur blancheur, sur de petits boutons jaunes, qui poussent en cette saison autour des villages. Ces assortiments singuliers composent le pagne le plus spectaculaire jamais réalisé qu'elle ait pu admirer. Bien qu'elle en ait conscience, Jiffa n'ose se l'avouer.

***

La veille de la célébration, l'adolescente ne réussit pas à trouver le sommeil. De panique et d'épuisement, elle se met à pleurer, telle la petite enfant qu'elle reste au fond d'elle-même. Face au pagne, une envie folle la prend : celle de le déchirer !

– Je ne suis vraiment pas prête à devenir adulte, je préfère boire le lait de la bufflonne plutôt que de manger sa viande. Je suis laide et stupide. Je ne sais pas séduire, je ne sais que geindre et larmoyer. Je sais penser, mais je ne ressens rien. Les Déesses ne me parlent pas, contrairement aux autres. Je suis perdue chez les miennes…

Désemparée, elle se lève et s'enfuit à travers la forêt brumeuse. Sans flambeau pour s'éclairer ni lance pour se défendre. Elle court aussi vite et aussi loin qu'elle le peut. Ses pieds saignent et sa gorge la brûle lorsqu'elle parvient à la limite des terres, là où la végétation ne pousse plus, le bout du monde, au sommet de la falaise. Devant elle, le vide et l'océan sinistre rugissent à perte de vue. Elle songe à avancer, juste un pas de plus ; elle se dit qu'elle pourrait se donner aux esprits de l'eau. Elle pourrait nourrir les dieux sombres afin d'être, peut-être, un peu utile aux siennes.

Dans l'écume, guidée par les remugles des vagues immenses qui viennent se briser sur les rochers, là, elle serait bien obligée de se laisser danser. Elle fixe les étoiles, ces feux supposés liés à ses ancêtres et à ses guides. Elle les trouve bien silencieuses face à tout son malheur.

Soudain, un bruit guttural la heurte, entre deux rumeurs de vagues. Une respiration saccadée, des gémissements : quelqu'un pleure. À quelques pas sur le côté, une autre fille de son âge est prostrée. Elle porte son pagne de fête et semble encore plus triste que Jiffa.

L'adolescente se rapproche doucement, observe l'éplorée un instant et comprend qu'elle n'est pas la seule à douter. Avec douceur, Jiffa s'installe auprès d'elle et lui demande :

— Tu as peur pour demain ?

La larmoyante jeune fille ne se donne même pas la peine de relever la tête.

— Oui, répond-elle dans un sanglot. Comment le sais-tu ? C'est ma marraine qui t'a envoyée pour me parler ?

— Non.

Les malheurs de cette inconnue apaisent étrangement Jiffa. Elle souhaite la rassurer et la prendre dans ses bras, lui donner ce que personne n'a fait pour elle jusqu'ici.

— Moi aussi je ne me sens pas encore prête, avoue-t-elle.

La jeune inconnue comprend enfin ce qui les lie et relève son menton humide vers Jiffa.

— Alors, tu veux te jeter dans les eaux toi aussi ?

— J'y pensais.

— Tu veux qu'on saute ensemble ? Ça me fera moins peur si on est deux.

— D'accord.

Les jeunes filles se prennent la main et s'avancent jusqu'au bord de la falaise. Le vent est puissant, il vient du large. Il sent l'algue jaune et le sel. S'il changeait brusquement de direction, son souffle ferait tomber les deux âmes tristes dans le roulis des flots, contre les rochers noirs peints d'écume. Les vagues grognent et frappent la terre, impatientes face au repas promis. Au loin, derrière le plus sombre des nuages, une étincelle craque si fort que le ciel s'illumine un court instant, comme en plein jour. Le fracas du tonnerre contracte les entrailles des adolescentes. Depuis le centre de leurs paumes, un frisson les parcourt.

— Je n'ai pas très envie de mourir, en fait, admet Jiffa.

— Moi non plus, mais j'espérais que tu m'aiderais à avoir plus de courage.

Elles se regardent et leur tristesse se transforme doucement en un sourire de connivence. Les esprits de l'eau ne recevront pas d'offrande ce soir-là. Juste avant que le tonnerre ne vienne de nouveau secouer leur chair, un nouvel éclat dans le ciel leur permet d'apercevoir brièvement le visage reconnaissant de l'autre.

Elles reculent de deux pas et tombent assises sur le sol, dans un léger rire de gêne mêlée de soulagement. Conséquence naturelle de la joie de vivre retrouvée. Par habitude et tradition, elles s'échangent le salut des amis où, front contre front, on inspire ensemble en se regardant au fond des yeux. Puis, sans savoir qui a commencé, elles se mettent à parler.

Les deux survivantes se présentent formellement, dans un premier temps. La jeune inconnue se nomme Sune. Elles discutent ensuite de leurs clans respectifs et de leurs différences de coutumes, s'étonnent que l'une n'ait pas le droit de boire de lait le matin quand l'autre ne se lave les cheveux que lorsque le Lune est plein. Puis revient le sujet de la nuit de la grande Soleille, de leurs peurs paniques. Après avoir écouté sa nouvelle amie décrire ses doutes, aussi justement que s'ils avaient été les siens, Jiffa développe une idée brillante :

— Et si on se choisissait à la fin de la cérémonie ?

— Mais Jiffa, nous n'avons pas le droit puisque nous nous connaissons déjà.

— Regarde autour de toi. Personne ne le saura. Nous n'avons qu'à essayer de séduire normalement, mais si l'une de nous deux n'y arrive pas, l'autre s'engage à la prendre comme partenaire pour qu'elle ne soit pas bannie. Qu'en penses-tu ?

Sune acquiesce et ensemble elles concluent que cette solution est parfaite ! Elles se détendent, rassurées et scellent leur contrat moral par un long baiser, une main sur le cœur et l'autre sur le front. Après une dernière salutation amicale, bien plus joviale que la première, elles se séparent et Jiffa, apaisée, rentre dormir dans son alcôve.

***

La Soleille commence déjà à illuminer l'horizon lorsque, chacune de leur côté, elles réussissent enfin à s'assoupir. Jiffa passe une bonne partie de la journée suivante à dormir. Lorsqu'elle se réveille, elle est de bonne humeur. Enjouée, elle se lave à l'eau de pétales, enfile son pagne cérémoniel et, seule dans son alcôve, ondule avec une liberté inattendue. Elle mange en vitesse quelques fruits et se rend sur la grande place, où l'ancien temple rouge a été redécoré pour l'occasion et au pied duquel tous les clans ont déjà commencé à se réunir.

Elle se faufile au milieu de la foule et sans trop en avoir l'air, cherche sa nouvelle amie, en vain. Les marraines de Jiffa sont présentes ; cette dernière les salue respectueusement alors que les deux membres de sa parentèle sont déjà lancées dans une ronde en hommage à la Soleille, qui décline à peine. Une grande citoyenne aux cheveux très roux et bouclés l'arrête pour lui souhaiter une « union aussi équilibrée que joyeuse ». Après quelques paroles d'encouragement supplémentaires, celle-ci tend un bok rempli d'Embar à Jiffa. Pour la première fois de sa vie, l'adolescente a le droit d'y goûter.

Réalisée à partir d'une écorce noueuse que l'on trouve dans certaines parties de la forêt, celle-ci est recouverte de lichen violet et entremêlée à de fines lianes vertes. L'ensemble est ensuite bouilli pendant plusieurs jours, puis dilué et filtré. La solution aqueuse obtenue, appelée Embar, aide à se connecter plus profondément à ses émotions ainsi qu'aux esprits qui nous entourent.

Après trois gorgées difficiles de ce liquide épais, à la fois amer et sucré, Jiffa sent déjà que le haut de ses oreilles se réchauffe. Elle croise une citoyenne, qui porte également un pagne du passage, et lui remet le bok.

— Tiens, tu as déjà essayé ?

— Non.

Sa compatriote affiche une moue dubitative.

— Tu vas voir. C'est bon.

Sans même y penser, Jiffa ondule devant sa camarade, et celle-ci lui répond par un autre balancement enthousiaste. Son cœur pourrait exploser tant elle est heureuse : elle a déjà potentiellement trouvé deux partenaires alors que la cérémonie n'a même pas débuté. Le rythme des talous lui donne envie de danser, elle doit redoubler d'efforts pour se retenir.

« Les citoyennes dignes n'ondulent pas trop ! », lui ont répété ses tantes. Alors, elle laisse à ses épaules le droit qu'elle refuse à ses hanches. Elle sent les vibrations de la terre s'insinuer en elle ; une ligne profondément plantée dans la terre la traverse par vagues, sur sa peau et dans sa chair, et se libère pour disparaître vers les cieux. Enfin connectée à ses émotions, à ses désirs, à la Soleille et aux Déesses, Jiffa rayonne. Prête à grandir et à devenir adulte, elle se trouve belle, elle se sait presque femme.

L'une des doyennes, parmi les plus influentes prêtresses, monte sur le toit du temple et toute l'assemblée se tait. La vieille femme, dans un costume cérémoniel très chargé, ferme les yeux et lève les mains en direction de la Soleille. Elle se connecte aux Déesses pour invoquer les stances sacrées. Après quelques secondes d'immobilité, son menton vibre et le discours à l'astre commence :

« Oh Soleille ! Toi qui es la lumière et l'envie,
Qui verses tes rayons à la terre ravie,

Qui, où que l'on voyage nous as toujours suivies,
Qui réchauffes les cœurs et insuffles les vies,
Tu fais pousser les fleurs, tu fais grossir les fruits,
Tu donnes à la forêt toute ton énergie,
Tu as sur tes enfants un règne sans pareil,
Oh ! Toi ! Notre déesse, la puissante Soleille !
Mère nourricière et Apsara suprême,
Tu es dans toute vie et dans tous les poèmes... »

Les mots divins enchantent l'assemblée, puis la prêtresse raconte l'histoire d'Avina et de Soluna, les fondatrices du peuple de la forêt. Ce récit, Jiffa l'a déjà entendu des dizaines de fois, mais aujourd'hui tout paraît résonner d'une autre manière, le sens précis et particulier de chaque mot, tous ces termes traditionnels la touchent enfin, les métaphores s'ouvrent à elle comme des fleurs d'aurore.

« ... Dans le temps de la nuit quand le jour était noir,
Qu'aucun arbre poussait sur notre territoire,
Les hommes étaient puissants et nous étions en cage,
Ils gouvernaient le monde plein de haine et de rage,
Ils étaient plus nombreux et ils aimaient la guerre,
Ils vénéraient le Lune et mangeaient de la terre,
À force de se battre et de s'entretuer,
Ils devinrent plus faibles et l'on put s'évader,
Les rayons lumineux firent imploser nos geôles,
Et les femmes sur Terre jouèrent enfin leur rôle,
Offrant leurs ennemies aux Dieux par la noyade,
La lumière revint réchauffant les terres froides,
Les premiers clans s'unirent, comme fleurs en bouquet,

La Soleille nous bénit en accordant la paix… »

La prêtresse ondule tout en racontant cela. Le menton tiré vers la Soleille, ses mains vibrent pour sentir intensément les mots bénis que les Déesses font sortir par sa bouche. La cadence s'accélère alors, les rythmes plus singuliers évoluent. Parfois elle crie, la voix enrayée, puis s'arrête et chuchote certains vers :

« … Une nuit où Avina ne pouvait trouver sommeil,
Elle eut la chance de voir apparaître la Soleille,
Ou plutôt son enfant, une femme pour l'amour,
C'était là Soluna qui brillait comme le jour,
Le Lune et la Soleille avaient enfanté l'éclaire,
La plus belle de toutes les muses, une danseuse spectaculaire,
Déesse de la lumière infusée d'une part d'ombre,
Grande ancêtre de toutes, notre mère, le lien sombre,
Ondulant depuis le ciel en direction d'Avina,
Connexion instantanée, le coup de foudre tonna,
Au-dessus des vagues folles, leurs mains se rencontrèrent,
Leurs fronts et puis leurs souffles, leurs larmes se mélangèrent,
Et ce fut la première nuit, la première célébration,
Le premier clan fut formé, avec lui notre nation… »

Alors que la prêtresse continue son histoire, les doyennes des différents clans rejouent la scène au rythme sourd des talous. Ces vieilles femmes, que l'on voit d'ordinaire se déplacer doucement, souvent soutenues par un bâton, virevoltent ce jour-là avec une allégresse passionnée qui impressionne même les plus athlétiques de leurs consœurs.

« … La première des alcôves fut alors érigée,
Des vœux d'union clanique y furent échangés,
Autour, tous les brins d'herbe se changèrent en forêt,
On se multiplia, notre peuple était né… »

L'histoire d'Avina et de Soluna ressemble à celle qu'a vécue Jiffa la nuit précédente. Ces similitudes la troublent. Elle s'imagine que les deux grands astres ont façonné une seconde fille et qu'elles la lui ont envoyée pour la remettre sur le droit chemin. Ou alors peut-être a-t-elle juste rêvé. Perplexe, elle se perd dans des pensées confuses, qui font poindre de petites larmes de doute, quand soudain, une main lui agrippe le bras par-derrière.

– Hey ! C'est toi l'enfant de la Soleille ? La sœur de l'éclaire Soluna ?

Elle reconnaît la voix de Sune !

– Non… rougit-elle. Je ne suis qu'une enfant de la forêt trop crédule et un peu perdue.

Les deux jeunes femmes échangent un regard de joyeuse connivence, qui n'advient qu'à celles qui ont déjà ri et pleuré ensemble.

– Et toi, es-tu cette enfant ?

– Pas du tout ! Mais j'aurais bien aimé que tu sois une déesse et que tu saches jeter des éclaires… ou au moins faire pousser les arbres…

Jiffa et Sune se mettent à rire en se prenant dans les bras. À tel point, qu'autour d'elles, les expressions deviennent rudes. Leur joie dérange.

– La prêtresse est en train de scander ! Ayez un peu de respect, jeunes filles !

— Pardon, ma tante… s'excuse Jiffa auprès d'une femme bien antipathique et dénuée de tout sens de l'humour.

« … Il fit don de son Liquidevie,
Et pour le remercier on lui laissa la vie,
On donna même à l'homme un peu de nourriture,
Des outils, quelques fleurs et de la confiture,
Ainsi, à chaque saison, les hommes viennent nous voir,
Ils sont rudes, ils ont faim, nous avons de l'espoir… »

Jiffa craint les hommes, ces êtres étranges que les siennes nomment « cousins », ces créatures sales et sans manières qui rôdent dans les terres périphériques. Elle en a aperçu un, petite, à l'orée des bois. Poilu comme un loup hirsute, un regard empreint de folie, se mouvant sans grâce et gémissant avec les manières d'un nouveau-né. Elle espère ne plus jamais en croiser. Heureusement, dix années de réflexion et d'attente lui sont réservées avant que ne lui soit proposée sa première syngamie, mais elle préfère ne pas y songer.

« … Dans l'ordre d'importance des êtres du vivant,
On trouve la Soleille, la femme et puis l'enfant,
Viennent ensuite le buffle, le chien puis l'opossum,
Les oiseaux, les insectes et pour finir les hommes… »

— Jiffa, ton pagne est magnifique…
— Merci, toi aussi.
— Mon pagne ?
— Non. Toi…

Les deux jeunes femmes, désormais côte à côte, n'écoutent plus le discours de la prêtresse. Elles se sourient, leur joie intense agrandit leur cœur et leurs yeux. Le dos de leurs deux mains, posé l'un contre l'autre, se caresse avec plus de volupté que lors d'un câlin d'alcôve et leurs bassins commencent à onduler de plaisir.

« Sentir, tout au fond, le grand éveil,
Danser et vivre, aimer sous la Soleille,
Respirer et sourire, laisser venir la transe,
Que les ondulations Sollaires enfin commencent ! »

Les plus gros talous, laissés sur le côté, sont ramenés et pris en main par les musiciennes. Leurs sons lents et graves résonnent puissamment et toutes celles qui portent un pagne de fête s'avancent en rythme vers le centre de la place. Des centaines de jeunes femmes entrent dans le cercle, timidement d'abord puis l'audace et la hardiesse, liées à la célébration, les gagnent. Jiffa sent son corps onduler, empli d'une toute nouvelle et si agréable aisance, elle se trouve belle et forte. Les yeux des autres pagnées se tournent inlassablement dans sa direction, elle ne sait plus où donner de la tête.

La Soleille est au plus bas, le ciel s'est teinté de nuances de roses magnifiques et les rares nuages, tels des temples enflammés par les rayons Sollaires, luisent de mille feux. Leur divine étoile diurne ne disparaîtra pas. Elle bénira le peuple de la forêt et ne laissera pas de place au Lune. « Si la Soleille ne se couche pas, alors personne ne le fera », mentionne l'une de leurs règles du dogme. Elles danseront, vibreront, chanteront, aimeront. Elles vivront plus ardemment qu'aucun autre jour, soutenues par la puissance de leur Déesse suprême.

La cérémonie continue et la transpiration recouvre les corps mouvants. Elle coule et imbibe le sol jusqu'à ce qu'une boue fine noircisse joyeusement les pieds des futures femmes. Plusieurs empagnées courageuses tentent d'apposer leurs cous contre celui de Jiffa pour sceller une nouvelle union, mais cette dernière évite poliment les rapprochements trop brusques. Elle profite allègrement des ondulations qui lui procurent des sensations bienfaisantes, profondes et insoupçonnées, bien qu'elle ne perde jamais de vue sa partenaire lumineuse et sautillante dans un coin de son champ de vision.

Sune est absolument magnifique. Elle aussi semble très prisée. Jiffa ondule et se rapproche doucement de sa favorite. Les deux jeunes citoyennes créent un champ d'attraction mutuel et se tournent autour. De petits groupes se sont déjà formés et les futures partenaires se contemplent désormais plus franchement. Confiantes, elles s'avancent avec délice, petits pas par petits pas, vers ce qui doit sceller leur union.

Les associations s'étendent jusqu'à trois, parfois même quatre, bien que plus rarement. La tradition demande de prendre alcôve avec ses partenaires pour cinq années. Après cela, une nouvelle cérémonie réarrange les partenariats qui le souhaiteraient ou confirme ceux qui ont atteint l'harmonie. Encore cinq années plus tard, lors de leur vingt-cinquième saison chaude, chaque groupe désigne l'une de ses membres afin de porter la vie, suite à la syngamie du printemps suivant.

« La Soleille est partout, elle est notre maîtresse,
Son regard nous console et sa main nous caresse,

Il n'existe aucun lieu dans lequel elle ne rentre,
Elle fait éclore les fleurs et fait gonfler les ventres. »

Ainsi va le peuple de la forêt. Elles ne sauraient vivre autrement.

Jiffa et Sune se tiennent les mains et sont presque déjà couplées quand elles aperçoivent, en marge des mouvements de groupes, une participante en difficulté. Cette dernière a déchiré son pagne et l'agrippe maladroitement de ses doigts crispés pour éviter qu'il se disloque davantage. De honte, elle n'ondule même plus et les autres participantes l'ignorent et l'évitent avec soin. La petite citoyenne, même si elle garde la tête haute pour honorer la Soleille, a les larmes aux yeux et la bouche contractée par la détresse. Jiffa et Sune se comprennent sans dire un mot : elles se lâchent et dansent en direction de la malheureuse.

Celle-ci, les voyant arriver, opère un mouvement de recul, en refus de la compassion des deux femmes. Elle leur montre sa triste étoffe et baisse le regard afin d'exprimer l'impossibilité de ce rapprochement. Sune glisse alors une main dans son propre vêtement et le déchire d'un large geste tout en ondulant effrontément. Jiffa, plus souriante que jamais, l'imite, allant jusqu'à piétiner sa tenue au sol avant de se redraper dans ses restes souillés. Les trois citoyennes rient de la situation et, dans une respiration commune, se fondent les unes contre les autres, scellant pour cinq années une union qui les emplit déjà de joie. Cette nouvelle acolyte s'appelle Zuria. À sa petite taille, sa peau ambrée et ses grands yeux verts si typiques, on devine facilement qu'elle est originaire des régions du val-ouest.

Tous les groupes sont désormais formés. Personne n'est restée seule, on entend des rires d'amour, des baisers puissants s'échangent avec délice et des caresses font vibrer cette assemblée de corps lascifs et excités. On allume enfin le grand feu qui entérine ces alliances et les nouvelles adultes jettent leurs pagnes dans le brasier. Nues, elles ondulent entre les flammes et la Soleille. Elles célèbrent le plaisir d'être en vie, jusqu'au bout de cette nuit sans ténèbres, avec la force et l'euphorie des jours bénis. Pleines de reconnaissance pour la Soleille, comblées, toutes sont inondées par le bonheur d'avoir enfin trouvé famille.

Auteur partenaire : Garance Verdon Avizou

Claire est voleuse de clichés photographiques, Pia psychologue aquatique pour poisson lunatique, Arthur dynamiteur d'aqueduc, et Jack commerçant sans scrupule dans les égouts de la vieille Paris.

Les liera une seule chose. Line, danseuse automate tirée difficilement des cabarets aériens, qui désespère plus que jamais d'être humaine. Elle cherche à pleurer, elle cherche à rire, mais qui pourrait donc comprendre une femme de métal dans un monde où le moindre être humain est lui-même de plus en plus incapable d'humanité ?

Biographie de Anthony Boulanger

Originaire de la région de Rouen, Anthony Boulanger vit maintenant en Eure-et-Loir, en compagnie de sa muse et de leurs trois enfants.

Touche-à-tout, il travaille aussi bien sur des (micro)nouvelles que des romans et des scenarii de jeux de rôle et de BD, dans les genres de l'imaginaire. Ses sujets de prédilection sont les oiseaux, les golems et les mythologies du monde.

7 ~ Système binaire

De Anthony Boulanger

Caché derrière une caisse, son doudou sous le bras, Setanta regardait les deux femmes s'affairer autour du monstre de métal. De ce qu'il voyait, Brigit la Forgeronne mettait le point final à une titanesque épée, affûtant le tranchant au disque de meulage. À quelques mètres, à l'écart des étincelles, mais à côté du feu de la forge, Brigit la Poétesse finissait de peindre le symbole de la mission : un chien, tel qu'on les représentait avant le Nuage et les Arbres, grand et terrible, et une lame, que l'animal tenait dans ses pattes, réplique de celle que travaillait la sœur à l'atelier.

– Tu peux t'approcher, tu sais, entendit soudain le jeune garçon dans son dos.

Setanta sursauta et se retourna. La troisième des sœurs se trouvait à quelques enjambées, un doux sourire sur le visage. Brigit la Devineresse.

— Après tout, reprit-elle, ce robot est forgé pour toi, tu devras bien apprendre à le piloter avant qu'il ne soit trop tard. Viens, allons le voir, si tu veux.

Brigit tendit une main à la peau douce, plus douce que celles de toutes les autres nourrices de Under-Carrauntoohill. L'enfant s'en saisit. Du haut de ses trois longs-hivers, il ne comprenait pas tout ce que Brigit lui disait, tout ce que les autres membres de la colonie lui racontaient, mais même si ce robot l'impressionnait, il contourna les caisses et accepta de marcher dans sa direction.

— Bientôt, bientôt, continua Brigit la Devineresse, tu rejoindras la Surface et tu seras notre héros, Setanta.

Devant la femme et l'enfant, les deux autres sœurs continuaient leurs œuvres respectives. *Bientôt, oui, trop vite,* murmuraient certains, dans les profondeurs de la cité sous la montagne... *Pas assez vite*, corrigeaient d'autres.

***

Setanta quitta l'alcôve qui lui avait été assignée après avoir rangé un second pull dans son sac à dos, calé à côté de sa peluche. À la profondeur où il habitait, les reliquats de géothermie et l'isolation naturelle de la montagne, sous laquelle était creusée la cité, maintenaient une température agréable, mais il suffisait de monter plusieurs centaines de mètres pour percevoir une différence de près de vingt degrés. Ceux qui vivaient dans les niveaux supérieurs s'habituaient peu à peu au froid, bien qu'il se fasse plus intense à l'approche du nouveau grand-hiver.

D'un signe de main, l'enfant salua son voisin qui se levait également, un vieillard qui répondait au nom de O'Cean, et dont les grands-parents avaient, disait-il, connu la vie à l'extérieur.

— C'est aujourd'hui le grand jour, n'est-ce pas ? lui demanda-t-il en lui rendant son salut.

— C'est… un jour parmi les autres, répondit Setanta.

O'Cean attendit un moment, laissant l'enfant empaqueter quelques provisions.

— Tiens, prends les miennes à la place.

Il lui tendit des rations, l'équivalent d'au moins trois jours de nourriture.

— Tu devrais manger plus, reprit le vieil homme. Ne pas te priver pour les autres. Je sais que les autres enfants te traitent durement, mais ce n'est pas avec ça que tu les apaiseras. À quatre ans, on ne devrait pas parler aussi bien que tu le fais, et on ne devrait pas être aussi chétif. Comment veux-tu piloter ton robot si tu ne manges pas suffisamment ?

Setanta lui adressa un sourire, mais s'abstint de répondre. Il rejoignit l'escalier vers l'antichambre de son niveau. En vérité, il ne souhaitait pas piloter le robot. Il ne voulait pas quitter l'enceinte de Under-Carrauntoohill, il ne voulait plus sentir la pression des milliers de paires d'yeux dans son dos à chaque fois qu'il allait visiter les trois sœurs, il ne voulait plus entendre les railleries de jalousie de certains enfants, les prières que lui adressaient certains adultes. Il désirait jouer dans les tunnels et apprendre l'Histoire d'avant le Nuage, et non s'enfermer dans un cockpit de pilotage pour qu'on lui inculque en accéléré des notions de physique, thermodynamique et astrophysique. Il ne rêvait que d'être normal. Le Soleil, il n'en avait rien à faire, il ne l'avait jamais vu et il ne tenait pas à le découvrir. Brigit la Poétesse avait beau lui raconter l'ancien temps, celui de la Surface, son temps à lui était celui sous la montagne. Mais d'un autre côté… S'il parvenait à ramener le Soleil, il deviendrait un héros, lui avait-elle assuré.

Perdu dans ses pensées, le garçon trébucha dans les marches inégales. Quelqu'un lâcha un ricanement et applaudit.

– Eh bien, si ce n'est pas le grand Setanta en personne qui nous fait l'honneur d'apparaître… Regardez donc notre sauveur qui n'est même pas capable de mettre un pied devant l'autre !

De nouveaux rires aigrelets ponctuèrent la remarque.

– Bonjour, Asphalte, se contenta de répondre l'enfant en se remettant debout.

Setanta prit le temps de s'épousseter, davantage pour réfléchir que par souci de propreté. Il avait espéré passer avant qu'Asphalte et sa bande ne traversent le quartier, mais ils avaient vraisemblablement pensé de manière similaire : se lever plus tôt pour lui barrer la route.

– Il paraît que c'est le grand jour, reprit Asphalte.

Le garçonnet leva les yeux sur son interlocuteur. L'adolescent portait déjà sa tenue de travail. Son visage, d'une froideur colérique, le perturba.

– Tu vas tous nous sauver, disent les anciens du niveau. Tu sais ce que je crois, petit planqué ? C'est que tu vas en profiter pour te sauver, plutôt. Les Brigit te construisent un joujou pour ton doudou et toi, mais tu vas te planter. C'est plus compliqué que de monter des marches, tu sais ?

– Je… Je m'entraîne tous les jours pour…

Setanta ne parvint pas à finir sa phrase. Des sanglots étranglaient ses syllabes.

– Regarde-le, le bébé des Brigit, dit une enfant du groupe, il va se mettre à chialer maintenant !

– Grand jour, tu parles, renchérit Asphalte.

De sa poigne de titan, qui minait et creusait depuis des années, l'adolescent souleva le pilote du sol et, de sa main libre, le fouilla pour se saisir des rations.

– Tu vois, ô grand Setanta, moi, je crois bien que tu veux te tirer. Peut-être rejoindre une autre montagne, plus grande, plus riche, plus profonde. Pourquoi aurais-tu besoin de rations pour plusieurs jours, sinon ?

– C'est pour…

Setanta s'interrompit, une fois de plus. Rien ne servait d'expliquer qu'il les avait gardées pour d'autres enfants des niveaux supérieurs, trop faibles pour creuser vers le noyau de la planète, trop jeunes pour travailler dans les champignonnières, laissés dans le froid, car bien des mètres au-dessus du niveau de Setanta et d'Asphalte, un mode de vie plus dur régnait. Même Asphalte n'y tiendrait pas une semaine. L'enfant aurait pu dire à l'adolescent de le suivre, de constater par lui-même, mais Asphalte se serait contenté de rire et de le traiter de menteur. De privilégié, de chouchou des Trois Sœurs, de lâche, de faible, de parasite… Tant de noms que Setanta avait entendus.

– … même pas, cet ahuri.

Asphalte finit par le reposer à terre. Réfugié en lui-même, il avait raté la dernière phrase de la brute. Cela ne constituait sûrement pas une grande perte. Sans autre commentaire ou réaction, Setanta voulut contourner le groupe, mais le bruit d'un paquet de rations que l'on ouvre le ramena soudain à l'instant présent. Ces aliments n'étaient pas destinés à ce vaurien, mais à ceux qui en avaient besoin.

– C'est moi qui devrais piloter le robot du Forgeron, pas un chien dans ton genre.

Setanta sentit monter une pulsion qu'il ne connaissait pas. Ce n'était pas de l'excitation, ce n'était pas de la peur : une vague rouge s'empara de son cœur, de ses membres, de ses yeux et de son esprit. Il bondit sur Asphalte et abattit ses poings sur le torse de l'adolescent renversé, lui coupant la respiration. Il dirigea alors ses coups sur le visage de son persécuteur, visant les yeux, le nez, les oreilles, les tempes, les lèvres. Le raz-de-marée écarlate se répandit hors de sa conscience et de son corps pour envahir la figure d'Asphalte et s'écouler de tous ses orifices.

***

Quand des adultes vinrent pour séparer les deux garçons, Setanta ne sentit pas leurs mains sur ses bras ou ses jambes. Il continuait de frapper, sourd, muet, aveugle à toutes choses.

Devant lui, se tenait la face grotesque de son robot.

– Tu avais parlé de grand jour pour aujourd'hui, Brigit, c'était cela que tu avais vu ?

– Entre autres, oui.

– Et tu as laissé faire ?

– C'était nécessaire, Brigit, tu le sais bien. Cette colonie consent des sacrifices depuis des décennies, c'en est un de plus sur la liste.

Setanta était revenu à lui, mais ne s'était pas manifesté. Cela lui permettait d'écouter, de réfléchir. À la température ambiante qui l'enveloppait, il avait compris qu'il se trouvait près de la Surface, et à l'odeur métallique qui l'entourait, il avait perçu qu'il se tenait dans l'antre des Trois Sœurs et du robot. Les mots qu'il avait entendus le confirmèrent. Depuis combien de temps s'était-il endormi ? De cela, il n'en avait aucune idée.

— Mais est-ce aujourd'hui qu'on lance la mission ? demanda Brigit la Forgeronne.

— Ton engin peut décoller ? répliqua la Devineresse.

— Bien sûr ! s'exclama sa sœur. En théorie. Mais tu sais bien que je pose la question vis-à-vis de Setanta.

— J'ai confiance en lui… D'autant plus qu'il n'est plus Setanta.

Sous le coup de la surprise, le garçonnet ouvrit les yeux. Brigit la Devineresse se tenait juste au-dessus de lui ; la douceur de son sourire et de ses yeux chassa les doutes et les peurs qui s'étaient insinués en lui.

— Comment… va Asphalte ? demanda-t-il.

— Il sera sur pied sous peu, ne t'inquiète pas pour lui, répondit Brigit la Forgeronne. Et quand il sera debout, il pourra sortir à la Surface pour contempler le Soleil. Grâce à toi.

Setanta ferma les paupières et poussa un soupir.

— Je sais que tu ne veux pas, dit Brigit la Poétesse. Je sais que tu as peur. C'est normal, l'inconnu fait peur : nous te parlons de cette étoile depuis que tu es né, sans réussir à lui rendre hommage. Même mon don me limite face à cet astre.

L'une des sœurs prit l'enfant par la main et celui-ci la suivit. Les mots de la Poétesse ou de la Forgeronne ne le touchaient pas. Il allait monter dans ce robot pour la colonie, pour accomplir ses devoirs.

— Pourquoi avez-vous dit que je n'étais plus Setanta ? À cause de ce que j'ai fait à Asphalte ?

— Oui et non… répondit Brigit la Devineresse. Ce que tu as fait à Asphalte est arrivé parce que tu as choisi les autres enfants de la colonie en refusant qu'il prenne les rations que tu avais mises de côté, celles que tu ne voulais pas manger parce que tu envisages de ne pas rentrer.

— Je ne compte pas fuir.

— Nous le savons. Nous n'en avons jamais douté. Mais si tu es si… abattu, c'est parce que tu ne penses pas survivre à ta mission. Maintenant, tu as affronté Asphalte, tu as survécu, tu n'es plus Setanta. Tu es à présent Cúchulainn. Relève-toi, Cúchulainn, relève-toi et accomplis la mission pour laquelle tu t'es tant entraîné !

Les mots de la Devineresse eurent peu ou prou le même effet que les derniers qu'il avait entendus de la bouche d'Asphalte. Une nouvelle vague de pulsions s'empara de lui, mais plutôt que d'assombrir ses pensées et d'obscurcir son jugement, il sentit une nouvelle énergie, un besoin d'accomplir ce défi, cette mission. Sa destinée. Cúchulainn marcha jusqu'au robot ; celui-ci ne lui semblait plus aussi impressionnant et horrible. Presque familier, avec cette couleur rouge. Même le chien que la Forgeronne finissait de lustrer sur le plastron lui paraissait moins belliqueux.

— Je vais monter dedans. Et je réussirai, vous verrez !

Les poings de Cúchulainn se serrèrent à nouveau, mais cette fois-ci pour frapper la carcasse métallique. Le son qui résonna dans la caverne amplifia son sentiment de fierté et la combattivité qui naissaient en lui. Il escalada les barreaux, s'installa dans la cabine de pilotage et plaça naturellement les mains sur les boutons du panneau de commandes, qui déclencherait la mise à feu des réacteurs dorsaux. Si tout se passait bien. Si les calculs de Brigit la Forgeronne s'avéraient justes, si les matériaux n'avaient pas souffert plus que de raison à cause de siècles de rebut. Si le froid ne condamnait pas la mise à feu… S'il ne faisait pas d'erreurs… Tant de si… pour une seule étoile.

***

Cúchulainn avait rapidement pris le coup de main. Engoncé dans plusieurs couvertures et couches de vêtements, seuls ses doigts souffraient, exposés au froid qui transperçait peu à peu la coque. La chaleur qui s'échappait du panneau de commandes l'aidait toutefois à se maintenir. Les trois Brigit lui avaient expliqué que le tunnel qu'il emprunterait, celui que les premiers colons avaient façonné à la disparition du Soleil derrière le Nuage, marquerait le début de son voyage. Des traces de glace commencèrent à apparaître sur les parois, traces qui devinrent de véritables flaques, des stalactites et stalagmites, puis de gigantesques murs. La puissance du robot fit alors toute la différence. De sa lance, Cúchulainn transperça les murailles comme s'il ne s'était agi que de pans de bois putrides. Une lumière bleutée envahissait le tunnel à chaque coup, jusqu'à ce que la lueur s'évanouisse soudain, absorbée par les ténèbres.

Cúchulainn déboucha enfin à l'air libre. À la surface. La Surface. D'une pression sur le bouton approprié, l'enfant alluma les projecteurs et découvrit alors le froid absolu et les Arbres. Toute sa vie, les trois sœurs lui avaient décrit ces... choses, mais ce qu'il contemplait dépassait son imagination. Aussi loin que portait son regard, tout n'était que pics de glace, entrelacés par des lanières bleutées, des feuilles géantes tournées vers l'espace, givrées en une tentative d'absorber des rayons de lumière mourante. Cúchulainn avança, un craquement terrible emplit l'atmosphère, se réverbérant le long des troncs et des épines d'arbres gelées, effondrant les ponts qui liaient les Arbres, secouant bientôt la forêt tandis que l'onde continuait de se répandre. Le son atteignit un tel volume que l'enfant hésita à retourner dans le tunnel. Mais il existait une autre option. Celle de s'élever au-dessus du désert de glace et de fracas. Vers le Nuage. Ce qu'il entreprit.

Du haut de ses cinq ans, Cúchulainn n'avait pas complètement saisi le récit de la création du Nuage. Une histoire de réchauffement, de dérèglement, de chaleur qui n'existait pas dans la colonie et qui avait envahi l'air. Quelque chose dont les habitants d'alors avaient voulu se protéger en créant une monumentale masse de poussière entre le Soleil et la Terre, un mur temporaire, qui était devenu permanent… S'il revenait à la colonie, peut-être comprendrait-il mieux, à présent.

– On y va. Maintenant.

Le souffle de Cúchulainn se cristallisa. Il ne fallait pas qu'il reste immobile ; la glace pourrait monter à l'assaut des jambes du robot et l'empêcher de décoller. Sans perdre de temps, il lança la séquence d'allumage des principaux réacteurs et leva la tête, abandonnant la mer bleutée des Arbres, la bouche noire du tunnel vers la colonie, pour foncer vers les ténèbres absolues.

***

Cúchulainn se réveilla au signal d'alarme de son robot. Il avait froid. Intensément froid. Infiniment froid. Bien plus qu'au plus haut niveau de la colonie. Le garçon tenta de remuer le bras de la machine, mais une masse noire, agglutinée autour, l'empêchait de bouger.

– J'imagine…

Impossible de parler plus. Trop froid. Trop de fatigue.

Depuis combien de temps je… je suis inconscient ? J'imagine que… je suis arrivé. Alors il doit être temps ?

Cúchulainn leva le bras. Il sentit craquer son corps ; une douleur intense se répandit, un nouveau voile envahit ses pensées et son organisme. Un voile aussi noir que le Nuage dans lequel il se trouvait empêtré. Il mobilisa toute sa volonté et appuya sur le seul bouton qu'il n'avait pas encore utilisé. Et les jambes du robot explosèrent.

***

Un point lumineux apparut dans le ciel, puis une étoile filante. Une déchirure éventra la voûte céleste. Celle-ci se remplit soudain d'un feu, des flammes telles que la planète n'en avait pas connu depuis des siècles.

Une expédition se lança depuis la colonie, au milieu des Arbres et de l'eau qui redevenait liquide. Ils retrouvèrent l'étoile filante. Si son corps de métal s'était abîmé dans un étang de glace, son cœur battait toujours.

Alors, les trois sœurs pleurèrent de joie en entreprenant de ramener Cúchulainn à la maison.

– C'est magnifique, n'est-ce pas ? demanda l'enfant.

Il pleurait d'avoir trop contemplé le Soleil, mais il ne parvenait pas à en détourner les yeux.

– Oui, confirma Brigit la Devineresse au garçonnet maintenant aveugle. Merci pour tout, Cúchulainn…

Biographie de Emy Laur

Emy Laur, passionnée de lecture depuis qu'on lui a glissé son premier livre entre les mains, est une jeune autrice en herbe qui joue avec les mots pour échapper à son quotidien. Elle couche sur le papier ses émotions et dessine avec des mots de multiples univers pour s'évader et rêver à de nouveaux horizons. Son écriture, guidée depuis toujours par sa sensibilité accrue et sa créativité, l'ont amenée dans une dimension poétique qui tend à mettre en relation les astres Solaires et Lunaires afin d'apporter la lumière au cœur de l'obscurité.

8 ~ À la gloire de Solis

De Emy Laur

Le Soleil se levait à peine que, déjà, je priais pour lui, pour sa lumière, pour l'or qui dansait dans les reflets étincelants sur mon visage et pour l'éclat qu'il envoyait dans mes yeux bruns, percés d'une lueur ambrée. Sa brûlure, bien qu'il soit encore tôt, se ressentait sur ma peau claire, rendue bronzée par ses rayons. Depuis aussi longtemps que je me souvienne, j'avais toujours vénéré l'astre Solaire. Son flamboiement irradiait, telle une étincelle de vie dans le ciel. Il trônait avec majesté tout le jour, aveuglant les ombres, faisant miroiter les eaux et briller la neige des hautes montagnes qui me surplombaient. Il donnait aux hommes, aux femmes, à la faune et à la flore la beauté qui seyait à un environnement propice, nous apportant la luminosité, la chaleur et l'espoir. Sans lui, que deviendraient nos cultures si savamment travaillées ?

Je levais les mains au-dessus de ma tête, dans une danse que je connaissais sur le bout des doigts. Presque une valse que j'exécutais chaque jour, au gré des couleurs chatoyantes que mon Dieu peignait quotidiennement dans le firmament. J'aimais le contempler se lever à l'aube et se coucher au crépuscule. Il dégageait une puissance qui germait chaque matin et se cachait chaque soir pour renaître plus intensément encore le lendemain. Personne ne pouvait ignorer cette splendeur.

Elle éclairait notre monde, rythmait nos journées. Les miennes, celles de tous les Hommes et de tous les Soliciens, ce peuple si particulier, dévoué au Dieu Solis. Une communauté porteuse de lumière dans laquelle j'avais grandi, mais qui ne m'avait accepté qu'à mon huitième anniversaire. Ce jour-là, nous fêtions la richesse des cultures annuelles apportées grâce au Soleil, qui nous nourrissaient au quotidien. Or, alors qu'il disparaissait à l'horizon, au crépuscule, celui-ci m'avait béni de son halo, créant un émerveillement intense dans les yeux de mon père, grande figure des Soliciens.

L'éblouissement Solaire avait été tel que toutes les paupières des personnes présentes s'étaient fermées, à l'exception des miennes qui avaient brillé d'épanouissement. J'étais devenu tout ce que j'avais désiré. J'incarnais la nouvelle étincelle des Soliciens. Une lueur flamboyante, un retentissement parmi ceux que j'avais toujours souhaité rejoindre. Ma différence n'existait plus. Je me sentais complet, j'avais trouvé ma place et elle demeurerait à jamais au sein des Porteurs de lumière. Par sa bénédiction, le Dieu Soleil avait fait de moi son disciple, au même titre que mes prédécesseurs. Comme mon père.

— Je suis fier de pouvoir t'appeler mon fils, Anar, m'avait-il dit, les yeux sertis de larmes.

L'auréole dorée qui avait alors commencé à tournoyer autour de mes iris n'était plus jamais partie. Elle nimbait mon regard sombre d'une flamme éternelle qui représentait toute la magnificence du cadeau que j'avais reçu. Comme si un morceau de rayon Solaire s'était détaché pour se perdre en moi, pour me marquer à jamais.

Même si cette empreinte ornait tous les Porteurs de lumière, mon père arguait qu'une force invisible me différenciait des autres. Chaque pièce dans laquelle j'entrais variait en luminosité ; cette dernière devenait plus intense comme si une infime partie de la grandeur du Soleil sommeillait en moi. Comme si l'astre m'avait offert plus qu'une bénédiction. Comme si son prestige s'était déposé à jamais sur mes traits, rayonnants de gratitude.

Dès lors, je n'étais plus un enfant. J'avais dû apprendre à grandir, à gagner en sagesse et en maturité pour rendre au Soleil ce qu'il attendait de moi. Je m'étais tant impliqué dans les responsabilités qui m'incombaient que j'étais devenu la divinité Solaire des Soliciens. La fierté de mon père débordait sur moi. Comment aurais-je pu être moins radieux avec tout cet amour qui faisait pétiller mes yeux ?

— Anar.

Je sursautai si violemment que je heurtai un piédestal sur lequel reposait une somptueuse statuette de cristal. Cette dernière s'écrasa au sol en milliers de débris. Je lui jetai un coup d'œil effaré alors que les rayons Solaires s'y reflétaient. J'observais avec intérêt l'image qui se formait sur le bout de verre coloré le plus gros quand…

— Anar !

Je relevai vivement la tête ; un large sourire étira mes lèvres à la vue de la silhouette évanescente qui attendait que je lui prête attention. Mon regard se tourna un instant vers mon Dieu Solis et je m'inclinai profondément devant lui. Je l'avais observé des heures durant, toujours aussi ébahi par l'intensité de ses couleurs au petit matin en dépit du passage des années. Plus il montait dans le ciel au gré du temps qui filait, plus les montagnes au loin m'apparaissaient comme comblées par sa grâce, par sa divinité.

Et pourtant, malgré mon dévouement pour Solis, malgré sa lumière sacrée remise entre mes mains, malgré la célébration que je préparais depuis des mois pour lui rendre hommage, une part d'ombre subsistait toujours à l'intérieur de moi.

Et cette ombre portait un nom.

Sterenn.

Je me retournai enfin vers la forme fugace qui murmurait mon nom d'une voix désincarnée.

— Bonjour Sterenn, soufflai-je en faisant face à l'ombre.

Dans le recoin de la tour Est du temple, où je me trouvais déjà avant même que l'aube se lève, une noirceur nouvelle s'invita, attirée par la silhouette éphémère.

— Excuse-moi, vénérer mon Dieu reste une priorité, déclarai-je. Je suis tout à toi à présent.

L'ombre bruissa un instant puis, sous mon regard attentif, devint de plus en plus nette ; sa forme vaporeuse laissa apparaître la jeune femme qui partageait ma vie. Son haut aux manches en voile, d'un blanc pur, contrastait avec l'obscure aura qui se dégageait d'elle.

Une grimace se peignit sur ses lèvres blafardes. Dénuée de couleurs, elle incarnait à la fois mon reflet et mon opposée, mon égale et ma rivale, mon amie ; mais elle était surtout ma sœur aînée.

Je m'approchai d'elle à pas lents. Elle ne bougeait pas, ne semblait même pas respirer. Dans une étreinte fraternelle, j'entourai son cou froid de mes bras, lui arrachant un frisson de plaisir. Le temps s'étira et elle me rendit la pareille, me serrant contre elle. Dans un sourire, je m'écartai enfin, satisfait, et mes lèvres attirèrent une lueur dorée qui éclaira la pâleur des traits de Sterenn.

— Tu m'as manqué, ne pus-je m'empêcher d'avouer. Sans toi, même pour moi, la lumière du Soleil me semble trop intense. Surtout le jour du Solstice. Comme pour toi, j'en ai presque mal aux yeux à mon tour.

— Pense à ce que je ressens chaque été alors… Je préfère de loin la fraîcheur et l'obscurité de la nuit.

— Il n'y a que les Umbriens pour dire ce genre de choses, répliquai-je en riant.

Elle grogna. Mon souffle chaud chatouilla sa peau froide, je la sentis retenir un nouveau frisson.

Elle me répétait que mon être se consumait de magie, que ma voix elle-même constituait un condensé de pouvoir. La sagesse qui sortait de ma bouche, selon elle, dissonait avec mon corps de jeune homme de dix-huit ans. Et pourtant, malgré nos cinq années de différence, je la savais comme moi. Un don différent, mais tout aussi puissant, coulait en elle. Si je brillais aussi intensément que Solis, au point de lui brûler les yeux, elle irradiait de pâleur, aussi froide qu'une nuit d'hiver, m'arrachant des frémissements à chaque contact.

— Je te ferais bien un bisou sur la joue, mais tu n'aimes pas cela.

Elle gronda, me défiant de mettre mon idée à exécution. Elle ne supportait pas mes baisers. Ma mère, une femme on ne pouvait plus normale, non plus. Elles les disaient aussi intenses qu'un brasier, qu'un incendie qui se déclarait. Bien malgré moi, je ne pouvais l'empêcher. Seule la magie de Sterenn apaisait la mienne.

Nous aimions utiliser la complémentarité de nos dons pour nous rasséréner mutuellement. Si nos dissemblances nous avaient séparés, nous avions malgré tout appris à nous compléter l'un l'autre. Nos pouvoirs nous avaient rapprochés.

D'autant plus depuis que notre père avait dressé une barrière entre nous en obligeant ma sœur à quitter le domicile familial. Plus tôt, elle avait été bénie, non par le Soleil, mais par la Lune. Or, non seulement les Umbriens, disciples de la Lune, étaient considérés comme les adversaires des Soliciens, mais de plus, jamais dans l'Histoire, un frère et une sœur n'avaient reçu la bénédiction d'astres opposés. Nous avions été chanceux dans ce drame : deux membres d'une même famille obtenaient rarement une grâce. Que ce soit de Solis ou d'Umbra.

Peu importait à ma mère. En revanche, mon père, lui, en tant que bon Solicien, n'avait jamais apprécié croiser sa fille depuis que l'astre Lunaire avait déposé son ombre sur elle. Il l'avait aussitôt éloignée de moi, de peur qu'elle assombrisse mon âme innocente. Et devant ma proclamation en tant que Solicien, il n'avait pas été surpris. Il affirmait que j'avais attiré les couleurs qui fuyaient Sterenn. À ses yeux, elle ne représentait que mon pâle reflet. Sans intérêt, elle ne méritait pas sa place parmi nous. Cela malgré la paix entre Umbriens et Soliciens.

Il avait raison sur certains aspects, bien sûr. Avec ses cheveux platine, tirant presque sur le blanc et ses yeux noirs, elle demeurait mon opposée, mais également mon double. Comme elle, je possédais une chevelure blonde et des iris sombres, mais mes boucles restaient dorées et l'ambre de mes prunelles étincelait. Au final, nous n'étions pas si différents, même si la lumière ne s'était jamais posée sur Sterenn. Seulement sur moi.

Cette disparité frappait davantage depuis qu'elle avait intégré les rangs des enfants de Lune et moi du Soleil.

Ce jour, en plus de mon père, nos deux peuples faisaient barrage. Les anciens restaient ancrés dans leurs traditions, interdisant à nos deux cultures de se côtoyer, hors exceptions. Que nous soyons frère et sœur n'y changeait rien. Au contraire, Sterenn avait été prise en grippe et rejetée par la communauté qui nous avait vus naître. Umbriens et Soliciens se fréquentaient seulement lorsqu'une mission commune, purement professionnelle, se présentait. Évidemment, on ne nous laissait jamais travailler ensemble… Nous devions nous fréquenter en cachette, sous peine d'une sanction à la hauteur de notre « crime ».

Mon sourire s'agrandit alors que je reculai de deux pas et saluai ma sœur en me penchant en avant.

— Merci d'être venue, fille de la Lune.

Elle me rendit mon expression joviale sans pour autant imiter mon salut.

— C'est un honneur, fils du Soleil.

Un éclat de lumière éclaira mon visage alors que mon sourire s'élargissait encore. L'expression de Sterenn m'arracha un rire, augmentant en intensité la lumière derrière moi.

— Aurais-tu l'amabilité d'apaiser ta luminosité ? Tu me brûles la rétine, grogna-t-elle. Le Solstice te rend horriblement éblouissant.

— C'est trop pour toi ?

— Cela l'a toujours été.

Je hochai la tête. Mon rictus disparut au profit d'un visage dur que seule Sterenn me connaissait. Au sein des Soliciens, on me considérait comme un rayon du Soleil : toujours de bonne humeur, toujours à aider les autres, toujours à sourire, à trouver les bonnes solutions. Je n'avais pas besoin d'afficher une mine sérieuse pour que mes arguments soient pris en considération. On croyait en moi, tout simplement. Je m'en enorgueillissais, bien sûr, mais plus le temps passait plus cela m'effrayait. Trop de responsabilités pesaient sur mes épaules et je craignais de succomber face au pouvoir qui m'était donné.

– C'est à cause de cela que je t'ai demandé de venir, lui avouai-je. J'inaugure la cérémonie de célébration du Soleil, aujourd'hui.

– Je le sais.

– J'ai besoin de toi, ma sœur…

Mes poings se serrèrent. Je ne l'avais jamais révélé à personne : seule Sterenn pouvait faire en sorte que la célébration Solaire se déroule bien.

– J'ai peur de perdre le contrôle, Sterenn. Le Soleil m'a offert un don plus prestigieux encore que celui des autres disciples.

– Je m'en suis toujours doutée.

Un sourire en coin fleurit sur mes traits, Sterenn semblait toujours percevoir ce que personne ne voyait. Ne sachant que répondre dans l'instant, je jetai un coup d'œil en arrière. L'astre Solaire rayonnait haut dans le ciel. Il inondait de lumière la terrasse de la tour. Sterenn, fragilisée par cette intensité d'autant plus vigoureuse avec le Solstice, se réfugiait, pressée dans un coin sombre alors que de mon côté, j'irradiais de mille feux, luisant d'infinis reflets d'or. Je la contemplai de nouveau et grimaçai en remarquant que l'ombre, son seul refuge, se tarissait depuis que j'avais observé mon Dieu. Celui-ci envoyait l'intégralité de ses rayons sur son disciple. Je repris, d'une voix plus basse :

— Je ne suis pas surpris que tu le saches. Moi, pourtant, j'en ai douté pendant des années. Quand de nouveaux disciples nous ont rejoints après leur bénédiction, je me suis rendu compte que mes dons se dissociaient des leurs. Ils sont plus intenses, plus nombreux aussi. Je peux manier les différentes lumières du Soleil. À ma connaissance, personne n'en est capable. En tout cas, pas pour toutes. En outre…

Je n'achevai pas ma phrase pour tendre le bras sur le côté. Il s'illumina, les rayons de Solis braqués sur moi.

— Le Soleil te suit, analysa Sterenn. Je le sens. Je suis une fille de l'ombre, cependant, comme tu le sais, marcher au soleil ne me procure pour autant aucun mal. Sauf lorsque tu te trouves dans les parages.

Une grimace tordit mon visage ensoleillé.

— Exactement… Je risque de provoquer un cataclysme durant la cérémonie. Une puissance incommensurable m'enveloppe.

Un long silence de réflexion se prolongea entre nous, seulement rompu par le vent qui sifflait, désordonnant mes boucles et jouant dans les ondulations des longs cheveux de Sterenn. Elle pressentait ce que j'allais lui demander, comme les risques inhérents. Un mauvais pressentiment me saisit ; malgré la chaleur du Soleil dans mon dos, je tressaillis.

— Sterenn…

Je détestais cette voix suppliante qui sortait de ma bouche, mais le désespoir m'empoignait. Je m'étais entraîné durement pour préparer cette célébration. Pourtant, rien ne s'était jamais déroulé comme prévu et je n'avais osé en parler à quiconque.

Cette statuette de cristal brisée derrière moi annonçait les malheurs à venir… Un signe funeste.

Sterenn ferma les yeux. Les ombres s'épaissirent autour d'elle. Je ne bougeais plus, pas le moins du monde inquiété, tandis que la lumière déclinait progressivement, chassée par la jeune femme. Avec curiosité, j'observais l'obscurité s'avancer vers moi depuis le recoin de la tour, englober mes jambes et monter doucement le long de mon corps. L'éclat du Soleil sur mon corps diminua, mais celui dans mes yeux restait identique. Il n'appartenait qu'à moi de garder les iris brillants face à la manifestation de pouvoirs de ma sœur.

La force de la lumière Solaire scintillait en moi, certes. Cependant, l'impact des ombres ne m'effrayait pas, au contraire des autres Soliciens. J'appréciais la tranquillité de la noirceur. Sa fraîcheur atténuait la brûlure de ma magie et faisait ressortir les marques dorées de mes poignets, symbole de mon abnégation, qui attirait alors le regard par leur pâleur inhabituelle. Il m'avait fallu des années pour que les marques sacrées me soient accordées. Je me sentais si reconnaissant.

Quand Sterenn rouvrit les paupières, une lueur nouvelle animait ses prunelles. Les tatouages sur son front luisaient, tels les reflets de la Lune miroitant sur l'eau.

— C'est d'accord. Mon ombre t'aidera à apaiser ta lumière, fils du Soleil.

Sur ces mots, Sterenn disparut dans des volutes sombres qui en auraient fait grimacer plus d'un.

— Anar ?

Je fis volte-face, stupéfait par le timbre de voix. Je le reconnaîtrais entre mille. Vêtu d'une longue tunique éclatante, descendant jusqu'à ses pieds, mon père se tenait dans l'embrasure de la porte vitrée de la tour. Par Solis, si Sterenn ne s'était pas trouvée dans un recoin d'ombre, il nous aurait démasqués... À moins que ce ne soit déjà le cas ?

— Père !

— Tu devrais être en train de te préparer, dit-il d'un ton sévère. Ne nous déçois pas. Tout le monde compte sur toi. Notre magie est un symbole, une lumière dans l'obscurité de la Lune et des Umbriens. J'espère que tu es prêt.

Je m'inclinai devant lui, les poings liés sur mon torse, soulagé qu'il n'ait ni vu ni rien entendu de ma rencontre matinale défendue.

— Un nouveau cycle débutera dès aujourd'hui et tu seras fier de cet accomplissement, répondis-je avec assurance.

***

Midi allait bientôt sonner, le Soleil approchait de son zénith, ce point culminant à mi-chemin entre l'aube et le crépuscule. Une foule dense s'amassait déjà dans le temple et en dehors. Elle débordait de citoyens de tout horizon, Soliciens ou non. Sterenn, redevenue un spectre d'obscurité, se camouflait dans la foule, parmi les ombres des visiteurs qui regardaient l'ascension de notre divinité, Solis, dans un ciel dépourvu de nuages. Sa lumière se reflétait dans les vitraux colorés du temple et traversait le dôme de verre blanc au centre de l'édifice, qui nous dominait tous, s'arquant vers le ciel comme pour rejoindre notre créateur. Autour de moi, brûlait un large cercle de bougies laiteuses. Elles se multipliaient, telles des pâquerettes dans l'herbe au début du printemps, formant un champ enflammé autour de moi. Placé au cœur du temple, sur une gravure de mosaïque représentant mon Dieu, je me tenais droit. Si je levais la tête, je distinguais certains rayons du Soleil qui s'enroulaient sur les colonnes, quand d'autres pointaient vers moi, me baignant d'une lumière sacrée.

Je baissai les yeux. Les bougies n'étaient plus éclairées par des flammes, mais par des volutes étincelantes qui insufflaient la vie dans le bâtiment religieux. Les couleurs des vitraux sur les immenses fenêtres, entre chaque pilier, luirent plus intensément. Ils représentaient la richesse de l'Histoire de notre peuple, sublimée par un nuancier Solaire. Bien haut dans le firmament, Solis achevait sa course vers le point le plus élevé de sa trajectoire. L'architecture de pierre blanche se para de teintes éclatantes. D'or d'abord, puis d'orange, de rouge, comme si un incendie se propageait à l'intérieur de l'édifice. Du violet ensuite, une touche de bleu dans un coin… Les vitraux peignaient le temple de mille pigmentations, qui imitaient celles du ciel lors du lever et du coucher de notre Dieu.

— Maman, regarde ! On dirait de la peinture de lumière ! entendis-je un enfant s'exclamer dans les premiers rangs.

Mon regard suivit les rayons qui emplissaient l'endroit.

Je fermai les paupières et tendis les mains vers chacune des couleurs qui parsemaient mon environnement, faisant vibrer toute la puissance qui palpitait dans mes veines. Peu à peu, les teintes des rayons des bougies se teignirent de violet, de rose, de pourpre, d'orange, de rouge, de bleu nuit, de jaune… engendrant un cercle aux nuances fascinantes. Puis, en son centre, la lumière crue du Soleil s'étalait en reflets dorés qui embrasaient la mosaïque à mes pieds. J'irradiais d'éclats. Il me semblait en être transpercé.

Des applaudissements retentirent parmi la foule devant le spectacle que je leur offrais.

– Mesdames et Messieurs, Soliciens, Umbriens, visiteurs, je vous souhaite la bienvenue en cette journée exceptionnelle. Vous le sentez. Ce jour, le Soleil achève sa course annuelle pour débuter un nouveau cycle. Et comme le veut la tradition, nous, Soliciens, représenterons cette journée avec autant de grâce et de majesté que notre astre bien-aimé.

Devant les visages impatients de la foule, je haussai alors les mains, appelant ma magie et Solis, leur demandant de laisser ses rayons tournoyer autour de mes bras, de caresser les traits de mon visage, de teinter d'or ma tunique blanche. Je le suppliai de faire scintiller les bijoux à mon oreille, à mon cou, à mes bras, à mes poignets, à mes chevilles. La danse lumineuse pouvait démarrer.

Il me semblait que le sortilège se déployait lentement sur les pourtours du cercle. Les couleurs du sommet des bougies s'envolèrent doucement vers moi et s'entremêlèrent dans un tourbillon arc-en-ciel.

J'avais assisté à ce phénomène, chaque année au Solstice. L'admirer et le créer différaient du tout au tout. Tout semblait plus beau, plus riche lorsque l'on se trouvait au centre de l'action. J'incarnais la joie alors que les lumières traversaient mon âme pour y laisser une trace indélébile dans leur sillage. Mes tatouages aux poignets, qui remontaient jusqu'à mes avant-bras, brillaient si fort que je les sentais brûler, tout autant que le pouvoir qui m'électrisait. Ils symbolisaient l'autorité de Solis et instillaient le respect chez chacun, car ils prouvaient ma volonté de me sacrifier, jusqu'à la dernière parcelle de mon être, au Dieu que je vénérais.

Des exclamations époustouflées me parvinrent par-delà la colonne éblouissante. Jusque-là, tout allait bien. Je me sentais entier, enveloppé de toutes ces fresques vives et incandescentes.

Soudain, tout dérapa.

Je sentis le Soleil tirer sur ma magie. Je maintenais cette dernière, maniant les différentes teintes de l'astre pour leur insuffler la forme requise. De la sueur perlait sur mon front. La difficulté de l'exercice m'épuisait, mais mes pouvoirs, au lieu de réclamer une pause, s'accroissaient sans que je parvienne à les apaiser.

D'une rotation des poignets, je commandai un nouveau profil à mes dons, afin de dessiner des figures en hommage au Soleil et montrer à ma communauté tous ses bienfaits, pour que les miens baignent encore des années durant dans la lumière sacrée.

Pourtant, ils comprirent ma différence quand le déferlement de ma magie se libéra de mon contrôle. Des cris alarmés se répercutèrent entre les colonnes et un frisson me parcourut l'échine. Qu'avais-je provoqué ? Où était donc passée Sterenn ? Mes capacités avaient-elles surpassé ses ombres ?

Le Soleil, à son point culminant, rendait ma sœur vulnérable, mais j'avais songé… Je pensais qu'elle aurait pu passer outre, qu'elle arriverait à domestiquer les rayons Solaires.

— ANAR ! cria une voix qui me glaça.

Mon père. Je fus si troublé par la colère et la peur dans sa voix, que la maîtrise de mes dons m'échappa définitivement.

Le flux de pouvoir se déchaîna dans le temple, qui trembla sous l'impact. Une explosion retentit ; tout s'effondra, mes espoirs avec, lorsqu'une pluie de débris s'abattit sur moi.

— Non ! entendis-je hurler alors que je levais les mains au-dessus de ma tête pour me protéger des éclats de verre.

Une main m'attrapa par le col et me tira vers le sol. Le temps se suspendit. Je n'entendais plus rien tant mon cœur battait à toute vitesse. Plus aucun gémissement ne résonnait. Plus aucune vitre ne se répandait en cristal coloré sur le sol de marbre. Plus aucun bruit de bousculade ne me heurtait.

Quand je rouvris les paupières, le noir avait gagné l'endroit. Un noir si profond que mon corps fut parcouru de tremblements de terreur. Aucune lumière ne me parvenait plus. Je n'avais jamais connu une telle noirceur, de telles ténèbres. Moi qui n'avais jamais craint les ombres, à présent, elles me terrorisaient.

— Réveille-toi.

Je regardais autour de moi. Je connaissais cette voix, mais ne visualisais pas son propriétaire.

— Qui a parlé ? Où êtes-vous ?

— Suis ma voix et quitte ces méandres d'obscurité. Rejoins la lumière qui t'a toujours appartenu.

Je fermai les yeux, serrai les poings, rassemblant le peu de flamboiement de pouvoir qui me restait. Une lumière crue, ardente et inattendue m'éblouit ; malgré mes paupières closes, je crus défaillir.

Soudain, un bourdonnement emplit mes oreilles. Plus puissant que le grondement d'une violente cascade, il m'enveloppa.

— Bon sang, Anar, si tu ne te réveilles pas dans les prochaines secondes, je te jure que je t'enferme dans une geôle d'Umbria !

Mes yeux s'ouvrirent enfin. Ce n'était pas tant la menace qui m'avait sorti des limbes, mais plutôt la voix qui la proférait.

— Sterenn ?

Elle se trouvait au-dessus de moi, dans une forme floue, à peine visible. La voix ne ressemblait pas tout à fait à la sienne, mais je savais qu'elle lui appartenait. Qu'elle m'avait ramené vers Solis.

Autour de nous, un tourbillon de lumière blanche agressait nos iris. Des voiles légèrement nuancés fondaient sur nous. Sterenn s'y opposait en projetant des ombres qui les faisaient reculer. Mais elle s'épuisait et sa magie s'en ressentait. Je l'observais depuis peu quand la solution me vint à l'esprit.

— Donne ta main !

— Où vois-tu donc une main, sombre crétin ?

Je grinçai des dents. Sous cet aspect éthéré, Sterenn ne pouvait m'obéir. Ses ombres s'enroulaient dans des arabesques autour de mes membres, dans une fraîche caresse qui m'arrachait des tressaillements.

— Reprends ta forme physique, prends ma main et projette ce qu'il te reste de pouvoir vers le cœur de la tornade.

Durant un quart de seconde, des yeux apparurent dans l'ombre qui combattait la lumière. Ils s'écarquillaient de surprise.

— Sterenn ! Fais ce que je te dis ! insistai-je.

Une main attrapa la mienne et la lumière éclata sur nous. Au même instant, je brandis mes paumes vers le ciel, serrant toujours celles de Sterenn, qui m'imita. Mon éclat se confronta à ses ténèbres qui percèrent l'ouragan étincelant avec une force telle qu'il se désintégra dans une nuée d'étincelles, projetant nos dons au-delà du temple, vers le ciel.

Ensemble, nos deux magies se déployèrent dans l'espace. L'une colorée et flamboyante, l'autre pareille à des volutes grises et noires. Depuis le temple, je les observai se rassembler, fusionner en un seul et même pouvoir. Alors que nous cessions notre sortilège de défense, contre mon propre déchaînement intérieur, notre création continua de se moduler. Ni Sterenn ni moi ne bougions. Telles deux statues collées l'une à l'autre, nous admirions la manœuvre mystique qui façonnait là-haut, tout là-haut, une aurore boréale céleste aux teintes de Solis au crépuscule.

— Tu vois ce que je vois ? soufflai-je, en serrant Sterenn contre moi.

Mes yeux se posèrent sur elle. Sa bouche formait un « O » alors qu'elle ne pouvait ôter les siens du spectacle. Je regardai autour de moi. Le temple, vide, avait été comme… balayé par la violence de la tornade magique. Des morceaux de verre jonchaient le sol et les bougies avaient été emportées.

La foule avait également disparu.

— Sterenn ? Anar ?

Les iris de ma sœur se détachèrent enfin du ciel. Au bas des marches, mon père, décoiffé et appuyé contre une colonne, nous observait, ahuri.

— Qu'est-ce que… qu'avez-vous fait ? Anar, qu'est-ce qui s'est passé ?

Sterenn se releva d'un geste vif en tirant sur mon bras. Je remarquai un changement : des volutes brillantes dessinaient des rayons sur ses épaules et ses bras.

— Sterenn, regarde…

Elle suivit mes yeux, puis revint vers moi.

— Toi aussi, Anar.

— Quoi ?

Elle posa une main sur mon front pour tracer les lignes de mes nouveaux tatouages. Au toucher, je devinais que mes motifs s'apparentaient aux siens.

— Nous avons été marqués, m'étonnai-je.

— Et pas de n'importe quelle manière… Viens ! s'exclama-t-elle.

Elle s'élança à travers le temple, passant devant mon père sans ralentir.

Il cria son nom, puis appela le mien, mais ne nous poursuivit pas. Nous sortîmes du bâtiment main dans la main avant de nous immobiliser dans un même mouvement. Devant nous, la foule de visiteurs se trouvait agenouillée au sol, le front contre la terre, couverte d'herbe et de fleurs. Et au-dessus…

Le Soleil brillait toujours. Et en face…

– Umbra… La Lune, murmura Sterenn.

Et au centre des deux… La manifestation de nos pouvoirs. Une magie d'Umbra mêlée à celle de Solis. Nous avions engendré une nouvelle association en ce jour de renouveau cyclique.

Au loin, un applaudissement retentit, suivi d'un autre et d'un autre encore, jusqu'à ce qu'une salve résonne dans l'atmosphère chargée d'électricité. Ces vivats nous étaient adressés. À moi, à Sterenn. À Solis et à Umbra, qui luisaient d'un éclat distinct sur l'horizon. La foule s'était relevée et frappait dans ses mains, tout en nous fixant. Je ne comprenais pas. Pourquoi nous acclamer ? Nous avions réduit un héritage de couleurs en morceaux, les vitraux du temple avaient explosé et nous avions gâché la cérémonie du Solstice.

– Anar ! Sterenn !

Ma sœur et moi fîmes volte-face. Notre père approchait, l'air hagard, ses longs cheveux blonds en bataille. Sa tunique blanche déchirée et plusieurs coupures laissaient couler son sang. Les éclats de verre ne l'avaient pas épargné.

– Qu'avez-vous fait ? Anar ! Qu'est-ce que ta sœur fait là ? Qu'est-ce que…

– Elle est là, je te signale, alors pose-lui plutôt la question.

– Je… je veux juste savoir ce que vous avez fait…

Sterenn se planta devant moi. La lumière de Solis se posa sur elle, faisant briller les reflets de Lune de ses cheveux emmêlés par la tornade du temple. Mon père écarquilla les yeux. Des motifs entrelacés, dorés et argentés, étincelaient sur les épaules et les bras dénudés de sa fille, rehaussant la pureté de sa tenue. Il continua de l'observer avant de remarquer les mêmes traces sur mon front.

— Anar et moi venons de balayer les doutes de chacun. Nous avons combiné les pouvoirs d'Umbra et de Solis, et…

— Vous avez créé une nouvelle forme de magie… Vous avez… vous venez d'offrir une nouvelle ère qui rassemblera les communautés des deux astres.

Sterenn se tourna vers moi, un sourire sur les lèvres. Elle me tendit sa main. Au moment où je la saisissais, ses tatouages et les miens brillèrent de concert, au même titre que les deux astres qui nous illuminaient de leur aura pure, mêlée d'argent et d'or.

Nous levâmes nos visages vers le ciel. Notre aurore boréale miroitait dans un ciel sans nuages. Je contemplais nos doigts, toujours enlacés, et sursautai quand mon père posa les siens sur nos épaules. Sterenn grimaça, peu habituée à ce genre de contact de la part de notre paternel.

— Vous l'avez vu ! cria-t-il à l'assemblée qui contemplait le ciel avec admiration. Vous avez vu ce miracle dans le ciel et vous avez tous compris ce qu'il signifiait, que vous soyez Solicien, Umbrien ou ni l'un ni l'autre.

Notre père fit une pause et sa main se resserra sur mon épaule. Je tournai la tête vers lui, la fierté dans ses prunelles me surprit tant que je faillis reculer.

— Mes deux enfants, mon rayon de soleil, Anar, et mon étoile, Sterenn, ont accompli un prodige. L'association des pouvoirs des deux astres, des deux étoiles, a permis de créer une magie nouvelle qui offrira à notre monde la renaissance qui lui est due. Voyez donc cet éclat merveilleux. Voyez la beauté de leur geste.

Les applaudissements reprirent de plus belle et Sterenn serra mes doigts avec force. Notre père nous admira en souriant, quoiqu'encore timidement face à sa fille. À ma grande surprise, il offrit son regard au ciel avant de s'agenouiller au sol. Il posa le front contre la terre chaude, rendant hommage à notre nouvelle étoile, le lien entre Umbra et Solis.

Doucement, Sterenn et moi l'imitâmes, et tous les visiteurs en firent autant. La lumière du Soleil et celle de la Lune scintillèrent plus intensément. Soudain, notre miracle explosa dans une myriade de couleurs. Des fragments d'arc-en-ciel tombèrent jusqu'à nous.

Et alors que je me relevais, un vertige s'empara de moi, de mon esprit. Comme si toute puissance m'avait quitté. Je clignai des yeux un instant, puis tout devint noir au milieu des étoiles éclatantes.

Auteur partenaire : Marc Boyer Bressolles

La jeunesse éternelle a beau être la meilleure assurance qui soit face aux ravages du temps, elle ne protège pas toujours des humeurs de la faucheuse. Alors quand la prestigieuse invitée de l'agora des nécromants de Toulouse est contrainte d'effectuer son dernier voyage sans avoir eu l'occasion de révéler ses ultimes secrets, les langues se délient et les pires intentions se révèlent, sur les tapis moelleux de la haute société qui se prélasse aux abords de la Garonne.
Prisonniers d'une toile d'intrigues tissée par leurs impitoyables aînés, Ambre et Rodéric, deux jeunes enquêteurs débrouillards, vont devoir éclairer les zones d'ombre d'un crime à multiples facettes. Un meurtre parmi tant d'autres dans la ville rose, mais dont la particularité est qu'il concerne une immortelle.

Biographie de Bernard Monsigny

Parachuté à Versailles dans les années 1960 où il réside encore, l'auteur se passionne pour la musique et la littérature. Avec enthousiasme, il rédige chaque année un bon millier de pages sur de captivants sujets économiques pour le compte d'un groupe bancaire. Probablement, a-t-il fait mourir d'ennui plus d'un lecteur aguerri dans la vraie vie…

Retrouvez-le sur ses réseaux :

– **Instagram** : www.instagram.com/mars_destroyer /

9 ~ Le Prince d'Aquitaine

De Bernard Monsigny

– Capitaine, nos commandes ne répondent plus, grinça Pâris, mon second. Nous perdons le contrôle. Je crois bien que nous traversons une torsion spatio-temporelle…

À ses côtés, Lorènza, la jeune pilote d'habitude si souriante, faisait elle aussi grise mine, comme l'ensemble de la douzaine d'hommes et de femmes qui composaient mon équipage. Tel un navire pris dans une tempête d'équinoxe, le *Prince d'Aquitaine*, notre vaisseau, tanguait dangereusement. Après avoir subi de désagréables soubresauts, nous endurions une succession imprévisible de tonneaux et de décrochages que nos systèmes automatiques de stabilisation ne parvenaient plus à compenser, en dépit de leur haut degré de sophistication.

En franchissant ce champ de turbulences, nous sentions les structures de l'habitacle vibrer au rythme d'inquiétantes pulsations qui remontaient désagréablement jusqu'au plus profond d'entre nous, malmenant nos viscères malgré les amortisseurs pilotés de nos fauteuils pneumatiques. Pourtant de la dernière génération, sorti tout droit des ateliers de *Spazieltronics*, notre engin spatial souffrait et gémissait. Nous inaugurions son premier voyage, après qu'une starlette à la mode a renversé trois gouttes de champagne sur le blason extérieur où s'affichaient son nom et son immatriculation.

Les torsions spatio-temporelles figuraient dans les cas hypothétiques que les manuels de navigation les plus avancés mentionnaient en annexes. Les enseignants glissaient rapidement sur le sujet. Tous les étudiants le savaient : la théorie prévoyait bien l'existence de ce type de déformation, mais seulement dans une approche extrême et probabiliste. La doctrine postulait en effet que, dans l'univers, des torsions pouvaient survenir sans véritable raison et se concentrer à l'improviste, entraînant une discontinuité des lois de l'astrophysique. Historiquement, depuis que les terriens naviguaient hors du système solaire, aucune mission n'avait jamais mis en évidence de telles abominations. De plus, faute de disposer d'un arsenal mathématique suffisamment développé pour les modéliser, les écoles de pilotage ne préparaient pas leurs élèves à affronter ces « couloirs étranges », d'autant que même les instructeurs les plus confirmés n'en avaient jamais rencontré.

À l'académie aéronautique et spatiale de Sofià, la spécialiste la plus avancée dans ce domaine, Hëlm Wiart, les comparait aux prions, pour illustrer ses cours. Ses paroles prémonitoires me revinrent à l'esprit.

– L'espace-temps dévie sans raison apparente de sa courbure et se replie sur lui-même, comme le ferait une protéine corrompue avant de devenir un prion, avait-elle expliqué d'une voix aussi désincarnée que son visage momifié. Rien de grave ne se passe tant que cette anomalie quantique subsiste localement à l'état infinitésimal, quand bien même il est très probable qu'elle soit largement répandue dans l'univers. En revanche, il n'est pas impossible que cette malformation puisse s'accumuler en certains points et pervertir des régions entières de l'espace. Il en découlerait des conséquences imprévisibles pour les navigateurs, du moins pour ceux utilisant nos technologies terrestres actuelles. Un peu comme une concentration trop élevée de prions dans un organisme vivant peut provoquer des maladies neurodégénératives, « toutes choses égales par ailleurs »... Rassurez-vous, avait-elle conclu, la probabilité que vous naviguiez un jour dans un champ de torsion est à peu près aussi élevée que celle de provoquer une éclipse de soleil sur un coup de dés.

L'ordinateur de bord coupa l'éclairage intérieur de sorte que seuls les éclairs rouges des voyants d'alarme trouaient la pénombre de l'habitacle. Par les hublots artificiels, nous n'apercevions rien dans le vide intersidéral, ce qui ne manqua pas d'inquiéter l'équipage. Les étoiles de la *galaxie du fantôme*, que nous contemplions à peine quelques instants plus tôt, ne brillaient plus.

L'ambiance morose du côté de nos passagers, un groupe de religieux en tenue vert sombre rehaussée de l'étole violette de la *Haute Église Fédérale*, la *Dogmàsole*, commençait à tous nous contaminer.

La plupart d'entre eux marmonnaient frénétiquement des prières, espérant sans doute quelque intervention surnaturelle pour les tirer de ce mauvais pas. Seul Wagner Vöor, leur aumônier-télépathe, conservait son calme, peut-être par un effet de sa foi ou plutôt de sa cécité qui l'empêchait de remarquer ce détail.

Soudain, le *Prince d'Aquitaine* entama un piqué dans le vide intersidéral, tandis que les écrans de navigation s'éteignirent. La brutalité du décrochage fut telle que les sarcophages individuels de survie vinrent automatiquement nous recouvrir sur nos sièges. Comme prévu par le protocole de détresse, le système de secours commença ensuite à ventiler nos capsules, nous administrant un mélange d'oxygène et de gaz anesthésiant à effet foudroyant. À l'image de mes compagnons, je sombrai immédiatement dans l'obscurité d'un semi-coma, avant même que la peur ne m'envahisse.

***

Je repris connaissance, allongé dans une chambre médicalisée sans fenêtre. Les murs et le plafond, richement décorés de mosaïques incrustées aux motifs colorés, m'apaisaient. À mon chevet, veillait un infirmier dont l'origine andromédienne donnait à ses grands yeux un air faussement étonné, si caractéristique de cette race humanoïde. Sans doute satisfait de mon état, il releva mon matelas et actionna un bouton d'appel. Quelques minutes plus tard, entrait un vénérable vieillard à la barbe et à la chevelure de neige, de type humanoïde également. Vêtu d'une robe immaculée, il portait au front les marques d'une caste religieuse supérieure.

Avec une exquise courtoisie, mon hôte se présenta sous le nom de Sri Tarkus.

— Eh bien capitaine, comment vous sentez-vous ? J'ai admiré le blason de votre vaisseau, la coïncidence de votre arrivée est étrange. En tout cas, il s'en est fallu de peu que votre *Prince d'Aquitaine* n'échappe à nos contrôleurs et ne vienne s'écraser sur notre planète, me dit-il sans me laisser le temps de répondre. Heureusement, la simplicité déroutante de votre technologie leur a permis de prendre la main à temps et de rétablir la situation. Soyez rassuré, nous avons réussi à vous poser sans dommages matériels sur la piste de secours de notre centre d'accueil. Grâce aux bons soins de Kibùda, toutes les personnes à bord sont, comme vous, saines et sauves. Avant de tous vous convier à une brève réunion d'information, que diriez-vous de prendre un peu de temps pour faire connaissance ?

Après m'avoir expliqué différents points, il s'enquit de mon avis sur plusieurs suggestions qui me parurent excellentes. L'entretien achevé, nous nous rendîmes ensemble dans un vaste auditorium orné de délicats hologrammes d'une finesse inconnue sur Terre. M'ayant invité à m'assoir à ses côtés sur une petite estrade face à la salle, Sri Tarkus prit la parole.

– Chers rescapés, les frères et sœurs de l'ordre du *Serenu Consolante* vous souhaitent la bienvenue dans leur prieuré de la planète *Mutu.* Notre ordre, plus que millénaire, a été fondé par le *Bienheureux Oznec* sous la protection de *l'Univertzaelis,* l'Église universelle, qui l'avait chargé d'établir des postes de secours sur les principales planètes du système d'Aldébaran. Avec l'évolution des technologies spatiales, le *Serenu Consolante* a essaimé à travers l'univers. À présent, nous gérons près de deux mille établissements dans lesquels nous sommes restés fidèles à la vocation première de l'ordre, celle de servir et de secourir les voyageurs en détresse. En tant que *moderite* de ce prieuré ouvert voici déjà cent ans, je suis très heureux de vous accueillir, bien que désolé des circonstances qui vous ont contraints à y chercher refuge. Vous êtes ici chez vous, considérez-vous comme invités par notre ordre.

Ce chaleureux accueil réconforta mes compagnons. Il leur fallut du courage pour entendre l'exposé de Sri Tarkus sur la cause de notre détresse. En effet, comme l'avaient supposé mes pilotes, le *Prince d'Aquitaine* avait bien traversé une torsion spatio-temporelle.

Cette structure mutante nous avait soumis à l'attraction implacable de la *galaxie de l'Œil noir*, où nous avions vagabondé avant de nous échouer, par chance, sur la planète *Mutu* grâce aux secouristes du *Serenu Consolante*. Clairement, notre technologie peu avancée ne pouvait affronter sans dommages ces abominations qui infestaient cette région de l'espace.

– Sans modifications notables de votre vaisseau, mes ingénieurs craignent que vous ne puissiez jamais vous éloigner suffisamment de *Mutu* pour reprendre votre route. Aussi, avec l'accord de votre capitaine, nos frères et sœurs techniciens sont prêts à travailler avec vous pour modifier vos propulseurs vectoriels et y adjoindre un pulseur de plasma froid à déportation. Vous pourrez ainsi remonter à contre-courant le piège qui vous a conduits jusqu'à nous contre votre volonté. Nous comprenons que nos connaissances ne vous soient pas toutes encore… « familières », hésita Sri Tarkus en choisissant soigneusement ses mots pour ne pas nous froisser. Mais rien ne s'oppose à un transfert de savoirs, bien évidemment...

À ma grande honte, je constatai que, sans même se dissimuler, les pilotes et les mécaniciens du *Prince d'Aquitaine* échangeaient des regards dans lesquels luisaient des éclairs de convoitise. Ils ne réprimaient pas leur joie de pouvoir découvrir des procédés encore inconnus dans notre monde. Leur attitude ressemblait par trop à celle de mon épagneul King-Charles qui avait été laissé sur Terre. Nos sauveteurs se rendaient-ils compte de ce comportement déplacé ? Par bonheur, mes équipiers ne bavaient tout de même pas comme mon petit compagnon face à une tranche de jambon. Les missionnaires, en revanche, avaient adopté l'air furieux qu'il prenait quand, par jeu, je lui présentais un morceau d'algue crue. À défaut de pouvoir saisir leurs propos, je les observais palabrer et s'agiter. Leur aumônier finit par se lever.

– Combien de temps ces travaux prendront-ils ? demanda Wagner Vöor. Sont-ils vraiment indispensables ? N'y a-t-il aucune autre issue pour reprendre notre route ? Le *Prince d'Aquitaine* doit nous conduire dans le système du *Paon-302* au mausolée de *Stÿr* pour la fête annuelle d'*Imbolc* organisée par la *Dogmàsole*, la *Haute Église Fédérale.* Il nous faut ensuite entamer une tournée d'évangélisation dans les espaces inconnus de *Pégase-51* et du *Scorpion-108*, pour enseigner les dogmes de l'immortalité solaire aux païens.

Avec l'assentiment de ses compagnons, le révérend Wagner Vöor exposa que leur mission de prédication et d'enseignement ne devait pas attendre. Tous préféraient s'en remettre à la providence, quitte à prendre le risque de mourir en martyr pour le compte de la *Dogmàsole* si le *Prince d'Aquitaine* ne devait pas résister aux éléments. Face à ces folles déclarations, l'attitude expressive de l'équipage me laissa craindre le pire, d'autant que les pouvoirs télépathiques du révérend ne pouvaient lui laisser ignorer leurs pensées. Heureusement, le *moderite* du *Serenu Consolante* intervint à temps pour ramener la paix et le bon sens.

– Mes bien chers frères et sœurs, que sont ces quelques jours de contretemps en comparaison de la grandeur de votre mission ?

De toute façon, le ciel de la planète *Mutu* va bientôt se retrouver sous les feux de l'étoile double de notre système pour une période de dix jours et dix nuits. Durant cet intervalle, aucun décollage ne sera possible. Tandis que vos équipes techniques et les nôtres prépareront votre vaisseau, prenez votre peine en patience et accordons-nous le temps d'une rencontre œcuménique confraternelle. Rares sont les occasions de réunions impromptues entre représentants de la *Dogmàsole* et de *l'Univertzaelis*. Je suis persuadé que nous apprendrons beaucoup les uns des autres au cours de ces échanges théologiques…

Entraîné par Pâris et Lorènza, mon équipage salua cette généreuse déclaration par de vigoureux applaudissements. Cet enthousiasme soudain pour les questions métaphysiques visait surtout à obtenir l'assentiment de nos inflexibles passagers. La manœuvre s'avéra décisive.

Nos intégristes finirent par applaudir, avec certes moins de conviction. Du moins, leurs débats sur des questions doctrinales éthérées nous laisseraient-ils toute latitude pour travailler en paix. Il me tardait en effet de découvrir ces prodiges technologiques d'un stade bien plus avancé que le nôtre.

Dès la fin de la réunion, les ingénieurs du *Serenu Consolante* nous prirent en charge avec une franche cordialité. Pour amorcer la discussion technique, ils nous proposèrent de nous rendre aux hangars souterrains afin d'inspecter le *Prince d'Aquitaine* qui stationnait près de leur flotte d'engins. Ils nous emmenèrent dans une navette automatisée dont les rails plongeaient vers les entrailles de la planète. À cette occasion, nous découvrîmes, stupéfaits, une véritable ville souterraine construite sur plusieurs niveaux, que reliaient des kilomètres de tunnels et de voies de circulation. Nous fîmes part de notre étonnement à nos hôtes durant le trajet.

– Pour survivre sur *Mutu*, nous n'avions que cette solution, expliquèrent-ils. Une obscurité totale règne sur la planète, à l'exception de dix jours par trimestre quand l'étoile double du système fait son apparition. Nous profitons de ces moments pour régénérer l'énergie nécessaire.

Je n'osais imaginer la détresse de « mes » pèlerins s'ils se trouvaient condamnés à devoir vivre sur *Mutu*. Bien qu'athée, je n'ignorais pas que la *Dogmàsole* imposait à ses prêtres et à ses fidèles une pratique stricte et quotidienne de rites liés aux mythes solaires. En vérité, cette pensée m'amusa, car le fanatisme obscène de nos passagers, prêts à risquer la vie de l'équipage pour leur pèlerinage, m'avait désagréablement contrarié. Il me plut de penser que la rencontre œcuménique avec les théologiens du *Serenu Consolante* risquait d'être passablement animée. Comme nous arrivions dans la zone des hangars, la vue de notre vaisseau chassa ces idées futiles. Le *Prince d'Aquitaine* se tenait fièrement sous l'éclairage blafard des voûtes.

– À première vue, il ne semble avoir subi aucun dommage, s'exclamèrent joyeusement mes équipes en apercevant son fuselage en alliage bleuté.

Après un premier examen visuel, outre la coque et les structures, il nous fallut vérifier l'ensemble des équipements de navigation et de détection, ainsi que les systèmes informatiques. Nos hôtes se joignirent bien volontiers à mes techniciens pour ausculter le vaisseau. Grâce à leur impressionnant matériel, ce check-up complet ne prit seulement qu'une journée. À cette occasion, nous pûmes mesurer le saisissant écart technologique entre nos deux mondes. Cette première étape achevée, les secouristes nous offrirent un passionnant exposé sur les modifications qu'ils proposaient d'apporter aux équipements du *Prince d'Aquitaine*.

En une dizaine de jours à peine, notre vaisseau rattrapa plus d'un siècle de retard accumulé par notre civilisation. Dans le même temps, grâce à nos sauveteurs, nous assimilâmes une quantité de connaissances telles que nous aurions pu soutenir nombre de doctorats dans les universités les plus avancées de notre Terre. Encore aurait-il fallu pour cela réunir un jury capable de comprendre nos thèses. L'une de nos interlocutrices revint la mine confuse tandis que nous nous réjouissions par avance de tester les nouvelles fonctionnalités de notre engin.

– Nous allons devoir remettre les essais à plus tard. Car dès demain, l'étoile double du système fera son apparition pour une dizaine de jours, nous dit-elle. Au cours de cette période, aucun vol ne sera possible. En revanche, rien n'empêche de commencer votre entraînement dans notre centre de simulation.

Le soir même, au dîner, en compagnie des disciples du *Serenu Consolante*, l'apparition de l'étoile double constitua le sujet d'intérêt du moment. Lors du repas, pris comme à l'accoutumée en silence, nous écoutâmes distraitement les lectures du jour.

Avant le service, les lecteurs indiquèrent qu'ils avaient tiré deux récits fondamentaux des *Spaezzyi meravilioss*. Ceux-ci décrivaient le retour de l'étoile double et sa symbolique relative au renouvellement des énergies matérielles et spirituelles. Le sens caché de ces textes sacrés échappa totalement aux mécréants de l'équipage et… à leur capitaine. Néanmoins, je fus troublé par l'esthétique de leurs formes étrangement poétiques. Nos missionnaires, en revanche, écoutaient, recueillis, les yeux fermés comme plongés en extase.

Cependant, ils n'en oubliaient pas de dévorer les mets excellents qui circulaient à table. La ferveur ne les détournait pas des plaisirs matériels. Notre pilote Lorènza l'avait remarqué, elle aussi. À son clin d'œil, je compris que la même pensée incongrue nous avait effleuré l'esprit, ce qui m'obligea à réprimer une furieuse envie de rire, au risque de m'étrangler.

– Demain, peu avant l'heure du déjeuner, l'étoile double se lèvera à l'horizon. Que diriez-vous d'assister à ce spectacle depuis notre observatoire ? proposa aimablement Sri Tarkus à Wagner Vöor et à ses ouailles, comme nous venions de quitter le réfectoire. Vous pourrez ainsi librement pratiquer les rites d'*Imbolc* selon ce que le retour de la lumière vous inspirera.

Des murmures de satisfaction et une salve de bénédictions accueillirent cette offre. Bien sûr, je fus invité, ainsi que l'équipage, à participer à cette séance de prières. Je n'osai décliner. Après différents conciliabules, nous convînmes d'arriver avec une bonne vingtaine de minutes de retard sur les pèlerins. Par cette stratégie, nous espérions éviter une partie de leur cérémonie religieuse.

De fait, le lendemain aux environs de midi, comme nous prolongions plus que de raison nos entraînements dans la salle des simulateurs, un envoyé du *moderite* vint nous chercher, hors d'haleine et les cheveux en bataille.

– Capitaine, venez vite, je vous en prie. Vos passagers semblent tous devenus fous, balbutia-t-il.

L'affaire semblait d'importance. Nous nous élançâmes à sa suite en direction de l'observatoire, un bâtiment étrange et imposant, semblable à un gigantesque champignon de couleur charbon dont le pied mesurait une bonne centaine de mètres de hauteur. Une navette automatique nous mena jusqu'à la batterie d'ascenseurs qu'il fallait emprunter pour accéder à la salle.

Arrivés au sommet, nous pénétrâmes dans une vaste pièce circulaire coiffée d'un dôme de métal transparent qui dominait l'horizon sur trois-cent-soixante degrés. Un spectacle pitoyable nous attendait. Prosternés, leur capuchon vert sombre rabattu sur la tête, les disciples de la *Dogmàsole* se frappaient le front sur le sol en cadence, tout en psalmodiant devant nos sauveteurs désemparés. La salle résonnait de cris, de pleurs et de plaintes. Dans cette cacophonie, revenaient en boucle les mots « Abomination, blasphème, mensonge infernal »…

– Comment cela s'est-il produit ? demandai-je, incrédule.

Le *moderite* nous apprit que ces manifestations avaient commencé à l'apparition de l'étoile double. Machinalement, je levai la tête pour la contempler. Un pâle soleil en cours d'extinction, une naine rouge du type de *Wolf 359,* qu'éclipsait en partie un objet invisible.

– Une étoile noire, me souffla Grüsselda notre médecin de bord. Rappelez-vous les vers de ce poète de l'ère préindustrielle dont le nom m'échappe : « Le *Prince d'Aquitaine* à la Tour abolie : / Ma seule Étoile est morte, – et mon luth constellé / Porte le Soleil noir de la Mélancolie ».

Désespéré, j'eus beau redoubler d'efforts, la littérature et la poésie n'avaient jamais été mon fort. À défaut de retrouver le nom de l'auteur, ses vers me revinrent à l'esprit par fragments. Certainement, les avais-je étudiés vingt ans plus tôt au lycée français de Bucarest.

– Croyez-vous aux coïncidences ? reprit Grüsselda. N'est-il pas amusant de constater qu'une tour et un soleil noir stylisés ont été gravés sur le blason du *Prince d'Aquitaine* ? Sans doute une conséquence de l'imagination fertile d'un ingénieur lettré employé par la *Spazieltronics*...

Biographie de Nicolas Rochas

Père de famille et informaticien de métier, il avait quitté le monde de l'écriture depuis longtemps. Il revient pour partager toutes les histoires qu'il a inventées et qui ne demandaient qu'à sortir. Il écrit des textes, des nouvelles et des spores pour divertir et faire rêver.

10 ~ Les feux du Soleil Régnant

De Nicolas Rochas

— C'est un framboisier ! Je vais pouvoir l'attraper.

— Redescends, c'est trop glissant de ce côté !

Kendu est déjà parti. Il passe la corniche pour approcher rapidement de la plante. Shera le suit de plus bas. Soudain, il dérape derrière un rocher en criant et elle le perd de vue. Elle s'élance entre les cailloux. Un nuage de poussière localise l'emplacement de la chute, mais elle ne distingue que vaguement le corps à l'intérieur.

— Kendu !

— Je suis là ! Ça va, mais mon pied est coincé.

Le pierrier est raide. La jeune fille descend prudemment. À chaque pas, quelques cailloux partent dévaler la colline. Elle essaie de ne pas déclencher un éboulis. Arrivée au niveau de son ami, elle analyse la situation.

— Ne bouge pas, je vais déblayer. Dis-moi quand tu sens que tu peux dégager le pied.

Elle retire plusieurs rochers. Kendu tire un peu sur sa jambe. Il sent qu'elle est presque débloquée. Il tire alors d'un coup vif et se libère. Emporté par son élan, il glisse sur la pente au milieu des roches, emportant Shera avec lui. Ils dégringolent jusqu'en bas. Au dernier moment, le jeune homme attire son amie contre lui, lui faisant esquiver une pierre particulièrement grosse. Il sourit.

— Tout va bien Shera, je suis là.

Elle l'embrasse.

— Idiot, c'est moi qui viens de te sauver.

Ils sont couverts de poussières et écorchés, mais indemnes.

Ils décident de rentrer, même s'ils sont bredouilles. Trouver un framboisier n'est pas courant. Leur mésaventure les a calmés pour la journée et il se fait déjà tard.

La terre est de plus en plus sèche. Les landes stériles gagnent sur la prairie dans toutes les directions. Ils doivent marcher de plus en plus loin pour trouver des plantes intéressantes. Ils cheminent deux heures à travers les collines rocheuses et arrivent enfin chez eux.

Leur village se compose d'un petit amas de maisons carrées en torchis, loin de tout. Toutes les habitations s'agglutinent sur la berge de la rivière. Les autres, côté steppe, se serrent au maximum pour limiter les impacts du vent et du sable. L'ensemble fait penser à un tas de cubes, oppressé par les éléments.

— Mes parents vont me sermonner pendant des heures. Regarde l'état de mon pantalon.

— Tu leur diras que c'est ma faute. Ils seront ravis de critiquer ce « bon à rien de Kendu ».

— Ils ne te détestent pas tant que ça, tu sais… Tiens, il y a de l'agitation au village.

La rue principale, un peu plus large que les autres, est remplie de monde. Dès qu'ils s'approchent, plusieurs têtes se tournent vers eux.

— Les voilà ! Les voilà !

Les parents de Shera se jettent sur elle et l'emmènent aussitôt. Kendu a juste le temps d'entendre « pantalon » et « bon à rien ». Cela le fait sourire. Il reprend son chemin quand son père apparaît devant lui.

— Allez viens, il ne manque que toi.

— Qu'est-ce qu'il se passe ? C'est quoi tout ce bazar ?

— Des Sîn sont venus de Shamatron. Ils veulent voir tous les jeunes du village.

— Et pourquoi je me plierais au peuple de Sîn ? Je m'en fiche de ce qu'ils veulent.

Kendu a élevé la voix, plusieurs villageois sursautent. Son père s'arrête et l'observe calmement.

— Tu es courageux mon fils. Et aussi pas très malin. Ce n'est pas la meilleure association… Je ne sais pas pourquoi ta mère détestait autant les gens de Shamatron, mais toi, écoute-moi bien. Le Soleil Régnant pourrait détruire notre village d'une seule main et d'un seul de ses rayons. Le peuple de Sîn le sert directement. Les servants du roi font ce qu'ils veulent et nous, on fait ce qu'ils demandent. Gloire et lumière sur eux. Maintenant, va te mettre en rang avec les autres et ne te fais pas remarquer.

Pour clôturer son sermon, il attrape son fils par l'épaule et le pousse par-devant. Sans violence, mais avec fermeté.

Kendu ravale sa colère. *Ce n'est pas juste que les gens du roi puissent faire tout ce qu'ils veulent comme ça !* songe-t-il. Il ne souhaite pas créer plus de problèmes au village, alors il baisse la tête et rejoint les autres jeunes sur la place.

Shera apparaît à son tour. Ses parents l'ont lavée et changée en un tour de main. Elle est resplendissante. Kendu se faufile auprès d'elle et ils se prennent ostensiblement la main.

Peu de temps après, le chef du village arrive, accompagné d'un soldat. Le guerrier porte une armure d'argent et d'écailles blanches qui contraste avec sa peau sombre. Son tabard bleu nuit est brodé de symboles Sîn. Il considère les courbettes du bourgmestre d'un œil froid.

— Voilà Seigneur, ils sont tous là comme vous l'avez demandé. Gloire et lumière.

— Je ne suis pas Seigneur. Et ça a été long, Maîtresse Ishtar s'impatiente. Je vais la prévenir.

Le guerrier s'approche d'un palanquin de bois noir couvert de draperies bleues et de motifs étoilés. Personne n'entend la discussion, mais les porteurs soulèvent la litière et la font défiler progressivement devant les jeunes gens alignés. Les soieries empêchent de voir qui se trouve à l'intérieur. De légers murmures laissent penser qu'ils sont plusieurs. Quand le palanquin passe devant Shera et Kendu, celui-ci lui décoche un regard féroce. Comme en réponse, une cuisante douleur le gèle à la poitrine. Il aurait posé un genou à terre si son amie ne l'avait pas tenu par la main. Le soldat argenté le toise, puis pose ses yeux sur la jeune fille. La litière poursuit sa route et sort du village. Sa procession la suit sans autre forme d'adieux.

Les villageois restent sur la place, dans une attente craintive. Quand ils comprennent que la visite est vraiment finie, ils s'éparpillent et rentrent chez eux en silence. Les parents de Shera l'emportent rapidement et Kendu se retrouve seul.

La nuit est presque tombée, le ciel clair. Il contemple l'étrange constellation de six étoiles en demi-cercle au-dessus de lui. Il l'a remarquée depuis tout petit déjà. Parfois, il ne la percevait plus, comme si les astres se trouvaient ailleurs et parfois, ces derniers brillaient intensément, comme ce soir. *C'est ma couronne d'étoiles et je suis le roi,* se dit-il. S'il possédait réellement les pouvoirs du Soleil Régnant, personne n'oserait menacer le village.

Il soupire et rentre chez lui.

***

Quelques jours plus tard, au crépuscule, un carrosse du palais s'arrête chez Shera. Deux gardes et un fonctionnaire royal entrent dans la demeure. Ils repartent peu après en emmenant la jeune fille, devant le regard resigné de ses parents.

Quand Kendu l'apprend, il entre dans une rage folle.

Comment ose-t-il lui enlever son amie ? Qu'allait-il pouvoir faire ? La nuit est déjà tombée, le village est silencieux et les rues désertes.

Est-ce que tout le monde s'en fiche ?

Les six étoiles dans le ciel luisent avec intensité ce soir-là.

Il se décide. Il ira la récupérer au palais et ils s'enfuiront tous les deux. Il ne dira rien à personne. Son père est bien trop raisonnable et les parents de Shera trop lâches. Il réussira sans eux.

***

Avant l'aube, il est sur la route. Il a rassemblé quelques vivres et son bâton de marche. Marcher jusqu'à la capitale lui prendra la journée, il ne doit pas traîner. La plupart des gens évitent de cheminer tout le jour à travers la steppe. Mais lui se sent bien sous le soleil brûlant. Il aime sentir sa peau cuivrée s'échauffer. Il s'imagine posséder la puissance du Soleil Régnant en personne : il va entrer dans le palais, lancer ses rayons de feu sur les gardes, exploser toutes les portes devant lui. Puis il libérera Shera, et ils partiront tous les deux.

***

Il atteint l'enceinte de Shamatron dans l'après-midi. Il y est déjà venu, mais est saisi à chaque fois. Les maisons s'élèvent sur plusieurs étages et s'étendent à perte de vue. Le long des rues, des échoppes vendent toutes les denrées du monde. Partout, des gens s'affairent, crient et gesticulent. Des marchands, des charrettes et des chevaux circulent lentement au centre de la chaussée dans un étrange ballet. Le plus admirable reste sans doute le palais du Soleil Régnant : posé sur la colline la plus haute, dominant le monde comme le soleil lui-même. Ses tours ocre et dorées semblent toucher le ciel.

Comment allait-il s'y prendre ? La voix de son père résonne dans sa tête : *« Tu n'es pas très malin »*. Il fronce les sourcils et avance. À défaut d'autres choses, il serait courageux.

***

Shera se réveille sur un lit de soie. Le fonctionnaire l'a menée jusqu'au palais et l'a enfermée dans cette pièce. On l'a nourrie et on lui a donné de quoi se laver et se changer. La chambre est close. La fenêtre grillagée. Elle aperçoit la cité et la steppe au loin, la journée est bien entamée. On ne lui a pas dit grand-chose, mais on l'a avertie que le roi viendrait la visiter bientôt. Qu'importe ! Elle ne compte pas rester là. La servante repassera sans doute plus tard. Elle a un peu de temps pour échafauder un plan.

***

Il faut une bonne heure à Kendu pour atteindre le bas du palais. Deux sentinelles gardent l'entrée principale. Ce sont des mercenaires venus du Nord. Certains prétendent qu'ils fuient leur pays malade. Une pluie blanche et collante se serait abattue sur eux et aurait tout recouvert. Leur contrée serait devenue maudite : froide et sans couleurs. À voir leurs teints pâles et leurs barbes blondes, Kendu se dit que ce doit être vrai. Et on les disait aussi brutaux que stupides.

Le jeune homme tente la nonchalance et s'avance pour passer le portail, comme si de rien n'était. Un coup de hampe le cueille à l'estomac. Il recule en toussant. Stupides, ce n'était pas sûr, mais brutaux, c'était certain. Pourtant, il fallait qu'il entre.

— Laissez-moi passer ! Je dois retrouver mon amie !

L'un des soldats s'esclaffe avec un fort accent guttural.

— Tu as vu ça, Harald ? Où il se croit ce paysan ?

Et il ajoute, tout en menaçant le jeune homme :

— Retourne d'où tu viens, le pouilleux.

Kendu tente de le surprendre avec un passage en force, mais le garde lui assène un autre coup si sec que sa vue se brouille. Il sent qu'on le saisit et, avant qu'il ne réagisse, il est éjecté à plusieurs mètres de l'entrée du palais.

Quand il reprend conscience, il fait nuit. Le portail est fermé, la rue déserte. Le jeune homme souffre à plusieurs endroits. Il se relève tant bien que mal et connaît un moment de découragement. Il se sent vraiment stupide d'avoir cru pouvoir attaquer un château à lui tout seul. *Pense à Shera !* s'encourage-t-il. Il ne veut pas abandonner.

Une voix sifflante l'interpelle dans le dos.

– Tu n'arriveras à rien comme ça…

Kendu sursaute. Derrière lui, se trouve un grand être cagoulé et couvert d'une toge bleue. Il semble si maigre que le vent pourrait le faire s'envoler. Il reconnaît les couleurs et les motifs du peuple de Sîn.

– Suis-moi, jeune Kendu. Je vais te montrer quelque chose…

Sa voix grésille comme si sa gorge était remplie de grains de sable.

– Comment connaissez-vous mon nom ?

– Nous connaissons beaucoup de choses. Viens. Allons dans un endroit plus tranquille.

L'homme lève le bras et pointe son doigt vers une maison plus bas dans la rue. L'espace d'un instant, le jeune homme aperçoit une main grise comme la pierre et desséchée comme une vieille racine. Mu par la curiosité, il le suit.

L'intérieur de la maison est faiblement éclairé, il n'y a pas de mobilier à part des chaises et une table. Sur celle-ci est posé un papyrus ancien.

– Connais-tu ce dessin ?

Kendu regarde le parchemin. Il représente un soleil gigantesque qui semble porter sept étoiles en guise de couronne.

– Oui, bien sûr, c'est le symbole du Soleil Régnant, notre roi. Tout le monde le connaît.

– Et sais-tu ce que représentent ces étoiles ?

Le jeune homme fait non de la tête.

— C'est nous. Le peuple de Sîn. Nous offrons la puissance à un homme pour qu'il règne comme l'astre du jour. Nous t'observons depuis longtemps, jeune Soleil. Cachés dans les étoiles, nous t'avons gardé et enfin, il est temps d'accomplir ton destin royal.

— La couronne d'étoiles, c'est vous ?

Le Sîn hoche de la tête sous sa capuche. Kendu n'est pas toujours malin, mais il sait que rien n'est offert gratuitement, surtout à ceux qui n'ont rien. La proposition est trop belle, trop opportune.

— Et qu'avez-vous à y gagner ? Pourquoi m'offrir tout ça ?

— Nous ne sommes que le reflet du Soleil Régnant. S'il ne nous éclaire pas de sa lumière, nous ne brillons pas non plus. Aujourd'hui, le roi ne brille plus. Il ne pense qu'à rester dans son palais ou à faire enlever des jeunes filles. Il est temps que se lève un nouveau jour sur le royaume… Ne pense pas que nous choisissons n'importe qui. Nous t'avons observé aussi longtemps, car tu es de sang royal.

— Moi ? Kendu le pouilleux ? Un prince ?

— Nous suivons tous les descendants de Shamash, le premier Soleil Régnant. Et je t'assure que tu en es bien un, de par ta mère. Il y a longtemps, le roi Sargon a exilé sa sœur dans un village misérable, mais nous ne l'avons pas perdue de vue. Ni elle ni le fils qu'elle a eu…

L'esprit du jeune homme est en ébullition. Peut-il vraiment devenir le nouveau roi ?

— Mais je n'ai aucun pouvoir. Si j'étais vraiment comme le Soleil Régnant, je devrais être capable de lancer des colonnes de flammes ou d'accomplir des miracles, comme lui.

— Nous te donnerons cette puissance. Car par ta naissance, tu as le pouvoir de la contenir.

Kendu sait qu'il ne peut sauver Shera avec ses moyens actuels et qu'il doit tenter autre chose. Si cette proposition est réelle, elle pourrait régler tous ses problèmes.

— Très bien, j'accepte. Que dois-je faire ?

— L'un de nos soldats va te guider jusqu'au pays de Sîn. Dans deux jours, l'alignement des astres sera parfait et nous pourrons accomplir le rituel.

Un guerrier à la peau sombre et à l'armure argentée entre dans la pièce et s'incline. Kendu le reconnaît, c'est celui qui était au village. Le Sîn le présente.

— Voici Sékou. Il te guidera jusqu'au temple de notre pays.

***

À quelques dizaines de mètres de là, dans le palais, Shera tourne en rond dans sa chambre. Elle a essayé de forcer l'accès, sans succès. Et la grille de la fenêtre est trop solide. Le seul moyen de sortir serait qu'on lui ouvre. Mais personne ne laissera la porte entrebâillée tant qu'elle se trouvera à l'intérieur. Et cette réflexion lui donne une idée…

***

Quelque temps plus tard, une femme toque.

— Madame, c'est le repas du soir. Je vais entrer.

La servante regarde dans la pièce. Personne. Sous le lit, derrière la porte, les rideaux, personne. Elle commence à paniquer. La fenêtre est verrouillée, la porte aussi. Elle finit par sortir en courant pour donner l'alerte.

Avec souplesse, Shera s'extirpe de sa cachette, coincée derrière le haut de l'armoire. Elle se réjouit intérieurement et sort de sa prison.

Le couloir est immensément large et haut. De grandes tapisseries s'alternent de part et d'autre. Aucun côté ne lui semble engageant. Déjà, des bruits de pas accourent vers elle. En observant les draperies et les corniches, elle opte pour la même technique de dissimulation. Quelques minutes plus tard, les gardes sont là et elle est camouflée à plus de deux mètres de haut sous les tentures.

Un Sîn arrive peu après. Sa voix sifflante est étonnamment puissante.

— Gardes, trouvez là ! Maintenant qu'il l'a fait mener au château, elle ne doit pas nous échapper. Et ne lui faites surtout pas de mal ou l'autre deviendra incontrôlable.

Shera réfléchit à toute vitesse. Pourquoi le peuple de Sîn voudrait-il l'enfermer ? Qui l'a amenée et qui cherchent-ils à contrôler ? Au moins, une chose est certaine : elle doit s'enfuir.

La cachette qu'elle a trouvée n'est pas spécialement confortable, mais elle peut y rester longtemps. *La patience est mon alliée*, se dit-elle. Elle va attendre que le palais soit plus calme, ensuite elle rejoindra Kendu.

Quand le couloir s'assombrit suffisamment, elle sort de sa cachette et s'avance. Elle ne fait pas trois pas qu'une main la bâillonne et qu'elle est emportée.

***

Pendant ce temps, Kendu est sorti de la ville. On lui a donné un cheval et il suit Sékou, son guide. La lune brille de ses rayons blancs sur la steppe. Les arbustes projettent des ombres ternes et tout prend une apparence fantomatique. Seul Sékou resplendit de mille feux dans son armure d'écailles et d'argent. Ils s'enfoncent doucement vers l'Est à travers la plaine.

Le jeune homme pense à son amie. Allait-elle bien ?

***

Shera est transportée rapidement à travers les couloirs pour finalement être poussée dans un salon mal éclairé. Les chandeliers y brûlent avec difficulté et tout empeste la fumée et la cendre froide.

— Alors te voici, petite souris. Tu les as bien fait courir, mais faut dire qu'ils ne sont pas très futés. Kof kof…

La voix est râpeuse et provient d'un coin sombre de la pièce. Elle résonne d'un air amusé et tousse doucement. L'homme se montre.

— Je vais t'aider à sortir d'ici. Tu dois aller retrouver ton ami. Kof kof…

La jeune fille le regarde. Sa peau cuivrée a une teinte grise. Des cernes noirs lui creusent le visage. Il semble consumé par quelque maladie. Elle ne peut s'empêcher de l'imaginer telle une vieille bûche qui libère ses dernières flammèches avant de s'éteindre. L'homme le lit sur son visage.

— Oui, tu as raison. Je suis mourant. Mais il me reste une chose à accomplir… Je suis désolé de t'avoir fait amener au château comme ça, mais approcher mon neveu directement était trop risqué. Je pensais que ma sœur serait à l'abri dans ce village perdu. Malheureusement, le peuple de Sîn est trop clairvoyant pour moi…

Il sourit amèrement et tousse. Un liquide noir lui coule de la bouche. Il l'essuie distraitement.

– Je n'ai même pas réussi à te préserver d'eux dans mon propre palais. Heureusement que tu as de la ressource… Kof kof… Je vais te confier à l'un de mes fidèles, il te conduira là où tu dois être pour sauver ton ami. Tout n'est pas perdu. Ils ne se méfieront pas de toi, leur orgueil les perdra…

Il se tourne vers le garde, l'un de ces hommes du Nord à la peau pâle. Shera le contemple. Avec son tabard blanc, il luit dans la pièce sombre.

– Turgil, mon ami. Amène cette jeune fille chez Humbaba, elle lui expliquera notre plan. Partez maintenant. Ils vont bientôt venir vérifier mes appartements. Je vais les occuper.

Shera, emportée par le cours des évènements, essaie de suivre. Ce garde doit la faire sortir du château, c'est ce qu'elle veut. Mais après ? Cet homme malade serait-il le roi ? Comment connaîtrait-elle son neveu ?

Elle n'a pas le temps de formuler ses questions que le dénommé Turgil la prend par le bras et l'entraîne sans tarder.

***

Peu de temps après qu'ils sont partis, quelqu'un frappe à la porte et entre sans attendre. Un Sîn pénètre dans la pièce en faisant une rapide révérence et en scrutant de gauche à droite.

– Monseigneur roi, il y a quelques agitations ce soir au palais. N'auriez-vous pas aperçu une jeune fille passer ?

– Gamesh, je sais très bien ce que vous préparez, tes semblables et toi. Et je ne suis pas certain que je veuille que ça se reproduise.

La capuche du Sîn s'ébranle. Il siffle.

– Le cycle doit se poursuivre et vous ne pouvez pas l'arrêter.

– Peut-être que oui, mais j'ai un dernier cadeau pour toi. Comme celui que vous m'avez fait il y a quinze ans. Tu aimes tant le feu. Voilà du feu !

Le souverain concentre ses dernières énergies et projette des langues brûlantes à travers la pièce. Les tapisseries et le tapis s'enflamment aussitôt. La robe de Gamesh s'embrase à son tour et les flammèches se propagent.

Le Sîn s'enfuit en criant alors que le Soleil Régnant rit au milieu de son brasier.

***

Entretemps, Turgil a pris Shera en croupe et ils descendent la rue principale au milieu de l'animation nocturne. Au bout d'un moment, toute la foule se focalise sur le palais et s'exclame en le pointant du doigt. La tour Ouest est en feu. Le soldat détourne le regard et accélère la cadence.

Quand ils sont assez loin de la cité, ils s'arrêtent et descendent de cheval. Le jour commence à poindre à l'horizon. Turgil se tourne vers l'astre et crie.

– Gloire et lumière sur le Soleil Régnant !

Il se tourne d'un air farouche vers la jeune femme qui se sent obligée de reprendre à son tour :

– Gloire et lumière sur le Soleil Régnant.

– N'oublie pas ce qu'il a fait pour toi. Tu pourrais être encore prisonnière, ou pire, à l'heure qu'il est. Pourtant, tu es là et lui, a trépassé. Allons ! Nous devons accomplir sa dernière volonté.

Alors cet homme malade était bien le roi, se dit Shera. Qui est ce neveu qu'elle doit sauver ? Elle ne sait pas où aller, mais elle espère que cette Humbaba aura les réponses. Et Kendu, était-il à sa recherche ?

***

C'est une aubaine que les Sîn m'aient choisi ! songe Kendu. Peut-être qu'ils l'observent vraiment depuis longtemps, s'il est de sang royal.

Un tas de détails lui revient en mémoire. Comme la fois où il s'est échappé d'une grange en feu sans une égratignure. Ou quand sa mère est morte et qu'un étrange groupe de personnes a suivi l'enterrement de loin. Des évènements qui prennent un sens très différent aujourd'hui.

Il commence à se dire que cette aventure amènera de bonnes choses. Il pourra bientôt sauver Shera et quand il sera roi, il améliorera la vie de tout le monde.

Le soleil s'est levé depuis moins d'une heure et l'air chauffe très vite. Il ne reconnaît pas la région, mais il lui semble qu'ils approchent du grand erg par le Nord. Sékou ne parle guère et il ne sait pas quoi lui dire de toute façon. Ils finissent par atteindre une petite oasis. Il fait plus frais sous les arbres. Le guerrier descend de sa monture et commence à sortir de quoi manger.

– Nous allons faire une pause ici et nous repartirons ce soir. Il reste une journée de voyage, mais c'est une étape trop chaude pour être accomplie de jour.

– Sékou, pourquoi êtes-vous venu à mon village la semaine dernière ?

Le soldat garde un moment le silence, puis se décide à répondre.

– Ils devaient te tester pour être sûrs que tu étais bien l'élu. Je ne sais pas comment ils font, mais leur magie est forte.

Kendu se souvient du froid dans la poitrine. *C'était donc ça.* Sékou ne dégage aucune malice et le jeune homme se dit qu'il peut avoir confiance. Il risque alors une autre question.

– Tu ne trouves pas étrange que mon amie soit enlevée quelques jours après votre passage ?

– C'est le Soleil Régnant qui a fait ça. Peut-être veut-il t'empêcher d'accomplir ta destinée. Je me souviens de ton amie. Ce sera une très belle reine.

Kendu n'avait pas encore pensé à cela. Il commence à rigoler en imaginant la tête que fera Shera. Il a hâte de lui dire qu'elle sera reine.

Le repas prêt, ils mangent sans parler. Une fois rassasié, il s'endort sous le coup de la fatigue accumulée des derniers jours.

***

Shera et Turgil filent à travers la plaine. Humbaba est au Sud du grand erg. Le soleil est haut dans le ciel, heureusement la route traverse régulièrement des bosquets de pistachiers où ils peuvent se rafraîchir. Elle somnole sur le cheval, mais à aucun moment le soldat n'évoque une pause pour se reposer. Entre le balancement de l'animal et la monotonie du voyage, elle finit par perdre toute notion du temps. Quand elle reprend ses esprits, ils font face au désert et le jour est presque tombé.

Turgil lance son cheval sur le sentier poussiéreux. Le désert s'étend jusqu'à l'horizon. Le sable s'écoule lentement au gré du vent. Après plusieurs kilomètres, ils contournent un promontoire de pierres. Le rocher ressemble à un géant qui ploie face à la marée sans se briser. Ils en font le tour, puis se retrouvent devant un petit vallon protégé. Il y a des plantes et des arbres de toutes sortes et pourtant, nulle trace d'eau. *Quelle est cette magie ?* se demande Shera. Ils s'engagent dans les fougères et trouvent l'entrée d'un passage qui s'enfonce sous terre. Le soldat s'arrête devant.

— C'est ici. Je ne suis jamais descendu.

— Et je suis censée descendre toute seule ?

— Oui ! dit une voix sortant des entrailles de la terre. Viens, je t'attends.

La jeune fille échange un regard inquiet avec le soldat avant de s'exécuter.

Les marches sont raides et sèches. La température ne baisse pas beaucoup malgré l'obscurité. Elle descend encore, l'embouchure de la grotte est comme une petite fenêtre lumineuse loin derrière elle. Enfin, elle arrive devant un accès entrouvert.

— Eh bien, décide-toi et pousse cette porte. Le temps nous est compté.

Shera pénètre dans la pièce. Il y a un fouillis d'instruments et de livres, des plantes et des pots un peu partout. Assise près d'un bureau, une vieille encapuchonnée l'attend.

La jeune femme la reconnaît immédiatement à sa silhouette et ses couleurs, c'est une Sîn !

— Ne crains rien, mon enfant. Je ne te ferais aucun mal ni ne te retiendrais contre ton gré. Prends juste le temps d'écouter ce que j'ai à dire. Après, tu aviseras.

— Qui êtes-vous ? Êtes-vous humaine ?

– Ah ah, voilà une très bonne première question. Il y a longtemps que je n'ai pas retiré cette capuche…

Shera fixe deux mains grises et sèches agripper le tissu et lentement découvrir une tête.

Elle retient un hoquet d'horreur. Le visage de la Sîn est atrocement brûlé, elle n'a plus ni sourcils ni cheveux. La peau est blanchâtre et craquelée. Ses yeux sont entièrement noirs et semblent étrangement vivaces au milieu de cette face macabre.

– Oui, tu as raison d'être dégoutée, mais ne le sois pas pour mon visage ; mon âme est bien pire… Regarde le livre qui est ouvert sur la table. Vois-tu ce dessin ?

La page montre la gravure du Soleil Régnant.

– C'est le symbole du roi.

– Et sais-tu ce que représentent les étoiles au-dessus du soleil ?

– C'est sa couronne. Car il règne sur le ciel et sur la terre.

– Tu récites bien ce qu'on t'a appris. C'est moi qui ai inventé cette histoire absurde. Personne ne règne sur le ciel et encore moins des humains. Ces étoiles sont ce que vous appelez le peuple de Sîn. Nous ne sommes que sept.

– Mais je pensais que vous veniez d'un empire de l'autre côté de l'erg !

– Des histoires, ça aussi. Il y a très longtemps, nous étions humains. Il y a plus de mille ans de cela… Nous étions des sorciers et des astronomes. Les cycles des astres n'avaient aucun secret pour nous et nous vivions au pays de Sîn… Ici. Dans ce qui est maintenant un désert aride... Mais ça va être un peu long. Assis toi là, je vais servir du thé.

La vieille femme se déplace doucement à travers son laboratoire et sert deux tasses. Shera prend la seule chaise pas encombrée de la pièce et s'assied. Humbaba retourne dans son fauteuil et reprend son récit.

— Tout a commencé quand le grand cristal est tombé du ciel. Grâce à lui, nous avons découvert le moyen de distiller la force vitale du soleil. Mais pour nous transmettre cette force, nous avions aussi besoin d'un catalyseur. Nous l'avons trouvé dans la personne de Shamash. Celui qui allait devenir le premier Soleil Régnant. Lui seul a survécu à nos travaux. Il y a gagné des pouvoirs phénoménaux et nous nous sommes repus de sa puissance. Malheureusement, ce don l'a détruit, petit à petit. Après quelques glorieuses années, il a commencé à se consumer. Vingt ans de lente agonie plus tard, il est mort. Alors, nous avons recommencé avec l'un de ses enfants. Nous donnions la puissance au Soleil Régnant en écourtant sa vie pour prolonger la nôtre. Avec le temps, nos corps se sont calcinés à leur tour, nous donnant cette apparence. Mais à chaque cycle, nous sommes revenus nous baigner dans le feu sacré du roi. Ce n'est que bien plus tard que j'ai compris que c'était aussi notre magie qui brûlait la terre, la transformant en désert. J'en ai averti les autres : ils ont refusé d'arrêter. Je me suis opposée à eux et j'ai été bannie. Les sept étoiles ne sont plus que six…

L'ancienne Sîn pose sa tasse et reprend son souffle. Shera est sidérée par le récit.

— Depuis, je vis ici, dans ma vallée perdue. Je me demande comment réparer la terre que nous avons flétrie. Je n'ai gouté aux flammes d'aucun Soleil Régnant depuis plus de cent ans. Je ne vivrais pas assez pour voir un autre cycle. Il faut que celui-ci soit le dernier.

– Toute cette histoire est incroyable, mais pourquoi me faire venir ici ? Je ne suis qu'une fille de village. Je ne connais rien à la magie ou aux rois.

– Et pourtant, tu connais bien un roi… Sur mon conseil, le roi Sargon avait envoyé sa sœur loin du palais pour la protéger. Cela n'a pas suffi, les autres Sîn n'ont jamais perdu de vue la princesse. Maintenant, son fils est le dernier de la lignée de Shamash. Ton ami est le futur Soleil Régnant ; Kendu sera le prochain sacrifié.

Shera laisse tomber sa tasse sur le sol. Kendu ? C'était si aberrant et pourtant si évident. Elle a l'impression de l'avoir toujours su. Il fallait empêcher cela. Elle ne pouvait imaginer le voir se consumer lentement pendant vingt ans, le voir finir comme le roi…

– Ne pouvez-vous rien faire ? Pourquoi ne pas l'avoir sauvé avant ?

– Ni le vieux Soleil Régnant ni moi n'avons le pouvoir de nous opposer directement au peuple de Sîn… Mais toi, tu pourras peut-être empêcher le rituel. Ils te sous-estimeront et Kendu viendra vers toi.

– Que dois-je faire pour le sauver ?

La vieille lève les yeux en entendant le ton décidé de la jeune fille. Elle sourit.

– Les flammes de la jeunesse et de l'amour sont les seules véritables, mon enfant… Reviens dans une heure. Il y aura sur la table un pendentif rempli de graines. Donne-le à Kendu.

– Ça le protégera ?

– Ça réparera le monde.

Shera contemple la sorcière. Il lui semble qu'elle omet quelque chose. Humbaba continue d'un air triste.

— Adieu, mon enfant. Je ne survivrais pas à ce dernier sortilège… Le nouveau cycle commence demain. Vous aurez juste le temps d'atteindre le temple de Sîn avant que le rite ne soit terminé.

— Adieu, grand-mère. Merci.

***

Kendu se sent bien, à l'ombre dans l'oasis. Sékou le réveille.

— Lève-toi. Le soleil est en train de se coucher. Nous devons être au temple au matin.

Le jeune homme réalise où il se trouve et se lève avec précipitation. Le soldat lui a laissé de quoi manger. Il avale sa portion avec appétit.

Ils démontent le camp et reprennent la route. Plus ils avancent et moins il y a de végétation. Bientôt, seul le sable sans fin les accompagne.

— Cette contrée est sinistre. Pourquoi ont-ils construit leur temple dans un tel endroit ?

— C'est ici, leur pays. On m'a dit qu'autrefois, avant le temps des grands-pères des grands-pères, il y avait encore des forêts et des cours d'eau. Mais la chaleur du soleil a fini par tout brûler.

Le jeune homme médite la réponse. Cette chaleur du soleil qu'on allait lui donner ?

Vers la fin de la nuit, ils perçoivent à l'horizon un faible éclat qui reflète la lumière de la lune.

— Sékou ? Qu'est-ce qui brille au loin ?

— C'est le temple. Il y a un grand cristal dessus. Nous y parviendrons dans quelques heures.

Kendu passe le reste du trajet à regarder l'objet étincelant grandir. Quand ils arrivent enfin, il est stupéfait de la taille gigantesque de l'édifice. Ce n'est pas un bâtiment fermé comme il s'y attendait, mais un large cercle de piliers qui enserre un autre cercle plus petit, avec au centre un piédestal. Le tout est surplombé par un cristal gigantesque qui semble être aspiré par la structure.

Sékou le guide jusqu'à l'atrium central. Les six sorciers Sîn sont déjà là. Kendu sent le poids écrasant de la roche cristalline. Elle devient de plus en plus brillante à mesure que le soleil se lève. À son point le plus bas, une goutte d'or est en train de se former. Au-dessous, un calice presque rempli luit de ce même liquide. L'un des Sîn s'approche.

– Oui, jeune Soleil. Regarde l'élixir de lumière. Il faut des années pour remplir une coupe. Bientôt, tu pourras la boire et recevoir la puissance de l'astre du jour. Bientôt, tu seras le Soleil Régnant.

La goutte sur le cristal grossit doucement. Le liquide s'accumule patiemment, faisant enfler la perle lumineuse. Kendu est comme hypnotisé par la danse des rais de lumière qui viennent s'agglutiner un à un dans le liquide. Quand le soleil est à son zénith, un rayon plus coloré que les autres frappe durement la goutte. Elle se détache et atterrit dans la coupe avec un son cristallin.

Le peuple de Sîn commence alors à psalmodier. Kendu, envoûté par la musique, s'approche du calice et s'en saisit.

***

Shera et Turgil arrivent dans le temple au moment où le rayon illumine le cristal. Ils passent la première enceinte et sont stoppés par Sékou.

— Vous ne devez pas avancer plus.

Turgil dégaine son épée.

— Passe par le côté, Shera. Je vais me charger de lui.

Shera s'élance, le guerrier noir veut l'intercepter, mais Turgil s'interpose. Les deux combattants se jaugent. Ils comprennent rapidement qu'ils sont de la même trempe : des hommes d'épées et de devoir qui ne connaissent que la solitude ou la compagnie de leurs semblables. Ils échangent quelques coups et se préparent pour un combat à mort.

Shera passe la seconde enceinte et arrive en vue du centre du temple. Kendu est là ! Debout sur le piédestal, une coupe brillante à la main, il s'apprête à boire. Elle saute dans l'atrium en criant son nom. Deux Sîn la ceinturent et la cachent sous leurs voiles. Kendu s'arrête.

Il est pris dans un rêve. *Où est Shera ?* Ne vient-il pas de l'entendre ?

La litanie reprend plus forte, le pressant de vider le récipient. Il amène le calice à ses lèvres et le termine d'un trait.

C'est comme une explosion dans sa chair. Il sent la brûlure descendre dans sa gorge, ses poumons, son ventre et se répandre dans tout son être. Il est aveuglé de lumière, ses oreilles bourdonnent. Quand tout son corps est atteint, la chaleur se rétracte sous son nombril et se déchaîne.

Il envoie des vagues de feux autour de lui, des torrents de flammes jaillissent de ses doigts. Dans la fournaise dont il est le centre, les Sîn continuent à psalmodier et à danser. Leurs toges s'embrasent, les laissant nus. Leurs peaux flétries scintillent et absorbent le feu solaire. Ils chantent leurs extases et leurs régénérations.

Shera en profite pour se dégager et courir vers Kendu. Le pendentif à son cou la protège en avalant toutes les flammes. Elle se jette sur lui et l'enlace.

— Tout va bien Kendu, je suis là.

Le pendentif d'Humbaba absorbe maintenant toute l'énergie. Il crépite d'éclairs verts.

Kendu embrasse Shera et la fixe en souriant.

— Idiote, c'est moi qui viens te sauver.

Le pendentif vibre de plus en plus, gonfle. Et explose.

***

Turgil se réveille difficilement. Tout son corps lui fait mal. Il est couché à l'ombre d'un buisson. Quelqu'un a pansé ses blessures. Il regarde autour de lui, il se trouve au milieu d'une forêt. Il n'y a que des plantes et des ruines. À quelques mètres de là, Sékou l'observe.

— Tout est fini. Il n'y a plus personne.

— Où sommes-nous ? Où sont les autres ?

Le guerrier noir pointe son menton dans une direction. Turgil se relève péniblement. Il avance dans le sens indiqué et finit par retrouver ses repères.

Il arrive devant la salle centrale. Les colonnes ont toutes été soufflées. Des arbres et des buissons ont poussé partout. Six acacias tordus et rabougris forment un demi-cercle autour de ce qui a été le piédestal. À la place de celui-ci, s'élèvent à présent deux résineux gigantesques et entremêlés. Leurs branches semblent toucher le ciel et leurs feuilles se déploient, arrosées de rayons de soleil. Il n'y a plus de trace du cristal.

Le soldat trébuche d'émotions.

— Mon roi, était-ce vraiment ça que vous vouliez pour ces enfants…

Sékou s'approche de lui.

— Maintenant, nous savons ce que font les mages, les rois ou les dieux. Il n'y a plus rien pour nous ici. Retournons dans le monde des Hommes.

Et les deux anciens ennemis quittent le temple, côte à côte, sous l'ombre apaisée de la forêt.

Les textes de ceux qui y étaient presque

Biographie de Marc Boyer Bressolles

Trentenaire passionné d'Histoire, d'œuvres romanesques et d'univers fantastiques, j'ai longtemps exercé dans les Ressources Humaines, mettant de côté ma soif de liberté au profit de ma carrière. Pour m'évader, je suis rapidement devenu organisateur de jeux de rôles grandeur nature. Un moyen idéal pour se reconnecter à soi, se couper d'un quotidien prenant et vivre pleinement des aventures, sources d'émotions fortes.

En l'espace de onze ans, ce loisir passionnant m'a amené à rédiger une dizaine de scénarios entremêlant les destins de plus de quatre-vingts personnages complexes et aux profils variés, et d'exprimer mes joies, mes peines, tout en nouant de belles amitiés ! Après l'écriture de deux romans d'heroic fantasy dans ma jeunesse, j'ai entamé la création de l'univers sombre du *Le tarot des éternels*, mon œuvre littéraire majeure, en 2017. Quatre polars, agrémentés d'une touche de spiritualité, de philosophie, d'intrigues, largement inspirés par l'atmosphère si particulière des fameuses enquêtes d'Agatha Christie et des romans d'Edgar Allan Poe.

Souvent dévoré par mes envies créatives, je poursuis en parallèle de mes publications l'écriture de quelques nouvelles et plusieurs projets littéraires, dont *Les trois reflets de Nyx*, un one-shot fantastico-victorien, qui sera publié aux éditions Cordes de lune en 2023.

Et la suite ? Je m'oriente sur une réflexion autour d'un roman ayant pour thème l'ésotérisme, mêlant expériences vécues et fiction : le journal d'un exorciste. Une façon d'aborder un sujet qui m'est cher, de manière ludique.

<u>Bibliographie :</u>

– **Mai 2018** : *Le Tarot des éternels - Tome 1 - La Culpabilité de l'ermite*, publié chez Nanachi Éditions.
– **Mai 2019** : *Le Tarot des éternels - Tome 2 - Le supplice du pendu*, publié chez Nanachi Éditions.
– **Octobre 2019** : « Le fou qui marche droit », nouvelle primée par l'association « Les veillées rabastinoises ».
– **Octobre 2020** : « Et si Ulysse n'avait jamais atteint Ithaque », nouvelle primée par l'association « Les veillées rabastinoises ».
– **Décembre 2020** : *Le Tarot des éternels - Tome 3 - Quand l'étoile annonce le glas*, publié chez Nanachi Éditions.
– **Janvier 2023** : « Coupable », nouvelle primée lors de l'appel à textes de Cordes de lune Éditions.
– **Mai 2023** : *Le Tarot des éternels - Chroniques 1 et 2*, réédition des trois premiers tomes et publication du quatrième tome chez Nanachi Éditions.
– **Juin 2023** : « Par-delà la vitre sale », nouvelle primée lors de l'appel à textes de Cordes de lune Éditions.

11 ~ *Par-delà la vitre sale*

De Marc Boyer Bressolles

Le temps est brume. Une vague notion étriquée, indistincte. Insaisissable.

Qu'est-il en cet instant ? La seconde devient-elle une heure ? La minute tenterait-elle de remplacer l'année ? Drôle de pensée qui me traverse l'esprit. Mais je reste incapable d'en formuler une plus concrète.

Quand le corps lâche, l'âme vagabonde aussi librement qu'un cerf-volant sans attache.

Où voyage donc mon regard immobile ? Les ténèbres gagnent peu à peu du terrain et mes paupières me semblent plomb. Pourquoi résister à la douce étreinte de cet oubli qui me tend les bras ? La nuit est sombre. Tout n'est qu'ombre. Autant l'accepter.

Un picotement tente bien de me harceler, mais je le repousse d'un vague grognement peu convaincant. Ce signe de vie en appelle un autre, pour lequel je conserve une distance qui paraît éternité. La douleur m'étrille un fol instant et je retourne bien vite à mon apathie bienfaitrice.

Et cette gêne qui n'en finit pas de se rappeler à mon bon souvenir ! Si j'en avais la force, je la chasserais bien vite de ma joue humide.

Tout à mon humeur chagrine, je tressaille quand m'apparaît un visage aux traits poupins. Qu'il est beau, à travers ce voile crasseux ! La blondeur de ses boucles m'évoque un champ de blé. La lueur embrasée de ses iris repousse les ombres qui picorent mon esprit et qui dominent le paysage. Il me tend alors la main et je manque de sursauter. Ce seul battement de cœur me replonge dans une douleur que je cherche à fuir, au-delà de toute raison.

— Ne dors pas !

Son ordre impérieux me fait rouvrir les paupières et je relâche bien involontairement une plainte dont il semble n'avoir que faire. Il me tient, me porte au-dessus du néant. Pourquoi me refuse-t-il la paix ?

Par-delà mon rempart, les coups pleuvent. Si réguliers qu'un autre cœur semble battre sur mon tronc. Je crois entendre des cris, des soupirs. Des râles. Et leur intime le silence en m'enfermant de plus belle dans cette vision réconfortante.

Pourtant, malgré ses traits, le garçon lumineux porte en lui une âme si vieille. La gravité de son expression m'apporte l'ultime réconfort.

— Ne me quitte pas des yeux.

Pas besoin de me le dire. Si l'ombre m'est refusée, alors je ne peux que quémander l'ardeur de l'astre clair. Que me veut-il donc ? Je sens mon esprit poindre vers lui, comme une plante attirée par la source de vie. Incroyable, mon bras se lève, et le contact glacé de la vitre sale m'arrache un pauvre gémissement.

Au-dessus de moi, un écho. Et la douleur plus vive. Je la repousse, encore et encore, en unissant le peu de sens qu'il me reste sur ce toucher subtil.

L'enfant roi approche sa paume et la presse à son tour contre le verre, pour faire de sa peau nacrée le linceul de mes doigts gourds. Nos regards se croisent à nouveau et une larme coule le long de ma joue écrasée contre un support inconfortable.

— Vais-je mourir ?

Ces mots volent telles des volutes de fumée tentant de se joindre aux nuages. Et du haut de sa superbe, l'enfant m'encourage d'un sourire triste.

— Pas tant que je serai près de toi.

Une promesse. Et pourtant, j'y crois. Plus qu'à n'importe quelle chose en cet instant. La nuit règne et il est là. Qu'importe la logique, elle ne me serait d'aucune aide.

Avenir et passé se fondent en une harde de regrets. Leurs griffes s'agrippent à ma conscience chancelante, mais perdue dans les traits de ce visage porteur d'espoir, je parviens à les oublier.

Je sens qu'on me bouge. Que ma carcasse crisse, se crispe, s'écoule de carmin, puis cède. Mes yeux suivent ceux de mon ange soleil et rien d'autre n'a d'importance.

— Qu'y a-t-il donc de l'autre côté ?

— Regarde par toi-même, me taquine-t-il.

Servante bien docile, je m'exécute.

Un champ ? Oui. Ou plutôt une mer dorée sur laquelle paressent quelques moutons paisibles. Les observer me pousse vers une étrange sérénité. Et le temps perd définitivement son emprise. Une main se pose sur mes lèvres et je la remarque à peine.

La Lune pleine me cligne de l'œil et je m'étonne que le paysage soit aussi lumineux. Ce soir, la dame des nuits me semble bien vaillante. À moins qu'il ne s'agisse d'un effet de ce drôle d'enfant, dont la silhouette occupe un bel espace sur la vitre qu'il me faudra bien nettoyer à l'occasion.

— Puis-je enfin dormir ?

— Pas encore… Pas encore…

— Vas-tu chanter pour moi ?

Touché par ma quémande, le garçonnet m'adresse une œillade. Et quelques bruits me viennent en tête. Deux sons se confondent.

Celui que capte mon oreille et pour lequel ma conscience fait barrage.

Et au-delà de l'ouïe simple, un vent s'impose peu à peu. Une brise chaude jouée par d'étranges instruments. Tout d'abord les vagues placides, roulant sur le sable brûlant. Puis, le chant des mouettes venu d'un ciel tenu hors de ma vue. Et lui, l'enfant solaire, volant au-dessus de la scène. Son ardeur me titille délicatement les pommettes et le bout du nez, avant de m'arracher enfin un sourire.

— Me prêtes-tu ton corps ?

Étrange question. Y répondre me demande trop d'énergie.

— M'ouvres-tu la porte de ta chair ?

Résister aux songes qui s'avancent me demande tant d'effort…

— Un mot, un seul. Je t'en prie.

Il est temps. De céder. De rompre. De m'abandonner. Un murmure quitte la barrière fébrile de mes lèvres éclatées et je succombe à l'inconscience.

L'éclat vif d'une aube étrangement volontaire m'arrache une plainte, alors que mes paupières collantes se plissent. Avec une lenteur embrumée, mon esprit rassemble quelques bribes de souvenirs avant que je ne remarque l'étrange position de mes doigts. Ma paume repose toujours sur la vitre embuée d'une rosée matinale généreuse.

***

Un feu ronronne dans l'âtre. Un souffle renaît. Le mien. Pourtant, une autre silhouette m'apparaît dans toute son horreur. Méconnaissable, prostrée sur le parquet, au pied de mon lit défait.

Celui qui a violé ma chair, abusé de mon corps vierge, finit d'être consumé par un feu purificateur.

Une seconde et la scène s'illumine. Me suis-je donc autant débattue pour le projeter ainsi vers mon autel ? Victimes de son vice, ses vêtements devaient être imbibés d'alcool. Au contact de la douce flamme de ma bougie, l'embrasement était certain. Mais d'où m'est venue la force de le propulser de la sorte, alors qu'il achevait de souiller mon innocence ?

Machinalement, ma main se porte à mon entrejambe et en ressort rougie de sang séché. Pourtant, nulle horreur, nulle haine ne submerge ma conscience ravivée. Lentement, je me relève et ramasse les héros de ma foi, gisant sur le sol glacé. Une pierre orangée, quelques grains d'encens, un fagot de sauge et un verre de lait en guise d'offrande. Tous survivants de la folie de mon tortionnaire.

Voilà qui est bien étrange. Seul un reste de cire d'abeille témoigne de l'agonie de l'homme qui a voulu salir mon calice le plus sacré. Pourquoi la maison n'a-t-elle pas pris feu ? Quelle volonté divine a-t-elle sauvé mon logis et peut-être ma vie ?

Perdue dans mes incertitudes, un rayon de Soleil traverse alors l'unique fenêtre de la petite pièce et me baigne de toute son ardeur. Les larmes coulent, tel un ruisseau enfin libéré d'un barrage illégitime.

Je m'empare d'un chiffon posé non loin et me rue vers la vitre qui fut mon seul horizon tout au long de cette nuit à nulle autre pareille. Et au risque de la briser, je frotte avec l'énergie de la gratitude le verre terni afin qu'il laisse enfin transparaître le plein sourire d'Hélios, symbole du retour de la lumière, victorieuse de toutes les ténèbres.

Même celles nées du cœur des hommes.

Auteur partenaire : Jocelyne Bacquet

Des individualités qui se réunissent. Un groupe qui voyage. Du vegan, des prières, des passes magiques, des jeux de tarot, des pendules divinatoires dans toutes les poches… et un meurtre !
Odette et son comparse Gianni n'en reviennent pas.
Et une fois de plus, elle va la mener tambour battant, cette enquête, tout en s'occupant de bien d'autres « détails » et en restant attentive à tout et à tout le monde.
Livre policier, dans le plus pur style « cosy murder » à la française, voici un roman chargé d'humour et de drôleries dont Odette a le secret, et qui l'aident pourtant à démêler le sac de nœuds qu'est cette nouvelle enquête corse, aux saveurs de mystères et d'occultisme !

Biographie de Marie-Laurette Fantinel

Fantinel Marie-Laurette (1960). Après une retraite méritée, trois enfants et cinq petits-enfants, les temps de loisir l'invitent à coucher sa plume sur le papier. Atelier d'écriture, atelier de poésie et quelques textes çà et là.

12 ~ *De l'obscur jaillit la source*

De Marie-Laurette Fantinel

Debout à l'heure la plus sombre de la nuit, Isabella et Anatole endossent un fin samue de coton brun qu'elle a tissé de ses propres mains à l'usine où elle travaille. Comme chaque matin, les deux amis chaussent leurs sandales de cuir, lacées jusqu'à mi-mollet, pour rejoindre le mont Sandaï. Alors que les étoiles s'étiolent dans l'obscurité, ils arpentent la forêt de conifères étendue sur trois kilomètres. À l'aide d'un robuste bâton emprunté à la berge, ils traversent la rivière Miou pour suivre le chemin qui monte vers le point culminant.

Au sommet du relief tabulaire, on peut apercevoir l'immensité de la mer. Chemin faisant, un merveilleux soleil pointe déjà le bout de son nez. Il est vrai que l'eau de la rivière était plus mouvementée que d'habitude. Les quelques minutes perdues à se débattre contre les flots ont retardé leur ascension. Pour nos deux amis, cette perte de temps est une véritable déception puisqu'ils viennent chaque matin pour contempler le premier rayon doré de l'éternelle divinité. Désormais, se dépêcher ne servirait plus à rien ; le soleil a déjà bien entamé sa course. Décidément, cette matinée ne sera pas du tout semblable aux autres, car en cours de route, Isabella éprouve la folle envie de s'arrêter pour contempler la luxuriance végétale.

De sa petite main brunie, elle écarte les bambous géants, ouvrant ainsi une fenêtre vers un sentier de rocailles. Elle s'y aventure pour admirer les plantes à papier de riz et les fougères à écailles. Ses petits pas piétinent le gazon de kikuyu dont elle arrache quelques brins pour les porter à sa bouche. Les tribus ancestrales utilisaient ce bienfait comme plantes médicinales. Isabella en a gardé quelques pratiques. Aujourd'hui, tout particulièrement, elle éprouve le besoin de flâner dans ce paradis terrestre, alors qu'Anatole, l'œil empressé, lui demande d'avancer.

– Attends ! se plaint-elle sans se retourner. Si, pour une fois, nous nous arrêtions ici. Je suis fatiguée et le soleil est déjà levé. Ça ne servira à rien de monter là-haut. Il est trop tard ! Demain sera un autre jour. Nous partirons avant que le Dieu Sandaï montre ses ailes rayonnantes.

Anatole est de nature conciliante. Quand Isabella insiste pour se faire entendre raison, il émet rarement une opposition. Alors, comme par habitude, d'une moue accommodante, il n'exprime aucune contradiction. Il s'occupe à couper des brins de résineux qui serviront à réchauffer la chaumière. Puis, il s'assied sur un monticule de bois sec sans s'impatienter. Pendant ce temps, Isabella continue son exploration parmi les plantes ornementales. Dans son élan, elle est attirée par le parfum d'un massif de bégonias géants dont les doubles fleurs forment des corolles de couleur blanche à revers rose fuchsia qui s'étalent sur dix centimètres de diamètre. Elle se baisse pour en sentir la fragrance, puis compose un énorme bouquet, qu'elle entoure péniblement de ses bras tant la masse est volumineuse.

Sitôt, dans une dansante volte-face, elle s'élance vers son ami qui l'attend près de son fagot ficelé. La patience d'Anatole est sans limite. Il la soutient par le coude et l'aide à descendre une marche de pierre ; un vestige du temps passé. Ensuite, un pas devant l'autre, ils reprennent le chemin qui s'incurve vers la rivière. L'eau y est limpide, mais le courant reste anormalement agité. La forêt de conifères s'étale devant eux avec ses grands cèdres aux aiguilles en rosettes, d'un vert bleuté. Une fleur se détache du bouquet. Anatole la ramasse et d'un geste amical, il insère le bouton à peine fleuri dans le diadème qui soutient l'épaisse chevelure noir de jais.

Pour nos deux amis, la journée vient à peine de commencer. À huit heures, Isabella doit se présenter au poste de tissage. Le temps de retourner chez elle pour y déposer les fleurs dans un vase de bambou aux rayures noires, elle s'en va rejoindre ses collègues qui l'attendent dans la joie et la bonne humeur. Avec gaieté, les petites travailleuses jouent des cordes qui entrecroisent les fils que le métier à tisser transforme en un léger tissu de soie.

La meilleure amie d'Isabella, c'est Pakita. Les deux jeunes filles se connaissent depuis leur tendre enfance. Elles ont fréquenté la même école et se retrouvent pour travailler dans la même usine. Pakita est une jeune femme ravissante. Elle est mariée à Rino depuis sept mois. Avec Isabella, elle partage un grand secret.

— Es-tu allée là-haut dans la montagne, ce matin ? souffle-t-elle discrètement à l'oreille de son amie. As-tu prié le Dieu Sandaï ?

— Aujourd'hui, je n'en ai pas eu le courage ! La rivière était très agitée et nous avons perdu beaucoup trop de temps. De toute manière, le soleil était déjà levé. Nous y retournerons demain, je te le promets ! murmure Isabella sans quitter des yeux les fibres qui défilent dans ses mains.

— Pas de soucis ! la rassure Pakita. Il n'y a pas d'urgence. Avec Rino, nous ne sommes pas pressés.

Malgré quelques gloussements qui échappent entre les douces paroles des deux bavardes, le travail effectué est toujours méticuleusement réalisé. La directrice, une dame d'un certain âge, ne réprimande pour ainsi dire jamais. Elle tient au bien-être de ses petites ouvrières et participe activement aux discussions de l'assemblée. C'est pourquoi, afin de préserver la confidence, Pakita s'est montrée discrète en parlant à voix basse. Dans l'ombre de ses pensées, elle se réjouit de retrouver son foyer pour se lover dans les bras de son époux.

Isabella vit avec Lucinda, sa grand-mère, qui pour l'heure est très âgée. La pauvre femme vient de fêter ses quatre-vingts printemps. Anatole les a rejointes quand, dix-huit ans auparavant, l'usine de textile a pris feu, emportant pour l'éternité plusieurs mères, dont celles de nos deux amis. Les deux pères, à l'époque, n'étaient déjà plus de ce monde. C'est ainsi que de nombreux enfants, ayant perdu leurs parents dans le sinistre, se sont vus éparpillés dans différents foyers. Pour Anatole, le chagrin avait engendré un travail de longue haleine. À cinq ans, il est difficile de faire le deuil d'une mère, surtout dans de telles circonstances. Les deux enfants se consolèrent dans une intime amitié. Lucinda était une femme au cœur d'or. Elle devint la grand-mère de deux enfants perdus dans le désespoir. Sa bonté mena ses petits anges vers un bonheur sans fin.

Ce matin, Anatole est parti en camion avec l'équipe de travailleurs. Ce sont eux qui récoltent la ramie dont les fibres textiles serviront à confectionner le tissu et le papier. Après la journée de travail, la petite famille se retrouve devant de délicieux plats constitués essentiellement de riz et de patates douces. La viande étant une denrée rare, Lucinda agrémente son menu de champignons qu'elle trouve dans la forêt, de rutabagas cultivés dans le jardinet et de papayes dont le papayer se trouve planté devant la fenêtre de sa cuisine. Les soirées sont courtes et le travail épuisant endort les membres. Juste un peu de musique termine la journée. Anatole souffle dans les tuyaux de bambou de sa flûte de pan, pendant qu'Isabella pianote du bout des pouces le Kalimba coco. La pauvre grand-mère, quant à elle, repose endormie dans son siège à bascule.

Bien avant l'aube, le lendemain, les deux amis sont déjà en route. Dans un silence que même un grand-duc ne se permet pas de briser, ils allongent le pas pour percevoir l'aurore. La forêt de cèdres s'étale comme une ombre sombre. Déjà, on entend le clapotis de la rivière Miou qui, aujourd'hui, est moins fougueuse que le jour précédent. Un bâton les attend, adossé à un rocher. Péniblement, ils traversent le flux de l'eau sous le regard voilé de la lune. L'eau tiède éclabousse le bas des cuisses. Sur l'autre berge, ils remplissent leurs poches de jolis cailloux arrondis qui jonchent la rive. Puis, allègrement, ils se dirigent vers le mont Sandaï.

Là-haut, s'étend un immense plateau garni d'une multitude de cairns édifiés vers le ciel. Derrière ce chef-d'œuvre monumental, la mer fait danser ses flots entre la nuit et le jour. Plus que jamais, cette douce matinée, Isabella veut qu'elle soit symbolique. Alors, elle sort les galets de sa poche et les monte en pyramide. Sans les faire tomber, elle les élève les uns sur les autres. Elle choisit les formes et le grain de la pierre pour créer une harmonie. Anatole dépose les siens près du monticule. Jamais il n'oserait se risquer à l'élaboration de cet édifice. Isabella en est la seule élaboratrice. Des cairns, elle en a construit des milliers, depuis que sa grand-mère lui a confié le secret des sages, le secret de la fertilité. Les habitants qui la connaissent respectent les œuvres sacrées, autant qu'ils respectent la créatrice. La détermination d'Isabella est sans faille, elle veut perpétuer les gestes héroïques et sera sage-femme comme sa mère, après sa journée de travail à l'usine.

Pendant ce temps, Anatole scrute l'horizon. Dès l'apparition du premier rayon de l'astre sur l'étendue bleutée, il émet les mots magiques :

— Le divin Sandaï est parmi nous.

C'est le signe qui permet à Isabella d'entamer ses prières dont elle seule sait les mystérieuses paroles. Ce rituel, elle s'y adonne pour que ses dévotes soient fertiles. Pour cela, devant l'élévation pyramidale, elle tend les bras vers le ciel, fixe le soleil de ses grands yeux marron et fait vibrer ses lèvres en cantiques ancestrales. Même Anatole, son ami de toujours, n'en connaît ni le langage ni le sens. Seule sa confiance le rattache à sa tendre amie. La célébration dure une dizaine de minutes. Puis fatiguée de cette communion avec son Dieu, elle rejoint Anatole qui l'attend passivement, assis sur une roche. À son côté, elle s'installe, le temps de laisser vaguer son esprit et de se relier à la terre.

Contrairement aux autres jours, Anatole semble soucieux. Isabella connaît bien l'expression torturée de ce regard plongé dans le néant. Afin de partager son tourment, elle pose sa main sur celle de son ami et s'enquiert des raisons qui assombrissent ses pensées.

— Notre divin Sandaï m'inquiète ! Il est pâle. L'éclat de sa couleur a disparu. Ses paillettes dorées ne brillent plus de ses mille feux. Un voile sombre recouvre ses rayons. La rivière est, chaque jour, plus agitée. Notre climat change, Isabella ! C'est inquiétant !

Tout en exprimant ses craintes, Anatole reprend la route vers le village. Il affirme détenir, dans le tiroir de sa commode, un livre qui appartenait à son père, qui le tenait lui-même de son père. Il y avait lu des choses bien étranges. Des changements climatiques avaient traversé le temps ! On y parlait d'inondations, de tsunamis, de rivières déchaînées. Jadis, les ancêtres parlaient avec le soleil ! Le Dieu Sandaï avait prévenu la population d'un énorme désastre. Personne n'y avait attaché la moindre importance. Des centaines de personnes avaient fait les frais de cette insouciance. Le village avait été pratiquement décimé.

Soudain, Anatole écoute la forêt. Selon sa conviction, elle est vide d'oiseaux. Les youyous ont disparu et les kiwis fuient la région. Seuls quelques piaillements traversent les cimes. Sans doute, est-ce un cordonbleu à joues rouges égaré ! Un sentiment de frayeur poignarde son esprit. Il est vrai que la traversée de la rivière Miou se révèle de plus en plus périlleuse. La température de l'eau a chuté de trois degrés depuis le mois précédent, alors que la saison chaude s'annonce. Le courant s'agite considérablement. Désormais, le niveau de l'eau atteint anormalement la hauteur de sa cuisse. Anatole trouve important d'en parler au chef Kalika.

Dans le camion, Anatole n'a pas le cœur à partager les blagues amusantes de ses amis. Ses pensées sont trop dispersées pour rire d'histoires insignifiantes. Alors, au bout d'un instant, il fait part de son inquiétude à ses compagnons. Ceux-ci, plus attirés par les plaisanteries des camarades que par l'intuition prémonitoire d'Anatole, n'y voient absolument rien d'alarmant. Ils se font même des gorges chaudes de son présage. Anatole ne leur en tient aucune rancune, bien qu'il sache que le dénouement pourrait s'avérer grave.

Déconcerté par la situation préoccupante, Anatole en parle au chef Kalika qui, comme les autres, juge les preuves insuffisantes. Pourtant, Anatole a pris soin d'apporter son livre pour que l'assemblée comprenne les phénomènes qui troublent son esprit. Avec insistance, il parle des oiseaux, de la température de l'eau ainsi que de l'agitation anormale de la rivière. Et puis, le soleil ! Leur si beau soleil a perdu de son intensité. Cependant, ni les paroles bien formulées ni la témérité de sa conviction ne suffisent pour convaincre de l'évidence.

— Ne commettons pas les erreurs du passé ! finit-il par conclure pour appuyer ses arguments.

À l'usine, Isabella travaille seule à sa machine. Pendant qu'elle tisse les fibres végétales, ses pensées s'évadent vers son amie Pakita dont le siège est resté vacant. Certains échos font état de problèmes de tension, de vomissements et d'étourdissements. Isabella les rassure. Elle seule sait qu'un bonheur se prépare. Alors, ses doigts agiles comme des ailes de papillons tambourinent le métier à tisser. Elle rêve de cigognes, d'un landau orné d'une blanche dentelle confectionnée de ses douces mains. Au petit matin, elle retournera vers le mont Sandaï, car il est important de préserver l'heureux événement. Comme sa maman le faisait autrefois, elle perpétue la tradition.

Dans la soirée, Isabella joue du Kalimba coco sous le papayer. Anatole s'assied près d'elle. Il tient son livre dans la main, une espèce de grimoire bordé de dorures. Les lettres calligraphiques sont peintes à l'encre de Chine. Les dessins parlent d'un soleil emprisonné dans un voile grisâtre. Plus loin, on y voit un village détruit par de gigantesques vagues. Des corps sans vie flottent sur la colère des flots. Cette nuit, Isabella s'endormira dans la tourmente.

Vers quatre heures, au petit matin, nos deux compagnons s'élancent vers la route sombre. La forêt de conifères est loin derrière. Isabella pose ses orteils dans l'eau tiède de la rivière. Vraisemblablement, elle est plus froide que les jours précédents. Le courant est déchaîné. Isabella s'obstine. Elle doit monter là-haut si elle veut aider son amie. Elle enferme son bâton au creux de sa main, retrousse le fin tissu soyeux de sa robe et tente la traversée.

— Arrête ! gronde Anatole. Ne va pas plus loin ! Le courant pourrait t'emporter. J'irai seul là-haut. Assieds-toi et attends-moi !

Le conseil est judicieux. Anatole est un brave, il connaît tous les dangers. C'est avec courage qu'il traverse seul la rivière et continue le chemin qui s'élève vers le mont Sandaï. L'attente est longue pour la pauvre Isabella qui s'inquiète, non seulement pour son ami, mais aussi pour la nature qui visiblement change en apparence. Les images macabres du livre affluent dans sa mémoire. Les questions se bousculent dans sa tête.

Quel est le démon qui ensorcelle son Dieu Sandaï ? Que va-t-il advenir des pauvres habitants, si la mer se déchaîne ? Et Pakita, pourra-t-elle enfanter sans l'aide de son Dieu ? À côté d'elle, un petit écureuil pointe son museau. Elle approche sa main, il frétille de sa queue en panache. Elle l'appelle, il la regarde. Elle lui sourit, il lui rend un regain d'espoir. Soudain, Anatole réapparaît sur l'autre rive. Il relève sa tunique, se débat avec le courant et la rejoint près du monticule où elle se trouve assise.

– Le soleil Sandaï est prisonnier d'une brume. Il ne brillera pas de ses mille éclats.

Alors, côte à côte, dans un silence funeste, ils retournent chacun vers leur labeur.

Dans le camion, Anatole tente à nouveau de convaincre ses amis. Bien que l'écoute soit plus favorable, les réactions restent néanmoins bien pauvres. À l'usine, Isabella retrouve son amie Pakita qui, le regard blême, ressemble à une morte. Ses cernes en disent long. Isabella voudrait la rassurer, lui dire qu'elle retournera vers le mont Sandaï pour implorer son Dieu. Mais pour Pakita, il est trop tard. Il faudra attendre une nouvelle lune. De toute manière, Isabella sait que la rivière devient infranchissable et elle ne peut lui mentir.

– Parle à Rino ! Dis-lui que l'heure est grave ! Si nous ne tentons rien, nous allons tous mourir. Au mieux, nous serons toutes stériles.

Rino est un garçon très courageux, il travaille dans la menuiserie familiale depuis l'âge de seize ans. Après son travail, il vient rendre une petite visite à Anatole, qui ne peut lui cacher ses inquiétudes face à ses doutes. Tous deux partagent une goutte de rhum papaye, sous le papayer. Avant de le quitter, Rino promet d'ébruiter les risques encourus par les habitants du village, s'ils ne réagissent pas à une alerte aussi explicite.

***

Les jours se poursuivent et un flot de nuages pansus revêt le ciel d'un manteau ébène, embrumant le village d'un épais brouillard. Le chef Kalika, préoccupé par ce brusque changement climatique, organise un rassemblement dans l'urgence. Les membres du comité prennent enfin conscience de l'imminence du danger. Les débats sont ouverts sur les possibilités envisageables afin de faire face à une éventuelle catastrophe. Les idées surgissent, les solutions affluent, les habitants s'organisent. Il faut déplacer le village vers le plateau du mont Sandaï. Pour cela, il est impératif de construire un pont par-dessus la rivière. Dans ce domaine, c'est Rino le plus qualifié. Il décide donc de débuter les travaux sur-le-champ.

La directrice de l'usine de textile propose sa collaboration en confectionnant des toiles solides qui recouvriront les chaumières en cas de pluies diluviennes. Elle vient justement de tester un nouveau produit à base de feuilles de caoutchouc qui se révèle être une matière imperméable d'une qualité exceptionnelle. En ce qui concerne les cairns, ils seront démontés et serviront à la construction de maisons aux murs puissants et robustes. Le mélange de terre d'argile et d'eau constituera un excellent liant pour l'assemblage des pierres. Quelques habitations troglodytes seront creusées dans la roche si la place venait à manquer.

En peu de temps, les habitants se mettent à l'ouvrage. Trois jours suffisent pour l'élaboration d'un pont suffisamment large et élevé, pour permettre l'acheminement des matériaux vers le mont Sandaï. Commence alors le montage des murs. Face au soleil pâli par le voile cendré, hommes, femmes et enfants se démènent pour la construction d'un village susceptible de les mettre à l'abri d'une grave intempérie.

Dès l'apparition de la première lueur matinale, Isabella, consciencieuse de ses convictions, implore son Dieu Sandaï. De ses petites mains fragiles, elle emporte les galets si méticuleusement amoncelés durant des années, pour les rempiler les uns sur les autres devant les murs en construction. Soucieuse de venir en aide à l'humanité, elle lève les mains vers l'astre terni par la brume. Elle regarde les vagues qui ondulent démesurément dans l'intensité saumâtre d'un grand large exalté. Ses lèvres tremblantes vibrent de paroles dont elle seule a le secret.

Pendant ce temps, Anatole et ses amis étalent les mélanges de ciment entre chaque pierre. Après deux heures de maçonnerie, une autre équipe vient les rejoindre. Ainsi, chacun peut retourner au village pour reprendre le boulot. Isabella tisse les bâches et les couvertures avec Pakita, dont le sourire refait surface. Anatole récolte la ramie.

Dans un épais brouillard, les bois de la menuiserie sont acheminés vers le sommet. Les bâches confectionnées à l'usine de textile recouvrent les stères. D'autres serviront de couverture de toitures ou orneront l'unique pièce des maisons nouvellement construites. Une centaine de sacs de farine viennent d'être entassés dans la cuisine collective creusée dans la roche. Un four à pain, pouvant recevoir dix kilos de pâtons en une seule cuisson, a été installé pour assurer la consommation des habitants. Les denrées alimentaires sont acheminées par camions ou sur des chariots conduits par des bêtes de somme. Isabella et ses amies s'occupent de ranger la nourriture dans le garde-manger attenant à la cuisine, à côté de la laverie et loin des toilettes publiques.

Plusieurs puits sont creusés au cœur du mont Sandaï. Les deux cents habitations sont en cours d'achèvement sur le plateau qui ne pourrait en contenir une de plus, tant les emplacements sont étriqués. Une seule pièce par habitation fut la consigne votée par le conseil d'administration, dirigé par le chef Kalika. Une pièce avec un lavabo et l'espace pouvant contenir une table, des chaises dont le nombre correspond au nombre de couchages. Celui-ci détermine la catégorie du logement destiné à chaque famille.

Sous les yeux du chef Kalika, un exode s'organise. Malgré la pluie battante, les villageois intègrent leur domicile. Ils transportent leurs meubles, un baluchon rempli de linge et du nécessaire pour vivre dignement.

L'eau de la rivière Miou devient de plus en plus furieuse, emportant avec elle gravats et débris de conifères. Si elle vient à gonfler de plus d'un mètre, le pont cédera. Le temps est venu de fuir le village.

L'habitation numéro sept est attribuée à Lucinda, Isabella et Anatole. L'annonce du déménagement bouleverse l'esprit de la pauvre Lucinda qui patauge dans la pagaille depuis qu'elle a fêté ses quatre-vingts ans. Sous la pluie qui frappe son visage fatigué, elle crie haut et fort que jamais elle ne quittera sa chaumière. D'ailleurs, elle n'est pas la seule ! D'autres personnes réfractaires ne comprennent pas ce déménagement.

Ce jour-là, Donatella avait rencontré son ami Pablo qui boite depuis l'incendie de l'usine de soie. Il était avec sa cousine. Ces deux-là non plus ne voulaient pas quitter leur logis. Et puis, il y a le cheval et le bœuf. Ils ne laisseront pas leurs animaux sans surveillance.

— Plutôt mourir chez soi que là-haut dans la montagne ! s'obstine-t-elle à hurler.

Pour certains, ce déménagement peut paraître incompréhensible, car jamais auparavant les habitants du village n'avaient vécu une telle situation. Jamais ils n'avaient entendu parler de la pluie. L'eau potable provient de la magie du mont Sandaï, qui est un réservoir sans fond. Depuis des siècles, le Dieu apporte les richesses nécessaires pour que les habitants vivent dans l'opulence.

Les anciens ne veulent pas comprendre, qu'aujourd'hui, le maître divin est pris en otage par un démon redoutable qui l'emprisonne dans sa toile maléfique ; que les implorations d'Isabella ne suffisent pas à calmer la colère de cette misérable créature, enlevant par sa force malfaisante jouissance et fertilité. L'effroi s'est installé sur les villageois, qui craignent la souffrance et la mort. C'est pourquoi Lucinda préfère s'éteindre dans la chaumière où elle a vu le jour. Pourtant, le moment est venu pour Isabella et Anatole de charger les quelques meubles à emporter. Si Lucinda et ses congénères refusent de suivre le groupe, il sera trop tard pour tous.

Un compromis s'impose. L'habitation dix-huit est celle attribuée à Pablo. Elle est étroite : juste la place pour un petit lit, une table, une commode et une chaise. Dans l'urgence, Isabella et Anatole tentent la persuasion. Ils proposent à Lucinda de réorganiser les habitations. Ils emménageront dans la minuscule pièce du numéro dix-huit. Lucinda pourra s'installer avec Pablo et Donatella au numéro sept. Le temps n'étant pas à la discussion, sous la violence d'une pluie déchaînée, Anatole empile les meubles dans la charrette attelée au bœuf.

Isabella endosse son manteau brun de soie de ramie tissée avec un double retors pour en accroître l'épaisseur. Elle aide sa grand-mère à enfiler le sien. Sous une pluie battante, toutes les deux se faufilent sous la bâche qui protège les meubles. Pablo et Donatella ont déjà embarqué dans un camion. Péniblement, le convoi se met en route. Le chemin est boueux et les rouages forment de larges sillons sur la terre battue. Pendant un court instant, la forêt de conifères les protège des rafales venteuses, bien que les fortes pluies semblent avoir cessé de lancer leurs glaives. Bientôt, le tumulte reprend.

Des bruits de moteur ainsi que des mugissements se profilent au loin. L'allure ralentit. Des cris surgissent, ils viennent de la rivière. Quelqu'un hurle que les attelages glissent sur les lattes de bois ruisselantes. Anatole, les cheveux en pagaille, demande à Isabella de tenir les rênes, le temps pour lui d'aller voir plus loin ce qu'il s'y passe. Dans le noir absolu, il disparaît. On entend la voix des hommes et celle d'Anatole qui revient déjà. Le convoi redémarre sur le sol glissant. Devant eux, les pneus patinent et s'embourbent dans la gadoue. Anatole reprend les rênes à côté d'Isabella, qu'on aperçoit à peine sous sa capuche de soie. La charrette avance de quelques mètres. La rivière est proche. Le bruit est assourdissant. Les sabots claquent sur les lattes de Moso Bambou.

Soudain, sous la violence du vent, une planche se détache. L'animal fait un pas en arrière. Il semble terrorisé. La charrette a glissé de travers. Énergiquement, Anatole tend les rênes à Isabella et plante ses sandales sur les planches de bois glissantes. Il attrape le bridon de l'animal et lui caresse la tête. Malgré la violence du vent, il glisse tendrement quelques mots à l'oreille de la bête apeurée. L'animal avance. Lorsque le chargement atteint l'autre rive, Anatole fait un signe à Isabella qui comprend très vite qu'il est préférable qu'elle continue seule le chemin. Anatole a choisi de rester pour aider le reste du convoi à franchir la rivière.

Lorsque l'attelage d'Isabella arrive sur le plateau, la plupart des habitants sont déjà installés dans leur maisonnette. Une délicieuse senteur de bon pain fraîchement sorti du four embaume l'air. En face de l'habitation numéro sept, elle tire sur les rênes et le bœuf frêne sa course. Elle aide Lucinda à descendre, puis ouvre la porte de la nouvelle demeure. Pablo est couché par terre et Donatella est assise à côté de lui. Un voisin vient d'arriver pour aider à installer la literie. Malgré la bâche protectrice, les meubles sont légèrement humides. Par contre, les murs de la maison sont absolument secs. Comme par magie, il y fait même très chaud.

Une fois les meubles installés, Isabella déplie les couvertures de soie confectionnées à l'usine. Une semaine au préalable, elle avait pris soin de les empiler dans la maison pour les conserver à l'abri de la pluie. Une literie bien sèche est un réconfort après une échappée aussi rude. Pablo est installé sur le couchage pendant que Lucinda et Donatella rangent les affaires personnelles dans la commode. Isabella délaisse un instant son petit monde pour passer par la boulangerie. Une équipe distribue du bon pain. Elle demande deux épis ; un qu'elle gardera pour elle et Anatole, un autre qu'elle apporte à sa grand-mère. Avant de sortir, l'épicier lui offre deux carafes d'eau fraîche.

La pluie tombe à verse. Il est deux heures de l'après-midi, on se croirait en pleine nuit. Le cœur rempli de courage, elle reprend son attelage jusqu'à l'habitation dix-huit. La minuscule façade se trouve être en face d'une mer en furie. Lorsqu'elle entre dans la pièce chaude, une petite flamme scintille dans la pénombre. Anatole est assis dans un coin. Il tremble de froid malgré la chaleur environnante. Isabella étend les épaisses couvertures sur le sol et l'aide à enlever sa tunique détrempée. Ce torse musclé, elle ne l'avait jamais aperçu de si près. Elle aurait voulu le toucher, mais la pudeur la retient. Elle lui tend alors une fine toile de soie décorée d'hibiscus roses et d'heliconias, avec laquelle Anatole enveloppe ses épaules. Le pain encore chaud parfume la pièce de son arôme de croûte brûlée. L'eau fraîche se boit dans la cruche. Tendrement, le récipient passe d'une main à l'autre et d'une bouche à l'autre. Tout est délicieux dans la chaleur de la soirée. Tous deux s'endorment dos contre ventre, en fusil d'épaule.

Anatole n'a jamais senti une peau aussi douce. Sans la caresser, il devine sa délicatesse. Jamais le sol ne lui a paru aussi moelleux. Soudain, après une heure de sieste, il se réveille. Il se souvient que les meubles sont restés à l'extérieur. Alors, d'un bond, il se lève, enfile sa tunique humide. Dans la pluie battante, il vide la charrette de son chargement. Sans perturber le sommeil profond d'Isabella, il pose le lit dans un coin, puis parvient péniblement à insérer la table dans le peu d'espace restant. Les deux chaises s'encastrent fort heureusement entre les pieds de la table.

Isabella dort toujours à poings fermés. Sans enlever son manteau, Anatole s'agenouille devant elle. Même le fracas de la pluie sur la pierre ne peut troubler l'imbroglio de ses pensées. Les longues boucles noires chiffonnent l'étoffe soyeuse. La peau dorée est si gracieuse, il voudrait l'effleurer. Curieusement, il n'avait jamais remarqué une tache, cachée sous l'échancrure du samue orné de parures d'oiseaux exotiques. L'envie de serrer la jeune fille très fort frôle ses désirs. Mais une farouche résistance l'oblige à sortir prendre l'air.

Le soleil aurait pu être au rendez-vous, si ce satané filet noir de brume ne l'empêchait pas de pointer la moindre clarté. Depuis le bord du plateau élevé de plus de quatre cents mètres, il observe les flots qui se débattent contre la tempête. Il est fort probable que le niveau de la mer ait déjà atteint la moitié de la falaise, ce qui laisse à penser que le village, tout en bas, est complètement immergé. La pluie coule sur sa tunique aussi chaude que l'est son propre sang. Il n'a ni peur ni froid. Ses pensées sont tournées vers Isabella qui dort paisiblement dans la maisonnette. Peut-être est-ce parce qu'elle est si proche derrière lui, qu'une forte chaleur embaume son esprit ? Car à l'instant même où il se retourne pour revenir sur ses pas, une main effleure son épaule.

Sous la capuche détrempée, de grands yeux marron observent le tumulte de la mer. Le Dieu Sandaï brille par son absence. Alors, Isabella se baisse pour ramasser les derniers cailloux éparpillés dans la boue. En château de cartes, elle les empile les uns sur les autres. Comme si ce jour eût été une célébration de baptême, elle offre son corps au ciel détraqué. Son manteau retombe sur ses épaules. Une simple chemise de soie blanche couvre sa poitrine jusqu'à la pointe de ses orteils. Ses longues boucles ruissellent le long de sa nuque. Ses lèvres vibrent au son de mélopées incompréhensibles. Puis imperturbable, sa voix s'élève en prière qu'Anatole peut enfin saisir.

– Ô Dieu Sandaï ! Délivre-toi de tes chaînes ! Ramène-nous ta lumière ! Prends pitié de ton peuple !

Soudain, derrière elle, des dizaines de voix s'élèvent dans l'obscure turbulence. Toutes entonnent la même prière. La pluie frappe ses picots qui rebondissent sur les visages tournés vers les sources lumineuses. Des étincelles surgissent dans la pénombre. Les éclairs grondent de bruits fracassants, tels des canons qui sonnent le glas. Mais le peuple exalté n'entend plus les cris du ciel en colère. Les cantiques gonflent l'air d'implorations mélodieuses et les chutes d'eau semblent s'apaiser. Devant la mer, les habitants se sont rassemblés. L'eau ruisselle sous leurs pieds.

– Le repas est prêt ! chantonne une personne à l'arrière.

La cantine est ouverte. En dépit de la peur qui terrasse tous les cœurs, les cuisiniers ont préparé un riz aux légumes, assaisonné de curry et d'épices. Le pain frais est découpé et posé sur les assiettes. À tour de rôle, chacun se sert et prend place autour des longues tables. Anatole parle avec Rino. Pakita s'amuse avec Isabella, pendant que Lucinda s'occupe de Pablo avec Donatella, qui a invité le chef Kalika à sa table.

À la fin du repas, celui-ci lève son verre de vin de papaye pour entamer un discours.

— Chers compagnons, jusqu'à présent, nous avons frôlé la catastrophe. Si nous sommes sains et saufs, c'est grâce à deux héros que je tiens tout particulièrement à remercier. C'est pourquoi je vous demande de lever vos verres à la santé d'Anatole et d'Isabella qui nous ont prévenus du danger.

Bien que les deux jeunes gens se sentent mal à l'aise, ils se lèvent pour se laisser applaudir.

— Pour les remercier de leurs bonnes intentions, continue-t-il avec enchantement, c'est avec plaisir que le comité et moi-même avons décidé de baptiser notre nouveau village, « la cité Anabella ».

Cette fois, Anatole et Isabella sont au comble de leur joie. Un honneur aussi grandiose, ils n'y auraient jamais songé. Les baisers et les accolades surgissent de part et d'autre. Lucinda est très fière de sa petite-fille ainsi que d'Anatole qu'elle a toujours considéré comme son propre petit-fils.

Cependant, chacun sait que malgré la soirée festive, le danger subsiste. Pour beaucoup, cette nuit se déroulera encore dans la tourmente.

Dans la petite chambre, Isabella prépare le lit. Anatole dormira sur un matelas de fortune posé sur le sol, presque sous la table.

Tôt, avant l'aube, Isabella affronte la pluie pour descendre en direction de la rivière. Dans le noir, elle n'a jamais eu peur. Elle ne marche pas plus de six cents pas que déjà une gigantesque étendue d'eau boueuse s'affiche devant elle. La force du courant a déraciné les arbres. Ses pieds s'enfoncent dans la vase. Malgré le déséquilibre qui l'emporte vers l'avant, elle se baisse pour remplir ses poches de cailloux calibrés et bien choisis. Puis, elle se retourne pour remonter vers le village. Anatole est là devant elle, il la regarde.

— Tu prends des risques Isabella ! Tu ne devrais pas approcher la rivière de si près !

L'ébauche d'un sourire pardonne toutes les imprudences. Alors, Anatole se baisse pour remplir ses poches de cailloux. Main dans la main, ils se dirigent vers le cairn commencé la veille et les quatre mains s'assemblent pour monter les cailloux en cône. Une minuscule lueur intense, telle une étoile perdue, semble jaillir des ténèbres. Serait-ce un mirage ? Isabella commence sa méditation. La pluie s'apaise, sans pour autant s'arrêter. Le ciel s'éclaircit derrière la brume. On pourrait presque y apercevoir quelques rayons de soleil se débattre, pour percer la muraille grisâtre. La mer est encore montée de moitié. Cinq mètres les séparent des vagues qui frappent violemment contre la roche. L'air sent bon la croûte de pain doré.

Dans l'après-midi, Isabella va aider en cuisine. Pakita est déjà au fourneau. Aujourd'hui, on épluche les patates douces qui germent dans le garde-manger. Les rutabagas sont encore intacts. On les garde pour les prochains jours. Il est important d'économiser la nourriture. Quelques poules ont été conservées dans le sel. Heureusement, elles ont été déplumées et vidées de leurs entrailles. Sans quoi, nos deux amies n'en auraient pas assuré la cuisson. Dans le four à pain, les créatures frémissent, couvertes de lauriers et de piments. Ce soir sera un festin de roi ! Nul ne connaît l'issue du destin.

Au petit matin, la pluie s'écoule toujours insoumise. Sans se laisser déconcerter par l'animosité céleste, Isabella laisse retomber sa capuche de soie sur ses épaules et rend hommage à son Dieu suprême. Le cairn atteint plus de deux mètres. Pakita, Rino et quelques amis ont participé à la récolte des cailloux. Ensemble, ils tendent les bras vers le large. Les cantiques s'élèvent et implorent la divinité céleste de déployer ses ailes aux paillettes d'or. Elles supplient le soleil d'apporter la précieuse lumière sur la cité d'Anabella.

Dans la nuit sombre, une lueur brille de plus en plus intensément, alors que les vagues éclaboussent presque leurs pieds. Tous lèvent les bras vers le ciel, espérant que la pluie cesse de tomber. Manifestement, les supplications demeurent insuffisantes puisque les gouttes perlent sur les visages plongés dans la désolation. Ce soir, Pakita et Isabella seront assignées à la corvée de vaisselle. Les poissons séchés seront sortis du sel et les rutabagas accompagneront le délicieux repas.

Dans la cuisine, le petit monde s'active pour que le service soit impeccable. Les tables sont entourées de gens affamés. Pablo semble mieux se porter. Lucinda sait y faire avec ses amis ; elle les encourage, elle les dorlote. Le chef Kalika courtise la directrice de l'usine de soie pendant que Rino verse un verre de vin de papaye à Anatole. Soudain, alors qu'un brouhaha incessant résonne dans la pièce, les couverts s'abstiennent de percuter les assiettes. Chacun tend l'oreille. Dans un silence absolu, tous se dirigent vers la porte qui s'ouvre sur un ciel azur-obscur. Le miracle vient de se produire ! Dans la pénombre, la pluie s'est arrêtée.

Les chants mélodieux remplissent le ciel. Les flûtes de pan entament des airs lyriques pendant que les petits pouces d'Isabella caressent les cordes du Kalimba coco. Les folles farandoles entraînent parents et enfants dans les rondes autour des maisons de cailloux aux formes harmonieuses et parfaitement équilibrées. Le rhum de papaye coule à flots. La soirée s'achève sous les étincelles d'un ciel étoilé. Dans les habitations, une chaleur fougueuse réchauffe les foyers. Ce soir, chacun aura bon aller se coucher.

Au petit matin, juste avant l'aurore, Isabella observe l'obscurité. Aujourd'hui, des cailloux, elle n'en ramassera pas. Les bras levés vers le ciel sombre, elle supplie son Dieu Sandaï de briller de ses mille feux sacrés. Comme au temps jadis, Anatole est à côté d'elle. Pourtant, ce temps jadis, est bien loin derrière, presque à des années-lumière ; à jamais oublié de tous pour ne plus y penser. Aujourd'hui est un jour nouveau. Le jour de la renaissance et tous ceux qui entourent Isabella en sont conscients. C'est pourquoi les lèvres vibrent de prières que, désormais, chacun connaît pour les avoir entendues réciter.

L'heure approche. Anatole et tous les autres sont à ses côtés pour observer l'apparition de l'astre tant convoité. Soudain, dans la pénombre chaleureuse, une lueur grandissante commence à poindre à l'horizon. Ce moment, Anatole le redoute, le cœur battant. Les yeux illuminés de brillantes pépites, tout en silence, il implore le soleil de poursuivre sa course. Puis, émerveillé par tant de jouissance, il murmure :

– Le divin Sandaï est revenu parmi nous.

Un silence s'installe, entrecoupé de clameurs sonores. Le jour se lève sur une mer calme. Alors, tous se mettent à chanter dans un bonheur intense. Une chaîne humaine trace un rideau devant l'infinie beauté.

Pakita donne la main à Isabella. Elle lui glisse quelques mots à l'oreille.

— Je crois bien que le Dieu Sandaï a parlé à mon ventre !

Les regards se croisent. Les douces lèvres d'Isabella approchent la joue de son amie.

— Je pense qu'il a parlé au mien aussi !

Un joyeux sourire unit les deux jeunes femmes. La source du bonheur est à leurs pieds !

Biographie de Léa Mao

Léa Mao est une normande expatriée au Canada. Passionnée par le monde du livre, elle aime écrire, notamment des histoires fantastiques. Quand elle n'est pas dehors à vadrouiller dans la nature, elle passe des heures à lire des romans fantastiques, des romances historiques, des livres ésotériques... qui se déroulent aux quatre coins du monde.

13 ~ La sorcière de l'hiver

De Léa Mao

17 décembre

La route avait gelé et les premiers flocons de neige commençaient à tomber. Le vieux break de Luna était plein. Elle n'aimait pas la foule et allait faire ses courses une fois par mois. Celui de décembre s'avérait plus difficile que les autres. Trop de personnes venaient simplement flâner dans les magasins, un concept que Luna ne parvenait pas à comprendre. En cette saison, la ville devenait splendide, illuminée par toutes les décorations de Noël.

Luna vivait seule, dans une petite maison isolée en campagne. Une immense forêt entourait sa propriété, ses premiers voisins se trouvaient à plusieurs kilomètres. Une fois sortie de la ville, avec les températures fraîches et les rafales de vent de la campagne, elle ne croisait plus personne.

Elle soupira ; le Soleil débutait sa descente, elle arriverait de nuit chez elle et avait encore tant à faire. Lors de sa sortie mensuelle, elle achetait des provisions pour elle, mais également de la nourriture pour ses animaux. Le feu de sa cheminée serait éteint et sa maison glaciale.

Elle plissa les yeux et évita de justesse un individu étrange qui marchait au bord de la route et qui semblait aussi surpris qu'elle de la croiser. Il portait une étrange tunique verte et des collants sombres, une tenue inappropriée pour l'hiver. Le prochain village se situait encore à plusieurs kilomètres. Elle fit demi-tour et ralentit. Elle n'avait jamais pris un inconnu en stop, mais se sentirait coupable si un homme était porté disparu le lendemain. D'autant plus qu'elle pariait qu'il trouverait sa maison en premier, une fois qu'il aurait besoin d'aide.

Elle se pencha et ouvrit manuellement la fenêtre côté passager. L'inconnu afficha de grands yeux surpris. Luna se demanda un instant si son expression avait un rapport avec sa tenue : elle portait un vieux pull en tricot qui sentait le bois de cheminée, un jean sale, et encore il n'avait pas vue sur ses bottes cavalières abîmées par les années. Puis elle grimaça ; il était trempé, ses longs cheveux châtains lui collaient au visage, laissant apparaître ses oreilles pointues. Il appartenait aux marginaux ; il ne pouvait juger son style vestimentaire, d'autres préoccupations plus importantes le tenaillaient.

— Voulez-vous que je vous dépose quelque part ?

Il hocha la tête et prit place à côté d'elle.

— Vous allez où ? demanda-t-elle.

Il inspecta le véhicule du regard.

— Un peu plus loin, merci.

Luna reprit la route. Il semblait fasciné par elle.

— Comment t'appelles-tu ?

— Luna et toi ?

— Martin.

Il prononçait son nom comme les anglophones.

— Qu'est-ce que tu fais dans la vie, Luna ?

— Je suis graphiste publicitaire. Je conçois des affiches publicitaires pour des marques. Et toi ?

Elle travaillait à distance et cela lui convenait parfaitement, elle ne se déplaçait presque jamais chez ses clients. Moins elle côtoyait de gens, mieux elle se portait.

— Je suis cueilleur.

Luna ne put s'empêcher de jeter à coup d'œil à l'homme. Elle entendait parler d'un métier pareil pour la première fois. Elle croisait parfois, dans la forêt, en automne, des cueilleurs de champignons, mais des cueilleurs professionnels, elle ne savait pas que cela existait.

Cet individu en marge de la société lui rappelait des patients de l'hôpital psychiatrique. Petite, elle y avait séjourné sur demande de ses parents. Elle avait vécu une enfance difficile, avec nombre de traumatismes, mais elle ne dirait pas que l'hôpital l'avait aidée. Elle y avait fait la connaissance d'une infirmière, avec qui elle s'était liée d'amitié et avait gardé contact. Elle constituait la seule personne stable dans sa vie. Dans ce milieu, elle avait rencontré du monde ; à Noël, tous les patients prenaient le repas ensemble. Lors de ces instants, une femme d'un certain âge racontait toujours de drôles d'histoires, qu'un bonhomme sur le bout de son nez lui chuchotait. Luna et les autres enfants passaient la soirée à l'écouter et à lui poser des questions, car le petit être leur répondait à travers la vieille dame.

En examinant son passager, Luna sut qu'il ne s'était pas enfui d'un hôpital psychiatrique. De toute manière, elle n'aurait pas pu le lui reprocher. Le centre le plus proche se trouvait à une centaine de kilomètres ; les patients qui s'enfuyaient sortaient souvent en pyjama.

– C'est la première fois que je te vois. Tu travailles dans le coin ?

– Non, lui répondit-il, généralement je vis et travaille plus profondément dans la forêt, mais j'ai un ami qui a des ennuis par ici.

Il attrapa les plantes séchées accrochées au rétroviseur et les huma.

– Pourquoi tu accroches du basilic dans ta voiture ?

Luna lui décocha un regard noir, elle n'aimait pas qu'on se mêle de ses affaires ; à chaque fois que quelqu'un mettait le nez dans sa vie, cela finissait mal pour elle. Elle se détendit ; il n'avait pas l'air de la juger, et n'avait émis aucun commentaire sur l'état de saleté de sa voiture, ce que le peu de personnes qu'elle avait accepté de transporter ne s'était pas gêné de faire.

– J'utilise des plantes pour cuisiner, me soigner, laver ma maison…

Il hocha la tête.

– Tu t'y connais bien en plantes médicinales ?

– Ouais, répondit Luna, hésitante.

Depuis enfant, elle était passionnée par la nature ; elle connaissait le nom de tous les végétaux entourant sa maison et en cultivait beaucoup.

– Mon ami a besoin de soins, il a une plaie qui ne cicatrise pas, est-ce que tu pourrais nous aider ?

Luna haussa les sourcils, personne ne lui avait jamais proposé une telle chose. Il fallait dire qu'elle n'assistait plus les gens depuis un moment. Les habitants du village, à des dizaines de kilomètres de son refuge, l'appelaient « La sorcière ». Son frère avait entendu des histoires sur elle, qui auraient effrayé les enfants. Elle avait secouru, une fois, une dame qui souffrait de maux de ventre, en lui donnant de la mélisse. Cette dame avait contracté une réaction allergique, à la mélisse ou à autre chose, Luna ne saura jamais, et était allée raconter à qui voulait l'entendre dans le village que la jeune fille aux cheveux noirs, qui vivait dans les bois, avait essayé de l'empoisonner.

— Est-ce que ton ami est allé à l'hôpital ?

Il la fixa avec de grands yeux.

— Il ne peut pas aller à l'hôpital, il est… différent.

— Tout le monde peut se faire soigner, même différent, et si ton ami est recherché par la justice, je ne peux rien faire pour toi.

— Oh non, ce n'est pas ça, il est différent, il n'est pas de la même espèce.

Luna observa son passager d'un œil curieux. Appeler des animaux « ses amis » ne l'étonnait pas, elle avait appris à ses dépens que ce n'était cependant pas un terme que l'on prononçait avec sérieux.

— Un vétérinaire ?

— Il ne préfère pas.

— Qu'est-ce qu'il a ?

— Il s'est battu avec l'un de ses congénères et il a une grosse plaie sur son aile. Il ne peut pas la bouger, il ressent des douleurs jusque dans l'épaule.

Emmener son oiseau chez le vétérinaire aurait été plus simple, mais elle savait d'expérience que ce n'était financièrement pas toujours facile de payer les frais. De plus, pour certains médecins spécialisés, le sort d'animaux sauvages leur importait peu.

— Je te prépare quelque chose ce soir si tu veux.

Les animaux avaient toujours été amicaux avec elle, contrairement aux humains. Martin la remercia et lui indiqua un recoin de forêt où il souhaitait être déposé. Ce n'était plus très loin de chez elle ; elle chevauchait souvent dans les bois, aucune autre demeure ne se trouvait dans les environs.

– Merci beaucoup, lui dit-il.

– C'est quoi comme oiseau ?

Elle devait savoir quelle quantité préparer.

– C'est un gros oiseau, comme tu dis, je dirais une tonne.

Luna lui sourit pour la forme ; elle ne trouvait pas cela vraiment drôle. Elle en réalisera un peu plus et il avisera.

– Tu peux passer demain matin pour récupérer de quoi soigner ton ami. Je n'habite pas très loin d'ici. Attends au bord de la route et ne t'approche pas de la maison.

Il la remercia d'un sourire soulagé et s'enfonça à pied dans la forêt. Il paraissait vraiment étrange, mais elle avait arrêté de juger ce genre d'individus. Les personnes « normales » lui faisaient davantage peur ; elles lui avaient compliqué la vie.

Elle gara sa voiture devant les écuries. Il faisait vraiment froid ; elle attrapa une veste supplémentaire à l'intérieur. Max lui sauta dans les bras. Max, un doberman de cinq ans qu'elle avait adopté trois ans auparavant. Ses anciens propriétaires lui avaient coupé les oreilles, pratique interdite, et cela s'était infecté. Il avait ensuite été abandonné, les vétérinaires avaient fait leur possible pour sauver ses oreilles gangrenées. Il arborait donc une tête unique. Ses réactions agressives envers les Hommes laissaient penser qu'il avait été maltraité durant ses deux premières années de vie.

Luna embrassa son chien et meilleur ami. Elle s'était promis de le protéger du monde cruel des humains qui les avait traumatisés, et lui, de protéger leur foyer des visiteurs malveillants. Habituellement, les poules venaient l'accueillir, mais il faisait trop sombre et elles s'étaient déjà réfugiées dans la grange. Elle vida sa voiture, puis rentra ses trois chevaux dans les écuries. Elle possédait un vieux cheval de course, Lamiral, une jument nommée Davina, destinée à l'abattoir, et un cheval qu'un voisin avait laissé dépérir et que Luna avait pu racheter, renommé Nuage en référence à sa couleur.

Elle entra ensuite dans sa maison, brancha ses guirlandes et son sapin de Noël, puis entreprit d'allumer sa cheminée. Ses trois chats noirs s'approchèrent : Noire, Black et Schwarz. Luna soupçonnait des voisins d'avoir abandonné ces pauvres chatons devant chez elle.

Dans son entrée, elle déposa une offrande pour que l'âme de la demeure la protège des individus malintentionnés. Elle s'était toujours sentie bien dans cette habitation chaleureuse et croyait en la puissance des esprits.

18 décembre

Son frère gara sa camionnette de travail devant chez elle. Couvreur, Lucas passait tous les lundis matin prendre un café avec sa sœur sur son temps de pause.

— Qu'est-ce que c'est ? demanda-t-il en s'installant autour de la table.

Le petit paquet en tissu contenait de quoi soigner l'ami de Martin.

— Des herbes médicinales pour quelqu'un.

— Fais attention, Luna, tout le monde ne voit pas d'un bon œil tes potions magiques.

Elle soupira en versant le liquide chaud dans la tasse de son frère. Lucas ne lui ressemblait pas. Ses longs cheveux noirs lui arrivaient sous le bassin, et son frère avait de courtes mèches rousses ; il arborait des yeux bleus, elle des yeux noisette.

Au sein du village, aucune âme ne s'intéressait à la vie de Lucas, ce qui lui convenait ; il ne souhaitait pas parler de son enfance, et avec toutes les histoires qu'il entendait sur sa sœur, il devinait que les habitants ne se doutaient pas qu'il appartenait à la même famille.

— Il n'y a rien de magique là-dedans.

Max avait la tête posée sur les genoux de Lucas. Le doberman ne laissait personne entrer, en dehors de lui et sa femme. Le couvreur savait sa sœur en sécurité avec cet animal et ne s'inquiétait pas outre mesure qu'elle vive isolée. Il avait acheté une maison dans un quartier résidentiel, mais comprenait que Luna aime résider loin des Hommes.

Soudain, le chien se releva et partit en aboyant vers le portail.

— Ton visiteur doit être arrivé.

Luna saisit le paquet sur la table et traversa la cour.

Max paraissait étonnamment calme. Martin n'osait pas pour autant entrer, mais il s'était placé à la hauteur du chien et lui parlait dans une langue que Luna ne connaissait pas. Le visiteur la salua ; il était habillé de la même manière que la veille, Luna se demanda s'il n'avait pas froid. *Ça ne me regarde pas,* songea-t-elle.

Elle lui expliqua ce que son ami devait consommer, avec la quantité précise par gramme, et ce qu'il devait appliquer sur la plaie.

De son côté, Lucas ne distinguait personne par la fenêtre, sa sœur se trouvait seule devant le portail. Il s'inquiétait souvent pour elle. Les gens pouvaient être méchants. Luna, avec sa vie non conformiste, n'échappait guère aux commérages. Celle-ci se tourna vers lui et, à cet instant, il aperçut l'individu. Soulagé que sa sœur ne discute pas avec des créatures invisibles, il le salua poliment de la tête.

L'invité de sa sœur n'était pas très grand, même plutôt petit. De la hauteur de Luna, qui devait à peine atteindre le mètre soixante, il avait une allure étrange, mais un individu lambda ne viendrait pas sonner à la porte de la « sorcière empoisonneuse et de son monstrueux chien » pensa-t-il, pour reprendre les termes qu'il avait entendus quelques semaines plus tôt au village.

Sa sœur revint plusieurs minutes plus tard, Max trottinant derrière elle. Ce chien la suivait comme son ombre.

— C'est pour lui, les herbes ? demanda Lucas

— Non, répondit Luna en sirotant son café fumant. C'est pour un animal blessé qu'il soigne. Je préfère, tu sais que je ne fais plus rien pour les humains.

— Je ne l'avais jamais vu.

— Moi non plus, vous venez toujours à la maison le vingt-et-un ?

Lucas acquiesça. Ils fêtaient Yule tous les ans chez sa sœur et elle venait chez lui pour la fête de Noël, entourée de la famille de sa femme.

— Marion fera une bûche à l'orange.

Luna le remercia. Marion, la femme de Lucas, était la fille d'une des familles d'accueil dans laquelle ils avaient été placés durant leur adolescence. Marion considérait Luna comme sa petite sœur étrange, bien que Luna fût l'aînée.

20 décembre

Max se mit à aboyer ; Luna posa son casque sur la table du salon à côté de son ordinateur, souleva Black de ses genoux et se dirigea vers la porte d'entrée. Elle attrapa son chien par le collier avant de l'entrouvrir. Martin se tenait devant. Il n'avait pas tenu compte de son avertissement, mais Max semblait accepter le visiteur.

– Tu as de la chance, lui dit Luna. Max n'aime pas grand monde.

Il lui sourit.

– J'ai encore besoin d'aide pour mon ami.

– Ça n'a pas aidé à la cicatrisation ?

– Je pense que la quantité était trop juste.

Luna se demanda de quel oiseau il s'agissait, car elle lui avait donné suffisamment d'herbes pour une belle poule. Elle l'invita à entrer et nota l'heure, afin de reprendre son travail dans la soirée.

– Tu veux combien de grammes ? Tu aurais dû l'emmener directement.

– Je ne peux pas le déplacer, est-ce que tu pourrais venir le voir ?

– Il est loin d'ici ?

– Il est à une heure à cheval.

Luna leva un sourcil, elle ne lui avait pas proposé d'y aller à cheval, mais ne répondit pas. Elle entreposa les herbes nécessaires dans son sac et enfila son manteau.

Max sur les talons, elle invita Martin à la suivre dans les écuries. Elle n'était pas convaincue qu'il puisse monter l'un de ses chevaux.

– Je monte à cru habituellement, lui dit-elle.

Ses chevaux avaient vécu des traumatismes ; elle avait réussi à établir un lien de confiance avec eux et à les monter sans selle et sans mords. Ils obéissaient à sa voix.

– Moi aussi.

Luna se hissa sur le dos de son immense cheval Lamiral et observa Martin qui s'approchait des deux autres. Elle le voyait communiquer avec eux, mais ne l'entendit pas. Davina le laissa se hisser sur son dos. Luna décida de faire confiance à cet étranger ; après tout il avait convaincu Max et les chevaux.

Elle ouvrit le portail qui donnait sur les bois et suivit Martin au trot. Nuage les imita librement à côté et Max avançait déjà devant. Il montait très bien et guidait Davina avec souplesse sans mouvements visibles. Luna avait entendu parler des personnes pouvant « murmurer » à l'oreille des chevaux ; elle se demanda si Martin faisait partie de ceux-là.

Ils chevauchèrent une heure, comme il l'avait estimé, en s'enfonçant dans la forêt, avant d'atteindre un coin marécageux de la forêt.

— Tu ne dois pas avoir peur de lui, la prévint Martin

— Je n'ai pas peur des animaux, uniquement des Hommes.

Il semblait satisfait de sa réponse. Martin descendit de cheval. Luna ne bougea pas, en sécurité et au sec sur les épaules de Lamiral. Les pieds dans la boue froide, Martin s'agenouilla, murmura des paroles incompréhensibles et une tête sombre sortit de l'amas de fange devant eux. Elle sentit le corps de Lamiral se tendre. Martin se retourna et posa une main sur l'encolure du cheval qui se détendit instantanément. Luna rigola intérieurement. *Si les gens voyaient ça… Martin hériterait d'un surnom encore pire que le mien !*

Son regard se fixa sur le gros crâne qui émergeait du marécage. Elle reconnut un lézard noir géant. Un dragon !

— Ça va ? lui demanda Martin.

Luna acquiesça par automatisme.

— Il peut sortir complètement ?

Elle hocha de nouveau le menton. Max, qu'elle n'avait pas vu revenir, se trouvait à côté d'elle, son court poil hérissé sur sa nuque, les babines tremblantes.

L'animal sortit lentement de sa cachette. Il faisait deux fois la taille de Lamiral. Max se mit à grogner.

– C'est un ami, Max, doucement, lui dit Luna sans le regarder.

L'immense reptile possédait en effet une aile blessée.

– Ça va ? lui demanda une nouvelle fois Martin.

Luna scrutait l'immense dragon noir. Elle avait arpenté un nombre incalculable de fois la forêt et n'avait jamais aperçu cet animal. Elle avait toujours été persuadée que les dragons appartenaient aux contes.

– Qu'est-ce que c'est ?

– Un dragon. Tu es la première humaine à en voir un depuis des siècles.

– Tu le vois toi.

– Je ne suis pas de ton espèce.

Luna ressentit de la peur, elle ne pouvait admettre qu'elle admirait un dragon, là, devant elle. Elle se contrôla en se rappelant ce que les gens apeurés déclenchaient sans le vouloir. Elle s'était promis d'éprouver de l'empathie envers les êtres marginaux, cela comprenait actuellement un dragon. Elle avait souffert de sa différence et devait rester ouverte aux individus éloignés de ses croyances. Elle l'avait toujours fait pour les animaux.

– Je vais regarder son aile. Ensuite, il faudra que tu m'expliques ce que je vois que les autres ne voient pas.

– Marché conclu.

Luna descendit du dos de Lamiral. De la boue jusqu'aux genoux, elle ordonna à Max de rester en arrière.

— Tu peux lui parler ?

Martin acquiesça.

— Dis-lui que je ne lui veux aucun mal et que je vais avoir besoin de regarder sa plaie. Il ne doit pas faire de geste brusque.

Martin se mit à parler dans une langue qu'elle ne connaissait pas. Elle s'approcha doucement du dragon et posa une main sur ses écailles noires.

— Il doit étendre son aile.

Martin communiqua avec l'animal, qui s'exécuta. Une immense morsure dans la membrane de son aile apparut. Elle était infectée. Luna recula.

— Il me faut du matériel pour préparer la pâte à étaler sur son aile. Est-ce qu'il peut se déplacer jusque chez moi ?

— Il va avoir besoin de se cacher.

— J'ai une grange abandonnée, on enlèvera ce qu'il y a dedans et il pourra s'y reposer.

Martin informa le dragon.

— Il est d'accord.

Luna remonta sur le dos de Lamiral. Le dragon avança à la même allure que les chevaux.

— Comment s'appelle-t-il ?

— Molké.

Martin chevaucha Davina à la hauteur de Luna. Il répondit à toutes ses questions. Les dragons demeuraient invisibles aux yeux des humains, ils transitaient sur d'autres plans, mais elle, comme lui, les percevait. Il lui expliqua ensuite que les dragons noirs vivaient durant la période sombre de l'année et que les dragons blancs le faisaient durant la partie lumineuse. Ils coexistaient comme des ennemis naturels.

— C'est un dragon blanc qui lui a fait ça ?

– Non, à l'approche du vingt-et-un décembre, ils doivent trouver une grotte où hiberner. Molké s'est fait voler la sienne.

Luna ne put s'empêcher de rigoler quand Martin lui avoua que lui-même appartenait à l'espèce des lutins et qu'il pouvait se montrer aux humains s'il le souhaitait.

– Pourquoi tu t'es montré à moi ?

– Je ne me suis pas rendu visible, je ne sais pas comment tu as pu me voir.

Il lui expliqua ensuite que le vingt-et-un décembre annonçait le jour du réveil des dragons blancs et que Molké s'affaiblissait à l'approche de cette date. Il risquait sa vie, car il ne pouvait pas fuir ou se battre contre ses ennemis naturels. La transition entre les deux espèces, du vingt-et-un décembre au premier février, amenait l'énergie et la puissance des dragons noirs à décroître alors que celles des dragons blancs s'accroissaient. Ces derniers, liés au Soleil, se différenciaient des noirs, reliés à l'obscurité. Martin ne s'occupait pas des histoires de cette espèce, mais il était tombé sur Molké par hasard, et il n'avait pu l'abandonner à son sort. Le premier février, au plus tard, Molké devra être entré en hibernation.

Martin l'aida à vider la grange. Ils entassèrent les bottes de foin dans l'écurie et la maison. Davina et Nuage allaient partager un box, Luna déplaça ses poules dans un autre ; elle leur autorisait habituellement à s'étaler entre la forêt et la grange, mais elle ne prendrait pas le risque de les laisser avec un dragon, peu importait son régime alimentaire. Elle balaya, déposa de vieilles couvertures et un peu de paille, puis le dragon s'affala sur place. Elle ferma les portes derrière elle.

— J'ai du souci séché et de l'aloe vera, mais il me faut des millepertuis, de l'hamamélis en grandes quantités, est-ce que tu peux me trouver ça ?

Martin acquiesça et se dirigea vers la forêt. Elle travaillait pour la première fois avec une personne qui ne lui demandait pas à quoi ressemblaient ces plantes. Luna entra dans sa maison, rajouta des bûches dans son feu qui avait bien faibli, puis remplit une bassine d'eau tiède savonneuse. Une grosse éponge propre et des tissus en main, elle se dirigea vers la grange.

— Je vais devoir nettoyer ta plaie. Il faut que tu déplies ton aile.

Elle mima à l'animal ce qu'elle voulait qu'il fasse. Elle débarrassa, dans un premier temps, l'aile de la poussière avec la brosse de ses chevaux. Puis elle nettoya doucement la plaie, l'eau chaude réchauffa ses doigts glacés. Le dragon semblait somnoler. La lésion paraissait si immense, qu'elle eut l'impression qu'une éternité avait passé pour laver l'ensemble des chairs. Lorsqu'elle sortit enfin de la grange, le dragon s'était endormi. Dehors, il faisait noir. Martin se trouvait dans les écuries et flattait les chevaux.

— J'ai trouvé ce que tu voulais.

Elle le remercia et l'invita à entrer. Elle fit chauffer un thé, puis étala les plantes sur la table. Ils les épluchèrent, les écrasèrent. Martin l'observa concocter des mélanges jusqu'à obtenir une pâte épaisse.

— On va recouvrir sa plaie.

Le dragon ne bougea pas durant l'opération.

— On devra recommencer demain.

Ils entrèrent dans la maison. Luna consulta l'horloge.

— Tu veux dormir ici ?

Martin acquiesça.

– Je ne chauffe que trois pièces dans la maison, la cuisine, le salon et ma chambre.

– Qu'est-ce que tu fais de tout l'étage ?

– J'entrepose mes conserves, mes bocaux et il y a les congélateurs pour Max, je n'ai pas besoin d'aussi grand.

Luna possédait un immense jardin ; du printemps jusqu'à l'automne, elle stockait des provisions. Elle se rendait en ville pour ses animaux et trouver des aliments qu'elle ne pouvait produire elle-même. Ses deux congélateurs de viande pour son chien suffisaient pour tenir un mois.

– Tu peux dormir sur le canapé, lui dit-elle.

Elle travailla encore plusieurs heures dans la soirée sur le projet publicitaire qu'elle avait interrompu en plein après-midi avant d'aller se coucher, blottie contre Max dans son lit.

23 décembre

Le dragon avait rapidement cicatrisé. Luna trouvait néanmoins sa couleur moins éclatante ; la guérison de sa plaie semblait en bonne voie, elle ne comprenait pas pourquoi il restait aussi faible.

Martin vivait chez elle. Il avait même passé la fête de Yule avec Lucas et sa femme. Son frère et Marion en avaient profité pour annoncer le sexe de leur enfant à venir, ils attendaient une petite fille, Mélodie. Luna se réjouissait pour sa famille et espérait que l'enfant ne serait pas anormal. La petite aurait de bons parents qui la protégeraient de ce monde, elle en était convaincue.

La journée, Martin s'occupait de Molké, des chevaux et passait du temps en forêt lorsqu'elle travaillait. Luna n'aimait pas spécialement la compagnie des Hommes, il n'en était pas un, mais y ressemblait, surtout physiquement. Martin ne la dérangeait pas et elle appréciait de ne pas manger seule tous les soirs.

Il avait neigé, le dragon ne semblait pas ressentir le froid.

— Est-ce qu'il a besoin de manger ? demanda Luna près de Molké, qui appréciait les soins qu'elle lui prodiguait.

— Il se nourrit d'énergie.

— Il me paraît faible.

— La lumière a pris le pas sur l'obscurité, Molké est un dragon de la nuit, il aura de moins en moins de force. Le premier février il n'aura d'autre choix que d'hiberner jusqu'à ce que l'obscurité reprenne le pas sur la lumière. Le Soleil l'épuise.

Molké devait récupérer au plus tôt. Martin discuta avec le dragon.

— Est-ce que parler aux animaux comme toi s'apprend ?

— C'est intuitif pour moi, mais je pense que ça doit pouvoir s'apprendre.

Luna examina l'aile, Molké volerait bientôt.

— Tu veux voir des dragons blancs ? demanda Martin.

Elle acquiesça. Ils se dirigèrent vers les écuries et elle se hissa sur le dos de Lamiral. Martin passa devant avec Davina. Il partit au galop, elle s'accrocha à l'encolure de son cheval lorsque celui-ci emboîta le pas au cavalier. Max et Nuage les suivirent en libre. Ils s'enfoncèrent dans la forêt, bien plus loin que ses habitudes. Ils mirent le pied à terre.

— On va continuer sans les chevaux.

Ces derniers repoussèrent la neige de leurs sabots et allèrent brouter dans la carrière.

Martin et Luna montèrent la petite colline rocheuse. Le lutin lui fit signe de s'allonger une fois parvenus en haut. Luna cligna plusieurs fois des yeux ; elle ne croyait pas ce qu'elle voyait. En contrebas, un immense dragon blanc, deux fois plus gros que Molké, dormait.

– Il s'appelle Kluane, c'est le plus grand des dragons blancs que j'ai pu rencontrer. On ne va pas s'approcher de lui aujourd'hui. On porte l'odeur de Molké, les dragons sont jaloux.

Luna admira l'immense reptile ; ses écailles reflétaient les lumières du Soleil. Il rayonnait, éblouissant. Elle ne pouvait imaginer un être aussi pur et beau être un ennemi du gentil dragon de sa grange.

1er janvier

Les rafales de vent firent reculer Luna. Molké avait réussi à prendre son envol. Elle et Martin avaient fait le tour des environs s'assurant qu'aucun dragon ne rôde. Molké volait fébrilement autour de la maison.

Martin avait promis à Luna que les voitures qui passaient devant chez elle ne verraient rien. Elle imagina un instant ce que les gens percevraient si Martin ne se montrait pas à eux : une jeune femme agitée au milieu de sa cour regardant le ciel avec fascination. Elle sourit devant les nouveaux surnoms que lui donneraient les passants.

Molké vola plusieurs minutes avant de revenir se cacher dans la grange.

Comme tous les lundis, Lucas s'arrêta prendre un café. Il salua Martin qui pansait les chevaux. Il attrapa une tasse dans le meuble de sa sœur.

– Il vit chez toi maintenant, ce Martin ?

– C'est temporaire, je l'aide… enfin, il m'aide avec les chevaux.

– C'est bien que tu ne sois pas seule, Luna. Il est un peu étrange, mais Marion l'a apprécié à Noël.

Luna coupa son frère, comprenant où il voulait en venir.

— Oh non, ce n'est pas ce que tu crois, c'est juste un ami.

Elle ne pouvait pas confier à son frère qu'elle assistait un lutin pour sauver un dragon ; dire la vérité n'aidait pas toujours, elle l'avait appris à ses dépens. Même si son frère constituait la personne en qui elle avait le plus confiance, elle ne désirait pas qu'il la prenne pour une folle.

6 janvier

La peau de Molké devenait de plus en plus terne. Il avait retrouvé toutes ses capacités physiques.

— Molké demande si tu veux voler ?

Luna n'en croyait pas ses oreilles.

— Tu voles souvent ?

Martin se mit à rire.

— On ne côtoie pas les dragons habituellement, chacun fait sa vie, donc assez rarement. Tu devrais mettre quelques vêtements supplémentaires.

Luna ajouta un tricot en laine au-dessus de son large pull, puis attrapa ses gants, sa longue écharpe et son bonnet.

— Tu veux un vêtement de plus ?

— Non, je n'aurais pas aussi froid que toi.

Quelques minutes plus tard, elle se tenait assise sur l'épais dos de Molké, derrière Martin. Le dragon déploya ses ailes. Ils se plaquèrent contre le dos de Molké, s'accrochant à ses arêtes dorsales. Luna sentait le corps du reptile se mouvoir sous elle, elle n'osa ouvrir les yeux que lorsque ses mouvements se firent plus doux. Quand elle regarda sa maison, en bas, elle paraissait minuscule ; son foyer disparut bientôt entre les champs et les forêts. Ils ne croisèrent que de rares oiseaux.

— C'est magnifique !

Martin approuva du chef.

– Tu vois la petite colline rocheuse là-bas ?

Luna acquiesça en tremblant de froid.

– C'est là où nous avons vu Kluane le dragon blanc, est-ce que tu aperçois la colline un peu plus loin ?

Luna plissa les yeux pour la discerner.

– Il y a de nombreuses grottes là-bas et une grande concentration de dragons.

– Noirs ou blancs ? peina à demander Luna avec le froid qui lui gelait la mâchoire

– Les deux, c'est un lieu à éviter en début d'année.

Molké fit demi-tour.

Luna crut distinguer quelque chose dans les nuages, puis plus rien. Le dragon avait entamé la descente ; elle reconnaissait à présent les champs devant sa demeure.

– Molké a senti un dragon.

Luna resserra son emprise sur son dos quand celui-ci accéléra pour atterrir. À peine Molké eut-il posé le pied dans la cour que Martin sauta du dos du reptile, avec une agilité que Luna ne lui connaissait pas, et il courut ouvrir la grange. Une fois dans la pénombre, Luna descendit en s'appuyant sur la patte de l'animal. Max se mit à aboyer. À son aboiement, elle savait que quelque chose clochait du côté de la forêt.

– Il y a quelque chose ou quelqu'un.

Elle s'élança, Martin sur les talons. À la lisière des bois, son chien se tenait face à un dragon blanc, un peu plus petit que Kluane. Il avait trouvé Molké. Max grognait sur l'animal qui le dévisageait. Luna rappela son chien près d'elle.

– Qu'est-ce que l'on fait ?

Martin s'approcha du dragon.

— Il ne semble pas pouvoir passer.

— Pourquoi ?

Martin se tourna vers Luna et fixa ce qui se trouvait dans son dos. Son poil se hérissa sur ses bras. Max, qui l'avait imité, ne semblait pas perturbé par ce que le lutin avait découvert. Luna se retourna doucement. Juste devant elle, une immense forme grise nuageuse voletait. Elle possédait une tête, des bras, des jambes et aucun visage. Luna recula de quelques pas et se cogna contre Martin qui n'avait pas bougé.

— Tu nous as invités, Molké et moi, mais tu n'as pas invité ce dragon chez toi. Il n'est donc pas le bienvenu.

Max appréciait cette forme grise, qu'il avait déjà apparemment rencontrée.

— C'est l'esprit de ta maison.

Elle lui faisait des offrandes, elle croyait que sa demeure s'apparentait à un esprit, mais elle ne pensait pas l'admirer physiquement un jour et qu'il serait aussi imposant. Elle se rapprocha doucement et le salua de la tête. Elle fut envahie par une chaleur de bien-être.

— Merci de nous protéger.

Elle crut que l'esprit lui avait répondu ; sa couleur s'était légèrement éclaircie.

9 janvier

Lucas était assis, une tasse de café fumante dans les mains.

— Tu ne devineras pas ce que les gens racontent sur toi.

— Je croyais que tu ne prenais plus la peine de me raconter leurs histoires.

– Oui, les histoires habituelles, mais celle-ci était quand même à mourir de rire. Le retraité M. Petit, tu sais, celui qui vit dans la maison en bois du bourg ?

Luna acquiesça, mais elle ne se rendait jamais au village, alors elle ne voyait pas de qui son frère parlait.

– Il dit qu'il t'a vue vendredi voler dans les airs. Tu n'as pas encore le balai, mais ils te considèrent vraiment comme une sorcière. Il ne manquait plus que ça après toutes ces histoires ! Je ne sais pas ce qu'ils vont inventer la prochaine fois.

Luna ne répondit pas tout de suite. Elle se rappela que les Hommes ne pouvaient distinguer les dragons, invisibles pour eux. Et Martin choisissait de se montrer ; il était donc fort probable qu'elle se trouvait en fait assise dans le vide pour les non-initiés.

Elle rigola en imaginant la tête de ces vieilles commères, dispersant leur venin dans le village. Le plus étonnant restait que des gens sensés les croyaient.

– Content que ça te fasse rire.

1er février

Dans la grange, Molké ne bougeait plus ; il ressemblait plus à une statue de pierre qu'à un être vivant.

– Il se réveillera le vingt-et-un juin, dit Martin en recouvrant le dragon d'une immense couverture.

Ils se dirigèrent vers la maison pour célébrer le retour de la lumière et l'hibernation sécurisée de Molké. Luna avait préparé des gâteaux d'avoine au miel. Le premier février marquait le jour où elle retirait son sapin de Noël, nettoyait, purifiait sa maison et préparait son jardin. Elle fêtait habituellement Imbolc seule, pas cette année. Le retour des longues soirées chaudes ensoleillées annonçait de belles chevauchées à travers les bois et les champs, des temps plus faciles et la renaissance de ses plantes.

50 ans plus tard

La légende racontait, qu'à partir du premier février, les habitants d'un petit village, situé entre la Normandie et la Bretagne, pouvaient enfin dormir sur leurs deux oreilles. Ils remerciaient Dieu de la victoire de la lumière sur l'obscurité.

Près de ce bourg, vivait la sorcière de l'hiver. Pendant la période sombre de l'année, on pouvait l'apercevoir voler sur son balai. Sa maison était envahie de chats noirs ; lorsque des badauds passaient en voiture à côté, des paires d'yeux jaunes les observaient.

Certains disaient l'avoir vue danser autour d'un feu avec le diable, parfois sous la forme d'un esprit sombre, parfois sous les traits d'un homme cornu. Seule la boulangère osait lui déposer du pain. Cette femme était un ange ; tout le monde pensait qu'elle risquait de brûler son âme en s'approchant de cette maison maudite.

– Mélodie, vous prenez des risques en allant chez cette sorcière.

– Mme Durand, ce n'est pas une façon de parler de cette vieille dame. Ça fera deux euros et cinquante centimes.

Mme Durand saisit sa baguette et son croissant en déposant de petites pièces dans la main de la boulangère. Comme tous les lundis, Mélodie laissait sa boutique à son apprenti et partait rendre visite à Luna. Elle avait promis à son père de ne pas abandonner sa tante si isolée.

– Les gens sont durs avec cette pauvre femme. Je lui ai fait des gâteaux à l'avoine.

– Merci, Timothée.

Mélodie prit quelques pains et les pâtisseries, puis monta en voiture. Impatiente, elle sourit : elle savait qu'elle aurait droit à des histoires de dragons, de lutins et bien d'autres choses incroyables.

Auteur partenaire : Célia Ibañez

Elle vit dans un monde étrange et ancien.
Ses cauchemars semblent la guider vers son nouveau destin.
Sera-t-elle à la hauteur ou laissera-t-elle l'avenir s'écrouler ?
Le Pyramidion est-il la réponse ou sera-t-il la cause de sa chute ?
Entre secrets enfouis et aventures palpitantes, découvrez une histoire incroyable, aux confins des mondes et du temps.
Un thriller historique saisissant, sombre et mystérieux jusqu'à la dernière ligne. La fin vous laissera sans voix !

Biographie de Mystic Line

Je m'appelle Caroline, alias Mystic Line, et habite en Belgique. Enfant, j'étais passionnée par les livres. Je pouvais passer des heures à errer dans la bibliothèque à la recherche des histoires les plus captivantes. Ma passion pour les livres n'a fait que croître avec l'âge. En mai 2022, j'ai commencé à écrire des chroniques de livres avec une affection toute particulière pour le genre fantasy afin de partager mon avis. Secrètement, je rêvais d'écrire des histoires. Les idées circulaient dans ma tête, mais elles n'arrivaient jamais à se concrétiser sur le papier, jusqu'au jour où un concours de nouvelles a été annoncé sur le thème « Célébrer le Soleil ». Je me suis dit : « Vas-y, tu n'as rien à perdre », et quelques mois plus tard mon rêve est devenu réalité.

Retrouvez-moi sur mes réseaux :

– **Instagram** : www.instagram.com/mystic_line_

@MYSTIC_LINE_

14 ~ De l'ombre à la lumière

De Mystic Line

Cent onze années auparavant, l'univers de Parala a été plongé dans l'obscurité. Les elfes noirs ont mis leurs menaces à exécution ; le soleil n'a plus jamais brillé et réchauffé par ses rayons, ni les habitants ni les animaux ni la nature. Tous les organismes et êtres vivants se sont adaptés à cette vie sans lumière ; désormais, seul l'astre lunaire leur fournit de l'éclat naturel. Les soirs de pleine lune, les Paraliens célèbrent ces quelques heures lumineuses, lors d'une cérémonie appelée « le soleil de la nuit ».

Comme ce soir-là. Une fois par mois, ils sortent de chez eux pour aller fêter ce moment tous ensemble.

Dans cette nouvelle vie sombre, Linethea n'a pas perdu espoir, au contraire de ceux de sa communauté. Son physique unique en son genre le prouve : elle a gardé ses cheveux couleur châtain et ses beaux yeux marron. Tous les autres Paraliens arborent une chevelure blanche et des iris blafards. À cause du manque de soleil, ils ont perdu toute pigmentation. Pourquoi est-ce que Linethea n'a-t-elle pas subi les mêmes bouleversements que les autres, me demanderez-vous ? Magnifique question ! Allons découvrir cela.

***

Un beau matin, les habitants de Parala se rendirent compte que la nuit perdurait. Pourtant, cela ne les inquiéta pas.

Au départ, ils songèrent à une éclipse totale du soleil, un phénomène qui allait très rapidement disparaître. Pourquoi s'alarmer pour si peu ? Les années qui suivirent, la manifestation se reproduisit. Quand après plusieurs semaines, l'astre ne revint pas, les habitants comprirent que les elfes noirs avaient exécuté l'avertissement qu'ils répétaient, année après année. Lors de leur dernière visite, Matina, la reine, et Aron, le roi des elfes, avaient prévenu les humains à de nombreuses reprises : ils devaient reprendre leurs vies en main et changer leurs habitudes. Aucun d'eux n'avait cru que la communauté elfique passerait à l'action. Après tout, ils vivaient tous en harmonie depuis des millénaires.

Désemparés, les humains ne purent contacter les elfes, car ces derniers demeuraient au mont Elfa, infranchissable pour le commun des mortels. Au lieu d'essayer de trouver une solution, les Hommes se persuadèrent que les elfes les sauveraient, quoi qu'il arrive.

Après de nombreux mois d'obscurité, ils commencèrent à montrer des signes alarmants de faiblesse et de mauvaise santé, de dépression, de mal-être… Toute joie avait fui leur âme. Des milliers d'entre eux présentaient des signes d'une maladie étrange ; ils perdaient des lambeaux de peaux à cause de l'inflammation de l'épiderme et leurs cheveux par poignées. De plus, ils montraient des carences importantes. Certains moururent, tandis que d'autres s'adaptèrent petit à petit à cette nouvelle vie sans soleil. Les elfes les avaient abandonnés.

La nature, tout comme ces survivants, se dépossédait de toute trace de pigmentation. Pour survivre, ils durent trouver des solutions afin de s'alimenter et n'eurent d'autres choix que de changer leurs modes de vie et habitudes. Grâce à la pleine lune, les habitants retrouvaient un semblant de vie. Pour célébrer cela, ils réalisaient un énorme bûcher qui symbolisait la chaleur du soleil, car depuis sa disparition, le froid s'était installé. Et avec lui la morosité et la déprime.

Seule Linethea continuait, à la grande incompréhension et frustration de sa famille et des autres habitants, à chantonner, à sourire, à ne jamais se plaindre et à s'amuser. Elle trouvait même les tons de gris et de noirs, des plus clairs aux plus foncés, charmants. Lorsqu'elle les frôlait, elle illuminait, grâce à son aura, les plantes, les fleurs et les animaux. À son passage, ils reprenaient leurs couleurs durant de courtes secondes.

Chaque jour, Linethea mettait son manteau, ses bottes, ses gants et son bonnet et partait explorer les bois et la végétation sombre environnante. Un jour, lors de sa promenade journalière, elle se rendit compte qu'un nouveau chemin se dessinait entre les buissons.

Curieuse, elle décida de s'y aventurer. Après avoir marché un moment, elle atteignit l'entrée d'une grotte. Dans le fond obscur, elle crut distinguer une lueur. Attirée par cette lumière, elle intensifia sa lampe à huile et entra. Là, elle découvrit un monde nouveau : des chauves-souris avec des ailes argentées, des araignées avec des pattes luminescentes, des papillons noirs pailletés... Elle s'interrogea, mais poursuivit son exploration, à l'affût de l'éclat lointain qu'elle avait aperçu plus tôt. *Je n'ai pas rêvé, il y avait bien quelque chose !* songea-t-elle. Déterminée, elle sautilla et chantonna.

Elle progressa sans encombre. Plus loin, avec précaution, elle toucha les murs. Quand elle retira ses mains, ces dernières affichaient une légère pellicule lumineuse ; cela la fascina, elle n'avait jamais vu de reflets aussi magiques et beaux. Elle avança encore pendant de longues minutes, à s'enfoncer dans la grotte jusqu'à s'arrêter devant une porte en bois, gravée de symboles inconnus. Celle-ci semblait très ancienne ; la poignée en forme de feuille de palmier était entourée d'une fine couche luisante vert prairie d'une intensité surréelle. Voilà la lueur que Linethea avait perçue.

— Qui a bien pu installer cela ici ? C'est étrange ! se demanda-t-elle à haute voix.

Tout en douceur, elle effleura des doigts les runes gravées et ressentit une chaleur bienveillante. Linethea hésita à ouvrir. *Qu'y a-t-il derrière cette porte ? Nous sommes au fond d'une grotte, cela n'a aucun sens... Cette ouverture ne devrait pas se trouver ici.*

Tout à ses réflexions, elle prit la poignée et l'actionna. Elle resta bouche bée devant ce qui s'offrit à elle. Il lui fallut plusieurs minutes pour que ses yeux s'habituent à ce qu'ils ne pouvaient plus fixer depuis si longtemps. Il lui fallut du temps pour réaliser ce miracle. Il lui fallut du temps pour reprendre contact avec la réalité.

Linethea savourait un monde plein de magie et de couleurs, qui dévoilait une nature luxuriante et un soleil éclatant, de plusieurs teintes. Il lui semblait que deux sortes de rayons solaires s'entremêlaient. Ce qui se formait devant ses iris ne pouvait être réel ! *C'est impossible !* se répéta-t-elle.

À cet instant, un animal d'une beauté et d'une élégance rare passa devant l'ouverture, que Linethea n'avait toujours pas franchie. Son pelage d'une blancheur sublime arborait de magnifiques ailes d'un bleu calcite. Linethea connaissait les couleurs ; alors plus jeune de cinquante-cinq années, quand la lumière rayonnait encore sur Parala, elle les avait apprises et gravées dans sa mémoire. Elle n'avait pas oublié les variations dorées des fleurs sauvages ou les reflets roux des poils des écureuils. Toutes ces merveilles s'étaient gravées dans ses rétines.

Une larme se forma au coin de son œil et coula le long de sa joue jusqu'à se perdre dans la commissure de ses lèvres. Cette beauté l'émut. Le pégase la regarda et se pencha devant elle comme pour la saluer. Linethea ne savait ce qu'elle devait faire : le toucher, le saluer en retour ? L'animal agita ses ailes, prit son envol et disparut derrière les nuages. Distraite par ce spectacle, Linethea traversa la porte.

Je ne rêve pas ! Tout est bien réel ! s'étonna-t-elle.

Avec son manteau, ses gants et son bonnet, elle transpirait. Elle les enleva et les déposa sur le pas de l'accès. Cette chaleur sur la peau lui donna des frissons de joie et de bien-être. *Maintenant que je suis là, autant en profiter !* pensa-t-elle. *Et puis, la porte était ouverte, alors...*

D'un bond joyeux, elle alla toucher les fleurs d'hibiscus et les roses de porcelaine, puis effleura les arbres, tous d'un vert éblouissant avec leur tronc blanc, brun et olivâtre. Les odeurs enivrantes la submergèrent d'émotions. Les herbes hautes cajolaient ses doigts. Les oiseaux sifflaient et elle entendait les abeilles qui s'encourageaient dans leur tâche de pollinisation. Elle ne savait pas où poser le regard en premier : à gauche, à droite… Elle aurait tant aimé posséder plusieurs paires d'yeux pour ne rien rater.

Soudain, Linethea perçut des voix.

Que dois-je faire ? Me cacher ? Aller à leur rencontre ? Retourner vers la porte et fuir ? Toutes ces questions la paralysèrent. Elle arrêta ses pérégrinations mentales quand un homme au teint hâlé, aux iris d'un bleu saphir et aux longs cheveux blonds couleur de blé, la contempla, les sourcils haussés. Son aura éclatant la fascina.

— Qui es-tu et comment as-tu réussi à franchir la porte du mont Elfa ? lui demanda-t-il, abrupt. Les humains n'ont pas le droit d'être ici.

— Je m'appelle Linethea.

Lorsqu'il tourna la tête vers ses compagnons qui approchaient, la voyageuse reconnut de belles oreilles pointues.

— Vous êtes un elfe ? s'étonna-t-elle. Alors vous existez…

— Que veux-tu que je sois d'autre au pays des elfes ? la coupa l'inconnu d'un ton moqueur.

Linethea resta muette de surprise. *J'ai atteint le royaume des elfes ? Ce monde infranchissable pour les humains ? Les elfes, ceux qui nous ont pris le soleil et abandonnés jadis ?*

Son cœur battit la chamade devant de telles révélations. Tout à sa joie et émerveillement, elle observa la troupe d'un œil lumineux. *Sont-ils revenus nous sauver ?*

Plusieurs elfes mâles et femelles la rejoignirent. Certains brillaient du même éclat que leur chef. Ils fixèrent ce dernier, les visages empreints d'interrogation et d'inquiétude.

— Qui est-ce, Har ? Est-ce une humaine ? Comment est-ce possible ? s'alarma une femme à la beauté incommensurable.

— Je ne sais pas, Carlina. Comme toi, je ne comprends pas ce que cette humaine fait dans notre monde.

Un elfe à l'aura sombre apparut et s'exclama d'une voix caverneuse :

— Tuons-la !

Har le fit taire d'un signe de main. Linethea perdit son sourire et recula d'un pas. Elle croyait les elfes amicaux, mais s'était bien trompée. Elle frissonna de peur : les ténèbres qui s'échappaient du nouveau venu la terrorisaient.

— Thai, calme-toi, nous allons l'emmener au palais afin d'éclaircir ce mystère.

Le dénommé Thai râla. Sa partie de chasse avait été interrompue ; cette humaine venait de lui gâcher sa journée.

— Je suis là ! s'interposa l'intéressée la voix tremblante. Ne faites pas comme si vous ne voyiez pas. Je ne sais pas comment je suis arrivée ici, je suis désolée. Laissez-moi rentrer chez moi, s'il vous plaît.

Elle se tourna vers la porte, mais celle-ci avait disparu. Elle commença à paniquer. Carlina s'en rendit compte et lui toucha la main. Linethea sentit des picotements la traverser avant de perdre connaissance. L'elfe la prit dans ses bras et, sans tenir compte des autres, décida de se rendre au palais.

***

Le groupe arriva à la Porte Dorée, décorée de fleurs de lys, d'oiseaux du Paradis et agrémentée de runes sacrées. L'accès s'ouvrit par magie et le groupe entra dans une salle où se trouvaient le roi et la reine des elfes.

Aron surplombait l'assistance par sa taille impressionnante et son aura sombre ; ses cheveux d'un noir de jais contrastaient avec son armure dorée et argentée, surmontée d'une cape bleu roi. De la caste des elfes noirs, ceux capables de manier les forces obscures de la nature, il imposait le respect avec ses traits charismatiques.

Son opposée, Matina, paraissait douce avec sa chevelure couleur cassis et ses iris d'un vert anis. Elle portait une robe émeraude et un corset brun qui soulignait le galbe de son corps. Elle faisait partie de la caste des elfes guérisseurs, ceux qui portaient la lumière de la vie, comme l'attestait son aura luminescente.

Le groupe d'elfes s'inclina devant les monarques. Ils les admirèrent avec solennité et déférence. Le couple royal, adoré du peuple, leur sourit.

Le roi énonça d'une voix assurée et grave :

– Carlina, que nous ramènes-tu ?

L'elfe se fraya un passage entre le groupe et apparut avec Linethea dans les bras. La reine sourit à la vue de l'inconnue et observa son époux, de l'espoir et une tendresse infinie dans les yeux. Aron l'imita et lui confia, la gorge serrée d'émotions :

– Le jour de l'ensoleillement est arrivé, ils sont prêts.

Le groupe ne comprit pas les propos du roi. Ils ne pouvaient poser de questions ni parler sans autorisation, alors ils attendirent. Après un long silence, Aron s'adressa à tous :

– Félicitations, mes sujets, vous avez trouvé l'élue ! Comme indiqué dans la prophétie, clamée par les mages il y a de cela cent-dix-sept ans !

Les elfes se regardèrent avec interrogation. Aucun d'eux n'avait jamais entendu parler de cette prophétie. Le roi les convia à le suivre.

— Vous comprendrez bientôt. Venez.

Le groupe traversa des couloirs emplis de statues magistrales, qui paraissaient habitées de vie. Les elfes ne savaient plus où poser le regard tant tout les émerveillait. Ils n'avaient jamais franchi la salle des trônes et se savaient chanceux. Carlina, qui portait toujours Linethea inconsciente, ne comprenait pas ce qui se passait, mais faisait aveuglément confiance en ses souverains elfiques. Ils ne l'avaient jamais déçue. Ils avaient toujours tout sacrifié afin de maintenir l'harmonie dans le royaume.

Le roi et la reine les amenèrent vers une tapisserie. Aron la tira d'un geste brusque ; elle se détacha de son support et dévoila une fresque sur laquelle ressortait l'inscription : « De l'ombre à la lumière, trouver le chemin vers l'espoir ».

— Tout vous est expliqué ici, leur dit le roi.

Il joignit les doigts et débuta son récit.

— Depuis que les humains malmènent la nature et notre planète bien-aimée, nous, les elfes, nous affaiblissons, au même titre que les astres qui entourent Parala. Tout est lié dans l'univers. Si nous n'avions rien fait, notre monde et celui des Hommes auraient disparu ; si nous n'avions rien tenté, notre soleil se serait éteint à jamais.

Attentif, le groupe ne perdait pas une miette. La reine vint soutenir son époux en lui prenant la main.

— Avant d'en arriver là, nous avions essayé d'autres méthodes avec nos dons, reprit-il. Mais Parala n'a pas guéri, et les nôtres ont commencé à perdre leurs pigments de peau tant ils s'usaient à partager leurs pouvoirs dans cette tâche. Nous courrions à notre perte. Il nous fallait absolument nous régénérer pour ne pas disparaître. Alors, nous avons fait appel aux seuls elfes capables de maîtriser la magie ténébreuse : les mages noirs, ceux de ma caste.

Dans l'assemblée, Har et Carlina se regardèrent. Ils savaient que l'usage de tels dons pouvait s'avérer dangereux. Les ombres restaient indomptées.

— Nous leur avons donné l'ordre d'orienter l'étoile solaire humaine vers le mont Elfa, continua Aron. Nous étions ainsi illuminés par deux astres : le nôtre, empli de magie et de poudre de vie, et celui des humains. Notre force revint enfin, notre royaume était préservé ! Mais celui des Hommes a décliné. Au départ, nombre d'entre nous ignorèrent cela. Après tout, les humains détruisaient tout, ils méritaient leur sort, leur punition. Dans l'obscurité, ils apprirent à se réadapter et s'associèrent davantage à la nature, comme quoi nous n'avions pas eu tort. Pourtant, avec les années, nous nous rendîmes compte que nous ne retrouvions pas véritablement notre état de pleine santé. Nous restions étrangement affaiblis. Nos pouvoirs obscurs et lumineux luisaient sans intensité. Nous vous rassurions en vous disant que cela était normal, que notre réhabilitation prendrait du temps, que les humains ne s'étaient pas encore rachetés et que la nature tardait à reprendre son souffle, mais c'était faux.

La reine se chargea de la suite.

— Le sort des humains et le nôtre étaient liés. Si nous voulions perdurer, alors les Hommes devaient retrouver leur énergie première. Nous, les guérisseurs, avons tenté de ramener le soleil vers leur contrée, mais avons échoué. Nos dons éclatants s'étaient taris, comme ceux des elfes noirs. Un mage énonça alors une prophétie. Tout devint clair ! Le seul espoir pour les humains résidait dans un être capable de percevoir la beauté dans l'obscurité et le chaos, et qui porterait en lui un cœur pur et doux, empli d'une magie rare et très ancienne. Si nous avons décidé de ne rien vous dévoiler, chers sujets, c'était pour que vous n'influenciez pas les Hommes dans cette quête. Ils devaient trouver leur étincelle, seuls, et ne surtout pas la détériorer comme ils savent le faire.

Matina fixa son époux avec émotions.

– Nous faisions confiance en cette prophétie et en ses mots. Un humain porteur de lumière viendrait un jour, il guiderait son peuple vers le renouveau et nous l'aiderions à véhiculer nos messages, pour que la nature ne soit plus jamais souillée et que nos deux peuples perdurent. Lié à nos dons, il comprendrait et incarnerait la passerelle qui nous manquait. Il est arrivé ! Enfin ! Voilà le rôle de cette femme ! Linethea rendra le soleil, la santé, le bien-être et la joie à Parala et sauvera la vie humaine grâce à l'espoir qu'elle n'a jamais perdu et par la même occasion, la vie elfique. Car, sans harmonie, aucun de nos deux mondes ne peut vivre éternellement. Cette lumière qu'elle possède en elle lui a ouvert la voie vers le mont Elfa.

Le groupe n'en revenait pas. Ils se souvenaient de ces années difficiles, de l'affaiblissement des elfes guérisseurs et noirs, de la nature malmenée par les Hommes et de leur punition. Ils pensaient tous qu'ils se dirigeaient vers la bonne voie, qu'ils avaient trouvé le moyen de survivre. Carlina, qui portait toujours Linethea inconsciente dans ses bras, plissa les lèvres ; malgré le mensonge de ses souverains, elle comprenait leur choix et les soutenait dans leurs démarches. Cependant, comme ses camarades, elle peinait à croire qu'un seul être humain pourrait tout changer.

L'elfe déposa l'élue sur le sol et lui caressa les cheveux. Soudain, elle perçut des vibrations dans le corps frêle étendu ; cela la fascina.

Le roi demanda à Carlina de réveiller Linethea.

– Le moment est venu de tout lui expliquer, dit-il. Elle doit à présent jouer son rôle.

Linethea ouvrit les paupières. De surprise, elle écarquilla les yeux : une multitude d'elfes se trouvait près d'elle, tous plus beaux les uns que les autres. Des auras lumineuses et sombres emplissaient son champ de vision. Émerveillée et effrayée à la fois, elle resta immobile.

– Bonjour, Linethea. Je suis Aron, roi des elfes et dirigeant de la caste des elfes noirs. Voici mon épouse, Matina, reine des elfes et cheffe de la caste des guérisseurs.

D'autres individus se présentèrent à elle, elle découvrit ainsi les autres castes : les bâtisseurs, les protecteurs de la nature… Elle ne retint rien. Une seule chose avait su se graver un chemin en son esprit : leur astre solaire était de retour.

Il avait pris vie en elle.

Le texte côté jury et organisation

Biographie de Kevin Delavy

Kevin Delavy, auteur du Sud-Ouest, amoureux de la nature, des arts martiaux et des livres, j'ai commencé à écrire des poèmes dès le collège, puis des nouvelles, pour enfin publier des romans. Je suis également praticien bien-être. Quant à l'écriture, il s'agit d'une passion que j'adore partager ; en vivre serait mon rêve. Au plaisir, chers lecteurs ! Rendez-vous dans un de mes livres ou dans un salon littéraire.

Retrouvez-moi sur mes réseaux :

— **Link Tree** : linktr.ee/kevindelavy

Bibliographie :

— *Blackwings : L'ange aux ailes noires* (tome 1) – Roman urban fantasy / Le Lys Bleu Éditions, mars 2021 / Réédition en autoédition, août 2023.
— *Blackwings* : *Qui veut la paix prépare la guerre* (tome 2) – Roman urban fantasy / Autoédition, octobre 2021.
— *Blackwings* : *L'arme ultime* (tome 3) – Roman urban fantasy / Autoédition, février 2023.
— *Blackwings, version Deluxe* (2 volumes) – Roman urban fantasy / Autoédition, août 2023.
— *40 Lumières dans la Nuit* – Recueil de nouvelles et poèmes / Autoédition, mars 2022 / Réédition chez Cordes de lune Éditions courant 2023.
— À venir : un thriller à touches surnaturelles dont le titre reste encore secret.

15 ~ Un Soleil au fond de chaque prunelle

De Kevin Delavy

La salle était circulaire, un grand écran incurvé en guise de tableau. Tous les élèves écoutaient attentivement Imra, leur professeure.

– Comme nous l'avons étudié hier, il existait quatre saisons. L'automne faisait tomber les feuilles des arbres et nous enrhumait. La période suivante était froide, néanmoins tout à fait vivable, suivant les régions. Le printemps se voulait doux, les fruits poussaient naturellement, mais le pollen rendait les gens malades et nous redoutions déjà la terrible saison qui allait la remplacer. Quelqu'un se souvient de laquelle il s'agissait ?

– L'été ! répondirent plusieurs enfants en même temps.

– Bonne réponse. Et que se passait-il en été ? Magalie, tu peux nous dire ?

– Euh… Les mamies et les papis n'arrivaient pas à supporter la chaleur et les appareils pour nous rafraîchir ne marchaient plus ?

– Tout à fait. Les climatisations ne pouvaient plus fonctionner à cause des pannes électriques, alors les personnes sensibles perdaient la vie rapidement. Et ensuite, Lorenzo ?

– Ensuite, ce sont les enfants qui n'ont pas été bien, et même beaucoup d'adultes. On ne pouvait plus aller à l'école ou au travail, les magasins se vidaient, on ne pouvait rien manger de frais, et il y a eu la Grande Écurie.

Ses camarades se moquèrent de lui.

– La Grande Pénurie, le reprit l'enseignante. C'est exact. Et que s'est-il passé durant cette crise ?

– On tombait malade, annonça timidement une fillette.

– Effectivement. Sais-tu pourquoi ? Toi ou quelqu'un d'autre ?

Aucun élève ne répondit.

– Si personne ne sait, je vais vous le dire : car très peu de fruits et légumes parvenaient à pousser, la viande devenait un produit de luxe et les gens ne possédaient pas suffisamment d'argent pour s'acheter ces denrées rares et pourtant indispensables. Sans nourriture convenable, cela a affaibli toutes les populations. La famine a engendré beaucoup de violence, les gens se battaient entre eux et se volaient. Jusqu'à ce que l'été s'allonge, faisant disparaître les autres saisons, pour ne laisser qu'un court mais rude hiver et dix mois de canicule. Heureusement, les gouvernements ont collaboré pour bâtir l'énorme bâtiment dans lequel nous nous trouvons, afin que les survivants puissent y respirer, manger et engendrer des enfants. Pour les remercier, chantons ensemble l'hymne de la Fondation.

Ensemble contre ce funeste destin,
Nous nous sommes tendu la main.
Chaque pays
S'est uni
Pour fonder un monde meilleur,
Protégés de l'Ennemi Doré à toute heure.
Le Soleil ne nous tuera plus,
Car nous l'avons vaincu.
Pour un avenir sans lui,
Vive la Fondation de la Nuit !

Voilà ce que tous les enfants apprenaient à l'école. On leur disait que le Soleil s'était mis à brûler si fort qu'il décimait tout, tuant nos proches, calcinant la végétation, faisant même s'évaporer l'eau… Voilà deux siècles que la Terre n'accueillait plus la vie, et autant de temps que l'humanité vivait au sein d'une tour immense qui nous protégeait, ainsi que quelques plantes et animaux dits utiles, grâce à des matériaux spéciaux et à des générateurs de fumée très opaque.

– Maintenant, reprit Imra, sortez le devoir que vous deviez faire pour aujourd'hui. Mais avant de corriger vos copies, certains d'entre vous vont lire leur travail à voix haute. La question était : « Quelle aurait été votre saison favorite et pourquoi ? ». Arnaud, tu commences.

Le garçon sortit sa tablette et lut ce qu'il avait rédigé :

– Ma saison favorite aurait été le printemps, parce que je ne suis pas allergique au pollen et que j'aime la lumière.

Le visage de l'institutrice se durcit.

– Comment ça, tu aimes la lumière ?

– Elle est jolie et elle…

– Tu veux parler de la lumière jaune ? le coupa-t-elle.

– Oui, on dit que…

– Ça suffit ! Seule la blanche est utilisée pour les écrans et voir en se déplaçant, c'est tout ! Dois-je te rappeler que la Fondation interdit toute autre source lumineuse ? En punition, tu referas ton devoir en changeant de saison et sans parler de lumière, puis tu le copieras vingt fois !

Arnaud eut les larmes aux yeux, mais se tut, redoutant les sanctions physiques bien plus sévères…

– Bon, Axelina, à ton tour.

La jeune fille plaisait à la maîtresse, car elle faisait partie des rares à ne pas avoir peur du noir. De plus, ses cheveux ténébreux rappelaient la nuit, et l'hiver, quand le Soleil perçait le moins, constituait sa saison préférée.

Pour terminer, Imra conclut en beauté en questionnant le petit Kenji, sûre et certaine qu'il idolâtrait également l'hiver.

– Ma saison favorite aurait été l'été, car…

– Comment ? s'emporta l'enseignante, accompagnée des cris de stupéfaction des élèves. L'été a tué plein d'individus !

– L'hiver aussi, Madame.

Imra fronça encore plus ses sourcils, avant de tenter de raisonner ce fauteur de trouble.

– Mon cher Kenji, aurais-tu oublié que tu es atteint de xeroderma pigmentosum ?

– Non, c'est justement pour ça que j'aurais aimé voir le Soleil lorsqu'il brillait le plus. Avant qu'il ne devienne dangereux, les gens devaient être émerveillés pendant l'été.

Une notification apparut sur la tablette de l'insubordonné : « Convocation dans dix minutes chez Karl ». Karl, une sorte de bourreau pour enfants, quelqu'un de froid et de distant avec les autres, se voyait confier sans aucun scrupule le redressement des « perturbateurs »…

– Le cours est terminé, informa sèchement la professeure en inclinant la tête vers le bas.

L'androïde modèle Imra-X23 se mit en mode veille, tandis que tous les élèves éteignirent leur petit dispositif permettant d'être présent en classe sous forme d'hologramme.

***

En sortant de chez Karl, les yeux humides, les joues rouges et les cheveux ébouriffés, Kenji rejoignit un ascenseur pour rentrer chez lui.

Un peu plus loin, il croisa Axelina. Cette dernière le regarda avec compassion. Ce n'était pas sa peau en piteux état qui l'attristait, mais le sort qu'on lui avait réservé simplement pour avoir révélé ce qu'il pensait, avoir dévié de la vision qu'on leur imposait…

– Ça va ? lui demanda-t-elle.

– Non… J'ai continué à dire que l'été devait être une belle saison, et puis… Il a… Alors, j'ai dû mentir… Mais j'ai juste dit ce qu'il voulait entendre, car j'aime toujours le Soleil !

– Bizarre de la part d'un Enfant de la Lune. Madame Imra nous a expliqué que certains rayons du Soleil t'auraient fait du mal bien avant qu'ils consument le monde…

– Tu ne peux pas comprendre…

– Si, je comprends pourquoi tu voudrais voir le Soleil.

Kenji écarquilla les yeux.

– C'est vrai ?

– Oui. On se sent protégé dans la pénombre, mais si on réfléchit, c'est pas la lumière qui est dangereuse, ni la chaleur tant qu'elle n'est pas trop élevée, alors voir un peu de Soleil doit pas être si grave… En fait, ça doit être trop beau !

– Pourquoi tu dis ça alors que tu aimes l'hiver ?

– Comme toi, j'ai dit à Madame Imra ce qu'elle voulait entendre. Mes parents souhaitent que j'aie de bonnes notes, car si je réussis à l'école, je pourrais avoir un métier important et changer d'étage. Ils disent qu'on mange bien en haut, mais moi aussi j'aimerais voir le Soleil.

À ces mots, Axelina suscita un grand intérêt pour Kenji. Pour une fois, quelqu'un partageait son avis ! Et cette fille était si jolie… Malgré son apparence relativement sombre, elle souriait et dégageait une douce chaleur. Kenji eut envie de la serrer dans ses bras. Cependant, il ne le fit pas. D'une part, il n'aurait pas osé. D'autre part, cela l'aurait empêché de continuer de contempler les yeux de sa camarade. Tout au fond de ses pupilles, quelque chose scintillait. Au fond de ses prunelles, il avait l'impression d'entrevoir le Soleil.

***

Douze ans plus tard, les petits Kenji et Axelina avaient laissé place à de grands adolescents dont l'avenir professionnel semblait prometteur. Depuis leurs premiers échanges sur « l'étoile néfaste », ils s'étaient promis d'atteindre le dernier étage, ensemble. À l'égard des autres, ils racontaient qu'ils souhaitaient faire la fierté de leurs parents et ne manquer de rien. Néanmoins, ce qu'ils désiraient par-dessus tout était de se rapprocher du ciel. Ils supposaient que l'on pouvait apercevoir la lumière du jour, la vraie, depuis le toit où se trouvaient les générateurs de fumée. Ces derniers disposaient de batteries lunaires et s'actionnaient dès qu'ils détectaient le moindre rayon de Soleil. La brume entourait le bâtiment en quelques secondes, mais cela leur laisserait le temps d'assister à un spectacle inédit.

– Tu rêvasses, Axel ? l'interrogea Kenji. Je ne sais pas comment tu fais pour réussir tous les examens alors que tu es constamment dans la Lune…

– C'est une drôle d'expression, puisque nous ne l'avons pas encore vue en vrai ! Mais j'aime bien cette idée… Se délecter de l'Astre de la Nuit, celui auquel tu appartiens, pour ensuite découvrir à quoi ressemble cette énorme boule de feu…

Une fois de plus, les yeux d'Axelina émirent une lueur captivante. Avec sa perception de jeune homme, Kenji la découvrit sous un nouvel angle. L'envie de l'enlacer, tout contre lui, devint plus ardente que jamais.

WOUUUUUU ! WOUUUUUU ! WOUUUUUU !

– Le signal d'urgence ? s'inquiéta Kenji.

– On dirait bien ! Allons voir ce qui se passe !

Les occupants de l'étage cavalaient déjà dans les couloirs.

– Pourquoi y a-t-il la sirène ? demanda une vieille dame à un agent de l'ordre. C'est un exercice d'évacuation ?

Le « gardien de la paix » ne daigna même pas la regarder.

– Que tout le monde regagne ses appartements ! ordonna-t-il.

Soudain, l'ascenseur s'ouvrit, quatre ingénieurs en sortirent en courant, de la fumée s'échappant derrière eux.

– Les générateurs deviennent fous ! hurlèrent-ils.

– Quelles sont les directives ? demanda l'agent au spécialiste le plus âgé.

– Personne n'a le droit ni n'est assez fou pour monter sur le toit en pleine journée ; on ne pourra pas dépanner avant la tombée de la nuit ! En attendant, il faut que l'élite soit conduite au sous-sol afin d'éviter tout risque !

– À vos ordres !

Le « policier » se retourna et scruta chaque individu. Il saisit un homme bien habillé par l'épaule, lui intimant d'aller chercher sa famille, d'emprunter les escaliers et de descendre au plus bas. Il ignora de nouveau la vieille dame, puis il arriva face aux deux adolescents.

– Quel est votre niveau d'étude ?

– Comment ? s'étonna Kenji.

– Qu'est-ce que vous étudiez ? perdit patience l'inquisiteur.

– Les sciences tech…

– Les sciences du textile ! le coupa Axelina.

– Rentrez chez vous et n'en ressortez pas !

L'homme en uniforme strict s'éloigna vers d'autres personnes.

– Pourquoi tu lui as menti ? demanda Kenji.

– Pour les mêmes raisons que quand on était gamins.

Kenji comprit aussitôt. S'il lui avait avoué qu'ils étudiaient les sciences technologiques en vue de devenir des ingénieurs supérieurs, il les aurait obligés à se réfugier là où la chaleur ne les atteindrait pas. Or, s'ils voulaient avoir une chance unique de voir le Soleil dans toute sa splendeur, c'était maintenant ou jamais !

– Axel, tu es sûre de toi ? Nous pourrions mourir sur le coup !

– Depuis quand tu crois aux conneries de la Fondation de la Nuit ? On nous inculque la peur dès le plus jeune âge afin qu'on sorte de notre esprit notre attirance naturelle pour le Soleil ! Je croyais que tu voulais le voir plus que tout ?

– Je veux le voir, mais peut-être pas de cette façon… Ça fait tant de temps que les Hommes n'ont pas été dehors, comment être certain que les choses n'ont pas empiré ?

– Si c'était le cas, la fumée et cette prison ignifugée n'auraient pas suffi…

– Qui te dit que ce n'est pas à cause de ça que les générateurs dysfonctionnent ?

– Kenji, j'en sais rien ! On ne pourra le savoir qu'en étant sur le toit ! Ces vieux péteux n'ont pas le courage de se pencher dessus tant qu'il fait jour, mais nous deux on peut peut-être réparer les systèmes ! Ce que je veux, c'est faire d'une pierre deux coups : aider les gens si le danger est avéré et, par la même occasion…

– Observer un ciel dégagé !

– Exact ! Alors, tu me suis ?

– Jusqu'au bout du monde !

Sous le regard ahuri des passants, les deux adolescents s'engouffrèrent dans l'ascenseur. Habituellement, personne ne l'empruntait en cas d'alerte.

Après être descendus à l'étage le plus haut, ils furent pris de court par la chaleur. Les jeunes se jetèrent des regards inquiets, mais ils décidèrent de ne pas abandonner. Même si la situation les contraignait à une vision d'une seconde et éprouvante, ils ne renonceraient pas à goûter à l'air libre et aux rayons de la lumière naturelle.

Ce fut dans cet état d'esprit qu'ils empruntèrent l'accès menant au toit. Dans la hâte, personne ne l'avait verrouillé.

***

À l'ouverture de la trappe, une rafale solaire aurait pu les faire fondre sur place. Bravant leur crainte, ils se tinrent par la main et se précipitèrent à l'extérieur.

Un léger vent frais les surprit. Pas de rafale solaire.

L'air respirable pénétra leurs narines frémissantes et leur peau ne brûla pas…

Plus incroyable encore, des animaux volaient dans le ciel bleu ! On aurait dit des poules, mais en plus petits et d'une autre couleur…

– Regarde ! s'excita Axelina en dressant le doigt.

Kenji ne pouvait pas le manquer. Il incendiait sa rétine, mais cette merveille dorée incarnait davantage un trésor inestimable qu'un ennemi mortel.

– On l'a fait ! s'écria Kenji. On l'a vraiment fait !

Fou de joie, il embrassa son amie.

Aussitôt fait, il recula la tête, choqué par son propre geste.

Axelina lui sourit.

Serrant sa main avec encore plus d'entrain, elle le mena jusqu'au bord du toit. Dans son cœur, elle savait qu'ils contempleraient quelque chose de magique. Effectivement, alors que le sol aurait dû être à peine visible, de hauts arbres aux cimes ondulantes donnèrent l'impression que le bâtiment reposait sur un tapis volant d'un vert sublime.

Leur aurait-on menti ? Certains, au pouvoir, auraient-ils profité du changement climatique pour mieux contrôler la populace, éliminant les révoltés et tenant captifs les plus naïfs ?

Nous étions le deux février. Autrefois, nous célébrions la Chandeleur, une fête qui, avant de glorifier le Christ, vénérait le

Soleil, lui attribuant la purification, la fertilité et autres bienfaits par sa lumière. Cette date devait à nouveau bercer d'espoir le cœur des gens et chasser les ténèbres.

Axelina embrassa Kenji à son tour.

– Ta peau ! s'exclama-t-elle. Elle se régénère !

Contre toute attente, l'énergie du Soleil ne détruisait plus mais sauvait, même un Enfant de la Lune !

Ni l'un ni l'autre ne se doutait que seule la maltraitance de l'environnement par l'Homme avait causé tout ce malheur et que le Soleil n'y était pour rien. Leurs ancêtres avaient exploité les ressources de la planète à outrance et pollué de manière catastrophique…

En l'absence d'humains, la nature resplendissait de nouveau.

Le Soleil finit par se coucher, porté par un paysage romantique à couper le souffle.

Ceci dit, il y avait autre chose de magnifique : la force violente et douce à la fois qui animait ce jeune couple. Désormais, un nouvel objectif les motivait : libérer les citoyens de leurs œillères, leur offrir un monde vierge en priant pour que personne ne réitère les mêmes erreurs, et voir étinceler un Soleil au fond de chaque prunelle.

Remerciements

Merci à tous les participants d'avoir tenté l'aventure. La sélection n'a pas été facile, personne n'a démérité ! Nous avons essayé de varier les thèmes, les longueurs, les messages et les narrations. Les textes sélectionnés nous ont marqués et fait vivre de beaux moments ! De tous les horizons et de tous les âges, les auteurs ont su manier le thème « Célébrer le Soleil » avec délice et inventivité. Encore bravo à vous !

Nous remercions également les auteurs partenaires, qui ont communiqué autour de ce recueil ou qui ont offert l'un de leurs livres aux gagnants.

Enfin, merci à ceux qui lisent ce recueil. Des auteurs sans lecteurs perdraient de leur sens. Si vous avez aimé ces textes, n'hésitez pas à laisser des commentaires sur les plateformes et les réseaux sociaux : c'est grâce à vous que ces nouvelles vivront encore plus longtemps !

Envie de participer à l'un des prochains concours ? Rendez-vous sur notre site www.2passions1dream.com !

Puisse le genre de la nouvelle vous être favorable !

Printed in Poland
by Amazon Fulfillment
Poland Sp. z o.o., Wrocław

36532924R00152